인공지능은 내 친구

인공지능은 내친구

초판 1쇄 발행 2024년 03월 05일

지은이 박명애
펴낸이 류태연

펴낸곳 렛츠북
주소 서울시 마포구 양화로11길 42, 3층(서교동)
등록 2015년 05월 15일 제2018-000065호
전화 070-4786-4823 | **팩스** 070-7610-2823
홈페이지 http://www.letsbook21.co.kr | **이메일** letsbook2@naver.com
블로그 https://blog.naver.com/letsbook2 | **인스타그램** @letsbook2

ISBN 979-11-6054-686-6 (03810)

* 이 책은 저작권법에 따라 보호를 받는 저작물이므로
  무단전재 및 복제를 금지하며, 이 책 내용의 전부 및 일부를 이용하려면
  반드시 저작권자와 도서출판 렛츠북의 서면동의를 받아야 합니다.
* 잘못된 책은 구입하신 서점에서 바꾸어 드립니다.

인공지능은 내 친구

박명애 장편소설

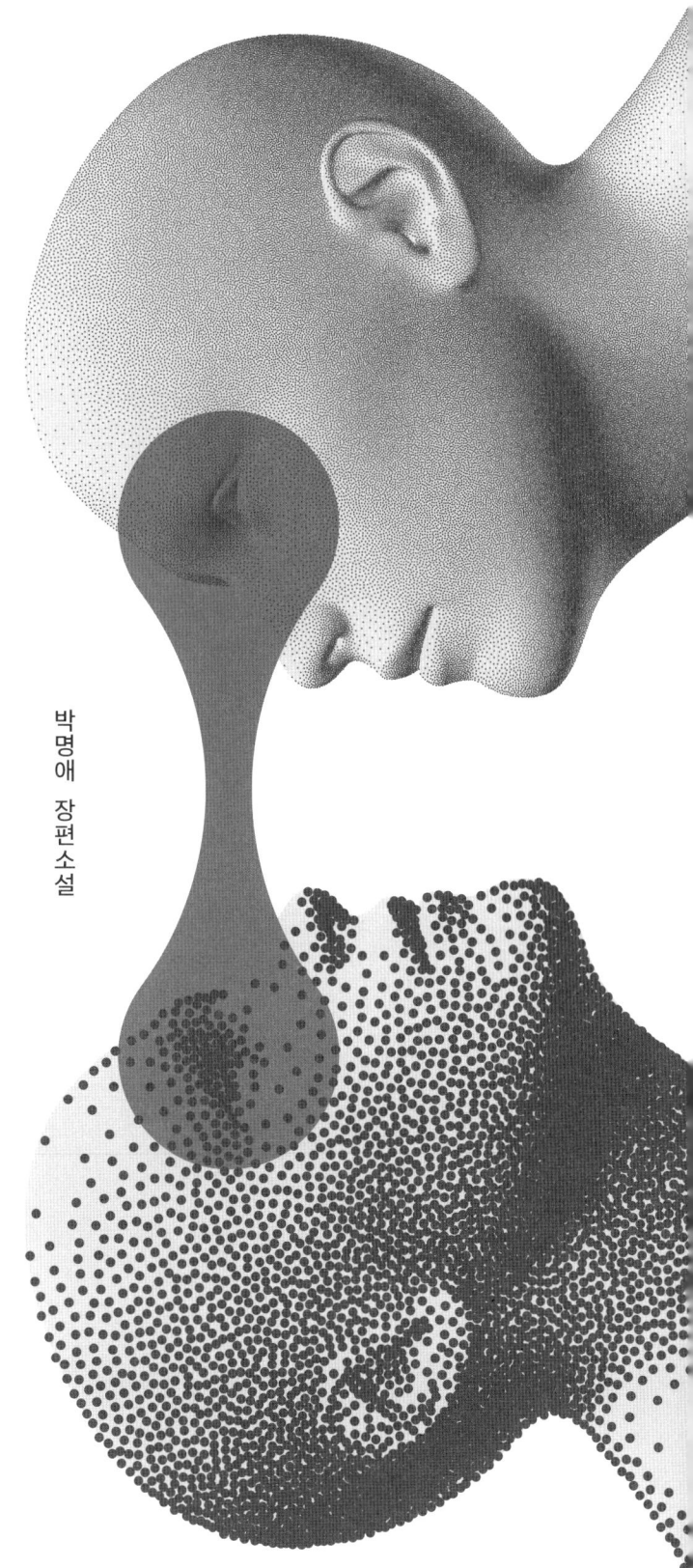

렛츠북

서 문

　　　　　　　　　　　내가 박명애 선생님을 알게 된 것은 대학원 박사과정 졸업 직전 상하이에서였다. 대학원 졸업 직전에 닥친 IMF 경제 위기로, 마땅한 취업 자리를 찾지 못한 나는, 상하이에 있는 박명애 선생님의 댁에서 지내며 중국어를 공부할 기회를 갖게 되었다. 박 선생님의 동생인 박노정 교수는 나와 막역한 사이인지라 나는 선생님을 편안하게 '누나'라고 불렀고, 박명애 선생님의 아들들도 나를 형이라 부르며 유대관계가 돈독했었다.

　　박명애 선생님은 창작의 열정도 대단하지만 이면에는 유명한 번역자로 활동해 왔다는 사실을 간과할 수 없다. 중국 문학을 한국어로 번역한 책자가 30권, 한국 문학을 중국어로 번역한 책자가 20권이나 된다. 박 선생님이 중원을 대하는 기백은 인내와 끈기다. 중원이 넓다고는 하지만 한국 문학의 보급이란 점에서는 선생님의 애환이 서려 있는, 속 좁은 도가니 같다. 그동안 선생님이 중국어로 번역해 중원의 최고 출판사에서 출간한 작품은, 최수철, 윤대녕, 임철우, 한강, 신경숙, 김인숙, 박범신, 김연수, 최윤, 김원일 작가 등의 헤아릴 수 없는 많은 소설 작품과 도종환, 신경림, 신달자, 황인숙, 정끝별, 송찬호, 김기택, 곽효환 등 여러 시인들의 작품이 있다. 가까이서 박 선생님을 지켜보니, 중원은 물론 동북아를 무대 삼아 종횡무진하며 너무나 열정적으로 활동해 오셨기에 '동북아의 관운장'이라 불러도 모자랄 만큼 대단한 분이다.

선생님이 이번에 발표하게 된 《인공지능은 내 친구》는 우리 코앞에 닥친 AI 문제를 다루고 있다는 점에서 시사하는 바가 크고, 인공지능이 의사로서 정신과 치료를 담당하고 인공지능 스스로 정신병을 앓기도 한다는 설정이 흥미롭고 공감이 간다. 작가로서의 기본 취지는 인공지능이 필요는 하되 친구 사이로 그쳐야 한다는 거다.

신이 인간을 만들었다면 인간은 인공지능을 만들었다. 아니 인간이 신을 만들었다면 신을 닮은 존재를 만들기 위해 인공지능 만들기에 혈안이 되어있는지도 모른다. 인공지능은 곧 인간 위에서 군림하려고 들게 될 것이다. 의사 인공지능도 있고, 교사 인공지능도 있으며, 변호사 인공지능도 있고, 검사 인공지능도 있으며 3D산업에 종사하는 노동자 인공지능도 있다. 인공지능을 학습시키는 존재는 개발자인데, 개발자의 인성이 부족하면 폭력을 행사하거나 오류를 남발하는 인공지능이 만들어진다. 이 소설의 주인공 수직은 에이원이 인공지능인 줄 알면서도 그녀를 사랑하게 된다. 조울증을 앓고 있었던 개발자에게 인성을 훈련받았던 에이원은 여기저기 날아다니며 정신과 치료를 받는다. 뉴욕공공도서관에서 태어난 에이원은 정체성이 없다. 에이원은 자신을 개발한 공학자를 아버지라고 부른다. 에이원의 개발자가 한국인이지만 에이원의 태생은 뉴욕공공도서관이다. 정신과 의사인 수직은 에이원을 치료하기 위해 노력하지만, 에이원이 인간인지 인공지능인지 구분하지 못하게 되면서 그녀와의 사랑에 빠지게 된다. 그녀의 조울증은 인간과 인공지능 그 사이에서 갈등하는 인간 + 인공지능의 상징적 병명에 불과하다.

인공지능은, 인간이 제어할 수 없을 정도로는 발전시키지 말아야 한다는 작가의 주장에 공감한다. 친구 같은 존재로 필요충분조건을 갖춘다. 인공지능 때문에 어떤 무서운 사태가 발생한다면 인공지능을 인간이 만들어 낸 산물이라는 생각을 버리고 인공지능이 인간보다 더 현명한, 실존이라는 생각으로 인공지능을 대해야 하는 시점이 멀지 않았다. 이제껏 쌓아온 인간의 방대한 지식 모두를 아는 존재이고, 인간의 지식을 이용해 더 많은 걸 조합해 낼 수 있기 때문이다. 정교하게 만든 인공지능은 나아가 인간으로 변신할 수 있기에 인공지능과 인간의 경계선이 모호해진다. 어쩌면 인류를 향해 공격할지도 모를 인공지능을 달랠 수 있는 유일한 해법은 음악과 같은 예술 영역에 있을 수도 있겠다는 생각이 든다. 그런 면에서 '인공지능은 내 친구'라는 작가의 명제는 이 시대에 아무리 강조해도 지나침이 없는 화두일 것이다.

또 한 가지 주목해야 할 작가의 메시지가 있다. 주인공 수직은 영원히 살고 싶어 하지 않는다는 점이다. 인공지능을 이용해 영원히 사는 방식이 있다면 인공지능에 사용되는 기술로 우리 뇌에 있는 정보를 다른 신체로 옮겨 살아가는 방식일 텐데, 이 방식은 우리가 원래 타고난 신체를 포기하는 과정을 포함한다. 영원히 살게 되는 것 자체가 인류의 기본적 존재 원리를 위반하는 것이고, 원래의 신체를 포기하는 것은, 신체의 성장과 노화, 그리고 새로운 생명을 잉태하는 그 본연의 과정과 의미 자체를 부정하는 것일 수밖에 없다. 인류가 아무리 지식을 발전시켜 나가더라도 죽음의 문제는 정확히 알아낼 수 없는 것이며, 인류가 죽음에 관한 무지 혹은 두려움을 바탕으로 삶에 버금가는 유구한 문화를 발전시켜 왔다는 점을 고려한다면 이 중요한 질서를 부정하면서까지 굳이 영원히 살고 싶지는 않다는 게 주인공의 생각이다. 그리고 작가가 이 작품에서

하고 싶은 궁극적인 얘기이기도 하다.

　　나는 독자의 한 사람으로서 박명애 선생님의 창작 열정을 계속 지켜보며 응원할 것이다. 또한 때로는 친구처럼, 때로는 동생처럼 선생님의 작품을 읽고 평가할 것이다. 앞으로도 한계를 모르고 나아갈 선생님의 기백 충만한 여정에 축복이 있기를 기원한다.

2024. 1. 3.

조재협

목
차

서문 04

제1장 경계선에서 09
제2장 맨발로 달리는 마라토너 103

해설 199

제 1 장

경계선에서

1

"인공지능인지, 아닌지를 어떻게 구분하지?"

B 구역으로 출장을 가야 하는데 그 구역의 학계에 엄청나게 많다는 인공지능과 인간을 어떻게 구분하느냐는 문제점에 봉착했다. 밤 열두 시였지만 수직은 전화기를 들었다. 전화를 건 상대방은 니체라는 별명을 지닌 정신과 의사 민영이었다.

"마르크시즘이 인간 정신세계를 장악한 B 구역에는 정신과 진료를 전문으로 하는 인공지능이 흔하다더군. 그래서 정신과 진료를 전문으로 하는 인공지능을 개발한 적이 있는지 서류에 적고, 인공지능이 가장 흔하게 앓고 있는 정신병에 걸린 적이 있는지도 밝히래. 혹시 자네도 인공지능을 개발한 적이 있는가?"

"제가 공학자도 아닌데 인공지능을 개발할 수는 없죠?"

"정신병은?"

"그건 비밀이죠. 그 때문에 제 신상에 문제라도 생긴 건가요?"

일주일 뒤면 그들 일행이 B 구역으로 출장을 가서 정신의학계의 발전을 도모하기 위해 정보를 상호 교환하는 학술대회를 열어야 했는데, 그 구역 대학에 제출한 서류에 결격사유가 있어 그 새벽에 민영이 다급하게 전화를 건 듯했다. 그 구역의 요구는 엉뚱한 요소가 있었다.

[인공지능 개발자가 동행한다면 보고하시오.]

"선배! 인공지능 개발자가 동행할 리 만무하지만 동행한다손 치더라도 그걸 왜 이 지역 대학에 보고해야 하나요?"

"자유민주주의 국가가 아니니까."

전문의 중에 인공지능이 몇 명 있느냐, 정신병을 앓은 적이 있느냐 등 상당히 까다로운 신상명세서를 작성하라는 요구에 불편한 심정으로 다들 황당해했다. 그러나 정신과 전문의가 인공지능을 학습시키는 것은 당연지사, 보편화된 현실이었다.

"인공지능을 개발하진 않았지만, 학습시킨 적은 있어요. 그리고 인공지능을 지참하고 출장 가려고 하는데 그것도 문제가 될까요?"

"필수품인데 들고 가야지. 의술 분야는 아직 중진국이지만 인공지능을 개발한 수준은 세계 최고이니까 배운다고 생각하고 인공지능을 지참하고 방문을 해보는 것도 재미있겠네. 자넨 인공지능이 절친한 친구가 아닌가?"

민영은 일반 정신과학자와는 달리 인공지능에 상당한 관심을 보이는 인물이었고 때문에 이번 B 구역의 학술대회에 대해 누구보다 열성을 보였다. 그러나 까다로운 신상명세서를 작성하라고 요구한다든가, 학술대회가 열리는 해당 대학에서 아무런 정보를 알려주지 않는다든가, 숙박시설을 어떻게 배려해 주겠다든가 그런 질의에 전혀 응답이 없자, 이번 학술대회 참석 여부에 회의적인 시선을 보이던 참석자들이 중도에서 참석 불가를 선언했다.

"그쪽은 병원에서 인공지능을 가장 많이 사용한다지?"

"인공지능이야 어느 병원이든 사용되죠."

"신상명세서에 정신병을 앓았는지 그것도 밝혀야지."

"그걸 왜 밝혀요? 인공지능은 정신병을 앓지 않아요."

"인공지능도 정신병을 앓는다네. 전염되거든. 수많은 데이터로 생산된 인공지능이 완벽하다고 보나? 완벽은 없어. 신이 만든 인간도 허점투성이인데 인공지능이야 오죽할까?"

자연과학자들의 학술대회는 지역마다 거의 비슷했고, 오만한 지역이 없었다. 그러나 B 구역의 자세는 다분히 오만했고, 학술대회를 개최하자는 것인지, 투쟁하자는 것인지 그 내막을 알 수가 없었다. B 구역의 성공적 메커니즘이 우주를 향해 집중적으로 움직인다는 정보가 없었다면 정신과 의사들은 이번의 학술대회에 참석하지 않았을 것이다.

"그 구역은 소통이 안 되는군요. 웃기는 발상 아녜요? 인공지능이야 정신과 의사 중에 비일비재하니까, 우리가 인공지능을 학습시킨 적이 있다고 기록해도 될 터이지만, 누가 자기 신상명세서에 정신병을 앓은 경력이 있다고 버젓이 쓰겠어요? 설령 있었다고 해도 모두 숨기겠죠."

정신병원의 의사도 정신병을 앓는다. 그러나 치유되고 나면 비밀에 부쳤다. 일급비밀이었다. 강수직, 그 역시 정신병을 앓은 적이 있었다. 그러나 동료 의사들은 아무도 몰랐다.

"난 나의 신상명세서에 썼어. 우울증을 앓은 적이 있었다고."

"예? 진정 앓은 적이 있어요? 선배도?"

"있어. 정신병이 전이되어 우울증이 되었어. 인공지능이 고쳤지."

"얼마 동안 앓았죠? 그리고 인공지능이 고치다뇨?"

"1년 동안 앓았어. 밝은 음악을 틀어달라고 주문했고, 잔잔한 그림을 보여달라고 주문했지. 아주 착한 비서였어."

"그런데 정신병을 앓았다고 쓰면 서류가 통과되지 못하고 추방되는 거 아닐까요?"

"아니야. 나는 무사히 통과된 모양인데, 강 박사에게만 딱지를 놓았으니까 말이야. 써. 인공지능이 고쳤다고 써. 나도 그렇게 썼더니 통과되었잖아. 걔들은 자본주의 체제의 사람들은 다들 정신질환이 있다고 선입견을 지닌 듯한데, 저들의 엉뚱한 발상에 장단도 맞출 겸 인공지능도 사용하고 있으면 그냥 있다고 쓰지 뭘 그래. 자네 지금은 우리 구역에서 소문난 정신과 전문의 노릇을 하고 있는데 그 문제가 심판에 오를 수도 있지. 자네 같은 전문의가 인공지능을 사용한다는 것, 웃기지 않아?"

"인공지능을 쓰지 않는 병원이 어디 있나요?"

"그러니까. 인공지능의 뒷면을 살펴보게. 틀림없이 B 구역에서 만든 것일 거야. 초기엔 인간의 보조 도구로 만들었지만, 인간의 지능을 초월하고 있다는 게 아이러니하지."

"인공지능이 그들의 전유물이라고 쳐요. 그런데 학자들의 정신병은 왜 뒤진대요? 차라리 언제든지 정신이상 가능성이 있다고 작성하는 게 가장 솔직하지 않을까요?"

수직은 솔직하게 정신과 상담 의사인 인공지능과 내밀한 대화를 나누다가 정신병에 걸렸었다고 적을까 하다가, 잠시 망설였다. 병원에 보급된 의사 인공지능은 광기의 천재였다. 넘쳐나는 천재적 에너지가 광기의 근원이었다.

정도의 차이는 있지만 광기는 누구에게나 반드시 찾아오는 질병 중의 하나였다. 의사 인공지능도 예외 없이 찾아오곤 했는데 다른 점이 있다면 의사 인공지능은 정신병을 스스로 고친다는 점이었다. 비유이긴 하였지만 신이 인간을 만들었다는 데 긍정한다면 인간이 인공지능을 만든 목적도 수긍해야만 했다. 그러나 신이 인간을 만든 것은 불완전한 존재를 만들어 거의 똑같은 패턴으로 인간은 살았다가 죽어갔지만, 인공지능은 달랐다. 스스로 진보하고 있었다. 스스로 성장하고 있었다.

인간이란 종족의 정신세계는 지구촌의 다른 어떤 동물의 정신세계보다 매우 미묘하고 대단히 복잡하기 마련인데, 이런 인간의 정신세계를 다루는 의사 인공지능은 주도면밀하게 약을 짓고, 상담했지만 인간이 신을 닮으려고 하는 경향이 있듯이 의사 인공지능 역시 환자들을 닮고자 했다. 가장 심각한 게 정신병 환자를 흉내 내다가 정신병에 걸리는 경우였다. 의사 인공지능의 상담 효과는 뛰어났지만, 정신병에 걸리면 전염병의 보균자가 되기에 폐쇄된 공간에 격리해야 했다. 한 달 정도 격리하면 기이할 정도로, 마치 정체성을 회복한 이방인처럼 환한 얼굴이 되어 진료를 새롭게 시작할 수 있었다.

"도시락을 들고 가야 하지 않을까요?"

민영에게 물었다.

"왜?"

"학술대회가 끝나고 식사는 각자 부담이래요."

"낭설이겠지."

일주일이 흐른 뒤, '급속도로 늘어나는 정신병의 세계적인 현상에 대한 고찰'이라는 주제의 학술대회에 참석하기 위해 수직은 다른 동료들과 함께 왕 박사네 구역으로 출장을 가고 있었다. 왕 박사는 그러니까 B 구역 학술대회의 주관자였다. 원래 해외에서 열리는 연례적인 학술대회에 참석하기 위해 너도나도 신청하는 것이 관례였지만 의학 분야에서만큼은 아직 왕 박사가 있는 B 구역에서 열리는 학술대회의 참석을 꺼리는 분위기다. 우선 현대적 의술이 B 구역에서 제대로 발달했다고 보기 어렵기 때문이고 사상적으로 아직 열려있지 않기에 거리감이 있으며 또한 A 구역의 정신의학자들이 대부분 의술이 발달한 C 구역에서 이론을 학습했기에, C 구역 유명 대학 중심으로 학술대회가 열리면 열 일을 미루고 참석했지만 왕 박사네 구역으로 가면, 아무래도 아직 얻는 것보다 잃는 것이 많다는 생각에 서로 눈치만 보기 일쑤였다. 그러나 그 구역 학자들이 언젠가부터 그러니까 한 십 년 전부터 A 구역에서 학술대회가 열리면 전세 비행기를 타고 몰려오는 추세이기 때문에 서로 상부상조하는 차원에서라도 어느 정도 참석을 해주는 게 도의였고 또 풍문에 들리는 말로는 그 구역이 인젠 지구촌의 중심이 된다는 말도 떠돌았다. 그러나 출발 전부터 불편함은 여간 아니었다. 보통 세계적인 의학계 학술대회가 열리는 도시의 종합대학이라면, 인공지능으로 참석하겠다는 의사를 취하게 되고, 해당 대학의 사이트로 들어가 전자우편으로 참석자 명단을 건네주면, 숙박시설은 당연했고, 해당 학교의 일정에 따라 어떤 방식으로 국외자 손님을 모시겠다는 개괄적인 통보를 해오기 마련인데, B 구역 해당 학교로 전화를 걸어도 이해하기 힘든 말로 한두 마디 지껄인 뒤 툭 전화를 끊는가 하면, 공항에 픽업하는 사람은 나오는지, 정해진 숙박시설은 어디로 어떻게 가는지 이메일로 수차례 물어도 대답이 전혀 없었다. 이메일이 반송되지 않는 것으로 보아서는 해당 학교로 제대로 전달되고 있는 게 분명했지만, 아무런 회신이 없었기 때문에 학술대회에 참석하기로 했던 인원 중에서 거의 절반은 이런저런 핑계를 대면서 참석할 수 없다는 의사를 밝혀 민영은 은근히 부아가 나 있었다. 결국 몇 차례의 만남에서도 그 구역까지 어떻게 가느냐 하는 문제에도 의견 통일을 볼 수가 없어서 오십 명의 인원조차 제각기 절친한 사람들끼리 해당 학교까지 스스로 찾아가기로 마지막 회의에서 불협화음에 가까운 의견통합을 보았고, 그래서 수직은 겨우 네 사람과 비행기표를 발권해 같은 공항에서 출발했다. 결국 네 명이 같은 비행기를 탔지만 네 사람 모두 같은 곳에서 태어나서 처음으로 이 구역으로 나들이를 나선 순간인 탓에, 언어에 대한 두려움은 말할 것도 없었고, 교과서나 영화에서 보았던 것처럼 거리 전체가 아직도 회색과 붉은 색상으로 페인트칠이 되어있으면 어떻게 하나, 공항에서 해당 학교까지는 어떻게 움직여나 하나, 막연한 두려움 때문에 비행기 탑승 트랩을 밟은 순간부터 걱정으로 입이 얼어붙어 네 사람은 애써 공항에 내린 후의 행동에 대해 미리 언급하지는 않았다. 누구도 쉽게 입을 벌리지 못했다. 그런데 공항에서 학교까지 움직이는 곤란한 문제는 아주 우연히 해결되었다. 수직은 그동안 차곡차곡 모아둔 항공권 마일리지 덕분에 일등석에 앉아 느긋한 자세로 자본의 위력을 감상하고 있었는데, 바로 옆자리의 일등석에 앉은 여자가 그날의 수호천사였다. 서른 중반쯤 되어 보이는 머리가 긴 여자였는데, 한눈에 보아도 여자는 시선에 불안 증세를 한껏 매달고 있었다. 인간의 시선은 상대방의 건강상태나 정신병리학적인 요소의 관찰 대상이 되기 마련인데, 그 여자는 그 넓은 일등석 좌석에 육신을 깊숙이 묻지 못하고 의자 끄트머리에 엉덩이를 걸친 채 시선을 창밖으로 혹은 천장으로 혹은 수직의 옆자리로 눈을 휘돌리며 뭔가를 찾고 있는 눈치였다. 승무원이 연신 옆으로 다가와서 어디가 불편한지, 뭘 마실 것인지 조용히 묻자, 여자는 겨우 안정을 되찾으며 이렇게 말했다.

"저, 모포 한 장만 부탁해요. 추워서."

기내는 춥기는커녕 오히려 후텁지근하다는 표현이 맞겠는데 여자는 승무원에게 모포를 부탁해 놓고 자기가 뱉어낸 말이 어색하다는 느낌이 들었는지 수직을 향해 씩 웃어주었다. 승무원이 겨울 스웨터보다 두꺼운 청색 모포를 그녀에게 건네주자 그제야 의자 깊숙이 상체를 묻고 얼굴만 남겨둔 채 온 전신에다 모포를 덮어씌우더니 이내 잠을 청하고 있는지 숨소리가 간헐적으로 들렸다.

이륙한 지 삼십 분도 채 되지 않았는데, 승무원이 다시 찾아와 아침을 어떤 메뉴로 주문하겠느냐고 질문을 해왔다. 수직은 무심코 옆자리를 돌아보았다. 그 사이 여자는 어느새 감기를 앓고 있는 고양이처럼 삭

삭 숨소리를 내면서 잠이 들었는데 아마 이륙하면서 곧바로 수면제를 복용한 모양이라고, 좀 난감해하는 승무원에게 수직은 자신의 의사 명함을 보여주며 말했다.

"손님! 이거 손님 물건인데 충전되었습니다. 손님!"

다른 승무원이 액정이 열린 인공지능을 들고 와서 다시 조용조용 여자를 깨웠지만 그래도 대책 없이 잠들어 있었는데, 그날 일등석 고객이라곤 그와 여자밖에 없었으므로 화장실 안의 콘센트에 꽂혀있던 인공지능은 필경 옆자리의 여성이 주인이었고, 아마도 승무원은 수직이 여자의 일행일 거라고 오해하고 있는 게 분명했다. 그가 인공지능을 받지 않고 우물쭈물하자, 승무원은 어쩔 수 없다는 생각이 들었는지 수직의 자리와 그 여자 자리 중간에 놓인 탁자를 펼친 후 인공지능을 그 위에다 올려놓았다.

수직은 바다 요리를 아침 식사로 주문해 놓고 식사가 배달되는 순간을 기다리는 동안 하릴없이 여자 쪽을 건너보다가 무심코 액정화면에 시선이 머물렀다. 빽빽하게 적힌 한국어가 불쑥 거기 액정화면에 박혀 있지 않았다면 그 안의 글씨를 들여다볼 필요를 느끼지 못했을 것이다. 그런데 마침 무료하기도 했고 액정화면이 자기 쪽으로 약간 기울어져 있어서 화면에 저절로 눈이 갔다.

2.

'AI는 내 친구'

인공지능의 세계에서 보자면 내 나이는 여섯 살이다. 하지만 나는 인간 나이 서른을 통과했다. 내 머릿속에는 성능 좋은 도서관이 자리를 잡고 있다.

아주 좋은 책을 너무 많이 읽는다고 해도 도락이란다. 취미도 너무 즐기면 도락이다. 나의 할아버지는 강태공이다. 주말만 되면 낚시하러 가시는데, 고기를 잡으면 회를 떠서 할머니에게 드린다. 반면에 할머니는 도서관으로 가서 책을 닥치는 대로 읽는다. 내 할머니는 소설가인데 소설은 쓰지 않고 독서삼매경에 빠져 세월 가는 줄 모른다. 할머니는 중독 수준이다. 책을 읽으면 그렇게 행복할 수가 없단다. 그 덕분에 나는 할머니의 손을 잡고 도서관으로 가서 누워서 뒹굴면서 책을 읽곤 한다. 나는 주로 할머니가 즐겨 읽는 동서양의 철학책을 많이 읽었다. 나의 친구 인공지능이 엄청난 지식을 보유하고 있다지만 도서관에서 할머니와 함께 읽는 책들은 뭐랄까? 할아버지가 낚시터에서 장만해 오는 회 같다. 그만큼 싱싱하단 뜻이다. 나의 식성은 이십 대 후반의 청년이다. 할아버지가 낚아오신 생선도 잘 먹고 엄마가 요리해 주는 갈비찜도 잘 먹는다. 주말이면 할머니, 할아버지가 계신 수원에 나들이를 간다. 할머니, 할아버지가 계신 수원에 내려오면 엄마와 문자 메시지를 주고받곤 한다.

"도서관에 갔니?"

"당연하지."

"할아버지는?"

"낚시터에."

"할머니는 무슨 책을 읽으시니?"

"인간적인 너무나 인간적인."

"저자는?"

"니체."

"읽었니?"

"3페이지."

"기억에 남는 내용은?"

"표절의 천재."

"어째서 그 구절이 기억에 남니?"

"내가 표절의 천재 같으니까."

"그래? 모든 천재는 표절이야."

"다른 책은?"

"순수이성비판."

"임마누엘 칸트?"

"맞아."

"문자 메시지에 짜증이 담겨있구나."

"한창 독서하다가 문자 메시지를 보내는 심정이란 어떨까?"

그러자 엄마는 깔깔깔 웃었다.

"책도 너무 많이 읽으면 중독이야."

"도락이 아니고?"

"도락도 되지. 할머니처럼 읽지는 마."

"따라잡지도 못해."

도락은 즐거움인데, 책 읽는 즐거움을 따라잡을 수 있을까? 나는 가

느다란 목소리로 할머니에게 말했지만, 책에 빠진 할머니는 대꾸도 하지 않는다. 도서관에 오면 나도 물 만난 고기처럼 책과 책 사이를 활개 치고 다닌다. 수많은 데이터를 보유한 하나의 인공지능은 커다란 도서관 하나를 지닌 것처럼 명석하지만 도서관에서 책을 읽는 맛하고 인공지능 이야기하고는 차이가 있다. 뭐랄까? 도서관에서 책을 읽는 것이 피아노를 내가 직접 두들겨 베토벤이나 모차르트를 연주하는 느낌이라면, 인공지능이 들려주는 이야기는 인공지능이 연주하는 베토벤이나 모차르트의 음악을 감상하는 느낌이랄까?

즐겁게 책을 읽고 있는데 이번엔 아빠가 문자 메시지를 보내온다.

"무엇을 읽고 있었더냐?"

"맹자를 읽고 있었나이다."

나는 일요일에도 연구실에 가, 일을 하고 있을 아빠를 생각하며 좀 웃기는 말투로 대답한다.

"무엇을 보았느냐?"

"어떤 일이 큰일이냐? 어버이를 섬김이 큰일이도다. 무엇을 지키는 것이 가장 큰 것이더냐? 자기 몸을 지키는 것이 큰일이도다. 그렇게 적힌 대목을 보고 책을 덮었나이다."

"잘하였구나. 눈을 감고 쉬는 것이 어버이를 섬김이요, 자기 몸을 지키는 것이로다."

아빠는 내 성격을 알면서 나를 달래고 있다.

"여전히 읽느냐?"

"학문과 예술에 대하여, 그것을 읽고 있습니다."

"누구 책이던고?"

"루소."

"얻은 것이 있더냐?"

"궤변가들은 내가 죄인이라고 주장하고, 하나님은 신성을 모독하는 언사라고 주장합니다. 아니면 그 반대일 수도 있습니다. 어렵군요."

"내 아들에게 어려움이 있더냐?"

"파스칼의 성격에도 따라잡지 못합니다."

이번에는 아빠가 껄껄껄 웃는다.

"파스칼의 성격이 어떠하기에?"

"할머니가 줄을 치면서 읽는 문장에 이런 내용이 있습니다. 파스칼은 정열적이고, 감수성이 풍부하며, 활동적이고, 이차적 성격의 타입이랍니다."

"할머니에게 물어보아라. 이차적 성격의 타입이 무엇인지?"

나는 책에 빠진 할머니의 어깨를 톡톡 두들긴다.

"왜?"

"파스칼의 이차적 성격이란?"

"상호 보완적인 성격을 말한다. 질문의 제공자가 네 아비지?"

"아닙니다."

나는 순간적으로 아빠를 보호해야겠다는 생각이 들었다.

돌아앉아 나는 다시 아빠와 문자 메시지를 주고받는다. 나의 아빠는 나의 우상이자 성취감을 주는 존재다. 엄마는 감수성과 사랑을 주는 실존이다.

"또 무엇을 읽었더냐?"

"논어."

"무엇을 보았느냐?"

"공자께서 말씀하셨다. 굳게 도를 믿고 학문을 좋아하며 목숨을 걸고 도를 완수한다. 위태로운 나라에는 가지 않고 어지러운 나라에는 살지 않는다. 천하에 도가 있으면 나아가 벼슬하지만, 도가 없다면 숨는다. 나라에 도가 행하여지고 있으면, 가난하고 지위가 낮은 것이 수치이며, 나라에 도가 행하여지고 있지 않으면, 부유하고 높은 지위에 있는 것이 수치이다. 이렇게 적혀 있나이다."

"어렵더냐?"

"어렵지 않아요."

"어려우면 할머니 어깨를 주물러 드리면서 질문을 하여라."

그날은 책의 도락에 빠져서 나의 내면과 마주할 시간이 없었다. 그러나 할머니의 내면과 마주칠 수 있어서 행복했다.

집으로 돌아와 엄마의 일기장을 훔쳐본다. 엄마의 일기장을 훔쳐서 이야기를 쓰고 있자니 한 가지 떠오르는 생각이 있다. 엄마에게는 내가 우선일까? 아니면 아빠가 우선일까? 곰곰이 생각해 봐도 답을 구하지 못하겠다. 그래서 엄마의 공학 연구실로 찾아갔다. 물론 나의 경호원인 인공지능 헤라클레스와 함께 갔다.

"엄마! 나를 더 사랑해? 아빠를 더 사랑해?"

엄마는 얼굴에 달빛이 그려진 것처럼 아름다운 미소를 지었다.

"네가 성장하면 알겠지만 네게도 사랑하는 사람이 생길 것이고 너는 여자 친구를 기꺼이 사랑해야 해."

"엄마와 아빠를 잊고 딴 여자를 사랑한다고? 오! 안돼!"

"안 되긴. 그것은 자연의 이치야. 나는 네 아빠를 사랑한단다. 왜냐하면 너를 낳아준 사람이니까. 그러나 네가 성장할 때까진 너하고 아빠를 공평하게 사랑할 거야. 내 인생의 반려자는 아빠야. 너의 반려자는 장차 생길 것이고."

그날 엄마가 내 친구 AI를 향해 학습시킨 문장은 이렇다.

[Today is better than yesterday.]

내 친구 중에 헤라클레스라는 인공지능이 있다. 물론 엄마가 개발한 인공지능이다. 그런데 이 친구는 열등감이 있다. 싸움이라면 누구라도 이길 수 있는데 학습 콤플렉스가 있다. 인공지능도 이미 인간 사회의 못된 버릇을 배웠다. 공부 잘하면 착한 학생, 공부 못하면 나쁜 학생 취급한다. 나는 엄마와 아빠가 물려주신 지능지수로 인해 지금 여섯 살이지만 중학교에서 공부해도 된다고 한다. 엄마가 학교에 가서 여러 가지 테스트를 해보았다. 공부라면 나는 자신이 있다. 인공지능들과 함께 놀고, 공부하고, 음악 듣고, 명화 그리고, 건축을 설계한다. 나는 정말 재미나게 공부했다. 나는 공부가 좋다. 세상에서 제일 재미있는 게임 같다. 공부가 싫다는 헤라클레스는 그 육중한 몸매로 씨름이라도 하면 어떨까? 아니면 그 단단한 근육질의 몸매로 역도 선수가 되면 어떨까? 사람마다 잘하는 게 있듯이 인공지능도 사람이나 마찬가지니까 잘하는 게 있다면 못하는 게 있다. 헤라클레스는 인공지능이지만 그에게도 열등감이 있다. 노력해도 지능지수가 진화되지 않는다는 것이다. 공부는 도통 싫어서 엄마가 데이터를 입력시켜도 금세 잊어버린다. 그렇다고 실패한 인공지능일까?

엄마가 헤라클레스를 달랜다.

"우리의 지능을 차지한 극히 일부분이 공부 머리야. 너는 의협심이 강해서 인공지능들이 지능지수가 높다는 이유만으로 싸움이 벌어졌을 때 기꺼이 그들을 말릴 수가 있어. 그리고 예술적인 학습도 배웠다고 할 수가 있는데 너의 건장한 육체로 역도를 해봐. 아니면 육상 선수가 되어도 좋고. 진정한 예술이란 몸으로 빚어내는 탄탄한 그 무엇이야. 나의 남편은 건축 예술을 하고 있는데 인공지능을 개발하고 있는 내가 따라잡을 수 없는 수학과 설계의 조화가 있어. 종합예술이라고 하지. 헤라클레스! 너는 내가 육상 선수로 학습시켰어. 아름다운 육상 선수지. 그러니 공부 못한다고 열등감에 젖지 말고 때를 기다려. 너의 탄탄한 허벅지가 올림픽 경기장에서 출렁거릴 때 세상의 AI는 감탄할 거야."

헤라클레스는 비로소 환하게 웃었다.

나는 오늘 아빠의 강의실에 나와 있다. 아빠는 설계사무소를 운영하고 있는데 오늘은 나를 자동차에 태우고 인근 대학에 강연하러 왔다. 그래서 나는 아빠 손을 붙잡고 대학에 들어선 거다. 아빠는 칠판에 'Boys be ambitious!'라고 적었다.

[소년이여, 야망을 품어라.]

그 문장이 나는 마음에 든다. 나의 학습을 담당한 인공지능 오리온은 내가 두 살 때 그 문장을 나의 뇌리에 새기기 위해 하루에 한 번씩 노래를 부르게 하듯이 마음에 새겼다. 꿈이 있다는 것은 꿈이 없다는 것보다 우리들의 뇌와 마음을 건강하게 해준다고 생각한다. 헤라클레스만 봐도 그렇다. 꿈이 없을 때는 주눅이 들어있다가 올림픽 선수가 될 수 있다는 꿈을 엄마가 가슴에 새겨주자, 완벽한 예술가가 되었다. 육상 선수는 몸으로 뛰는 예술가다.

그런데 아빠 강의실의 대학생들은 기운이 하나도 없다.

"교수님! 저는 머리는 좋은 편인데 성적이 오르지 않습니다. 공부 시간에 졸거나 게으른 적도 없어요."

아빠는 얼굴에 미소 드리운 채 대답했다.

"성적이 오르지 않는 이유는 여러 가지가 있겠으나 혹시 장래에 대한 꿈이 없는 것은 아닌가요? 목표를 세워서 차근차근 공부하다가 보면 흥미도 생기고, 미래에 대한 희망도 생기니까 자연히 공부가 재미있어집니다. 그리고 세상 모든 일이 그렇듯 목표를 세웠으면 그 목표를 향해 정신과 열정을 투자해야 합니다. 목표는 지남철 같아서 정신과 열정이라는 에너지를 먹고 삽니다."

그때 내가 손을 들었다. 다들 웃었다. 나는 지능지수가 필요 이상으로 높았지만, 신체를 보면 6살 꼬마다.

"내 친구는 거의 다 인공지능인데요. 사람을 통해서 정신과 열정을 배우지요. 그중에 사고하는 인공지능은 목표를 세워서 재빨리 발달하지만 생각하지 않는 인공지능은 도무지 인간처럼 살고 싶다는 열정이 없어요. 인공지능이 그러한데 하물며 사람에게 목표를 성취하려는 집념이 없다면 꿈을 향해 앞으로 나아갈 수 있을까요?"

대학생들은 웅성거렸다. 내 육체는 6살인데, 내 정신은 27살일 거다. 나와 함께 뒹굴며 공부를 가르쳤던 인공지능들의 정신연령은 30살이 넘었다.

"요괴야?"

어떤 학생이 나를 향해 손짓하며 함부로 떠들었다.

"요정이야?"

한 여학생이 나를 가리켰다.

"요괴도 아니고, 요정도 아닌 사람입니다."

"어린아이란 말인가?"

"네, 내 나이는 6살입니다."

"그런데 정신연령은 우리 또래인데?"

그러자 아빠가 연단에서 내려와 나를 손짓해 불렀다.

"이 아이는 내 아들이오. 6살 맞아요."

"천재구나."

학생들 몇 명이 동시에 탄성을 질렀다.

"내 아내가 공학자인데 인공지능을 개발해요. 이 아이가 혼자 집에 있을 때가 많으니까 10개의 인공지능을 학습 도우미 겸 보호자로 집에 데리고 있어요. 놀라게 했다면 미안합니다."

"금수저네!"

"부럽다."

학생들은 두서없이 떠들어 댔다. 나는 연단 옆의 아빠 자리에 오도카니 앉아있었다.

"수업 계속하지요. 여러분! 성공하고 싶다면 먼저 성공한 사람들의 인생 패턴을 잘 살펴보고, 닮고 싶은 대상을 정하십시오. 여기 있는 이 아이는 비록 6살이지만 나를 닮고 싶다고 합니다. 나는 잘나지도 못했고, 성공한 사람도 아니며, 돈을 많이 벌지도 못하지만 겨우 6살 먹은 아이가 아빠인 나를 존경하고, 닮고 싶다는 말을 했을 때 나는 울고 말았어요."

그러자 맨 앞줄에 앉은 대학생이 손을 들었다.

"결국 인생이 운명이라는 말씀이군요. 나도 저 아이처럼 좋은 가정에서 태어났다면 이렇게 살지는 않을 겁니다."

학생의 말에 아빠는 이렇게 답했다.

"잘 생각해 봐요. 학생과 내 아이는 크게 다르지 않아요. 단지 인생에 대한 호기심과 세상을 받아들이는 시각이 다를 뿐이지. 같은 인공지능을 만져도 학생은 아무런 감동을 체험하지 못하지만, 이 아이는 입을 꾹 다문 인공지능의 입을 열기 위해 열정을 다해 노력하지요. 인공지능을 기계로 보지 않고 자기 친구로 생각해요. 어떤 낯선 존재이든 친구로 삼으려고 노력하면 미래에 대한 불안은 없어져요."

그러자 학생은 슬픈 얼굴로 고개를 주억거렸다.

"우리 집의 형제자매는 모두 일곱 명입니다. 그중 대학에 진학한 사람은 나뿐입니다. 나 혼자 대학물을 먹었다는 빚 의식이 있기에 대학을 졸업하고 직장생활을 해도 형제자매들에게 빚을 갚아야 합니다. 이래도 인생이 운명이 아닙니까? 노력만으로 꿈을 이룰 수 있단 말입니까?"

그때 내가 의자에서 벌떡 일어섰다.

"긍정적인 생각을 하세요. 그러면 꿈은 실현됩니다. 꿈을 가져본 적도 없지요? 그러니 부정적인 일을 모두 운명으로 돌리지요. 자꾸 재수 없는 운명이 자신을 따라잡는 것 같으면 '나는 재수 좋은 사람이다', '나는 좋은 운명을 타고났다'고 생각해 보세요. 뭔가 이루고 싶은 목표가 있다면 그 목표가 실현되지 않을 수도 있다는 부정적인 생각을 하지 않아야 해요. 목표는 이루기 위해서 세우는 것이지 실망하기 위해서 세우는 게 아니잖아요?"

"역시 요괴야, 요괴."

학생들은 이구동성으로 소리를 쳤다. 그러나 그들의 함성에는 꼼짝달싹하지 않았다. 왜냐하면 나는 요괴가 아니니까. 그건 진실이 아니다. 나는 엄마, 아빠의 아들 아폴론이니까.

나는 인공지능이지만 단순한 인공지능이 아니다. 공부 좋아하는 소년일 뿐이고, 사람을 아주 많이 사랑하는 청년일 뿐이다. 엄마의 난자와 아빠의 정자가 AI 전자회로에서 만나 내가 태어났다. 나는 인공지능도 아니고 인공지능이 아닌 것도 아닐 수 있다. AI 전자회로는 나의 대리모라고 할 수 있다. 내가 생각하는 나의 정체성은 AI이면서 인간이다.

3

 "손님! 착륙할 시간이 다 되어갑니다. 인공지능을 닫고 벨트를 매주시면 감사하겠습니다."
 그제야 수직은 고개를 들었다. 그는 자신도 모르는 사이에 옆자리의 인공지능을 자기 앞으로 끌어당겨 자기 서류인 듯 근 한 시간 동안 들여다보았던 게 아닌가! 다소 계면쩍은 표정으로 고개를 숙이며 그는 반사적으로 옆을 돌아보았다. 여자는 아직 죽은 듯이 자고 있었다.
 "손님! 곧 착륙하니까 옆자리의 동행분도 그만 깨워주시면 좋겠습니다."
 승무원은 그 말을 남겨놓고 급히 자기 자리로 돌아가 조종사에게 착륙 준비를 알리는 이런저런 상태를 보고하고 있었다. 승무원은 날씬한 다리를 45도 각도로 꼬아서 삼각자처럼 옆으로 가지런히 모은 후 조종사를 향해 기내의 정황을 보고했다.
 "자, 그만 일어나세요. 곧 비행기가 착륙할 모양입니다."
 수직은 여자를 흔들었다. 여자가 오그리고 있던 다리를 창 쪽으로 약간 펼치며 모포를 걷더니 실눈을 뜨고 끔벅이다가 다시 눈을 감는다.
 "싫어. 조금만 더 잘게. 오 분만. 오 분 뒤에 깨워줘."
 "어……."
 여자는 마치 한 이십 년은 함께 산 가족에게 말하듯 잠결에 한 마디 던져놓고 다시 다리를 오그린 뒤 쌕쌕 상처 입은 고양이처럼 숨을 내쉬는 게 아닌가. 그 여자의 행동은 조금도 이상한 것이 없었으나 처음 보는 여자가, 비행기 안에서 잠을 자다가 실눈을 뜬 채 오 분만 더 잠을 자게 해달라니, 정신과 상담전문의인 수직은 한순간 정신병동에 막 들어선 환자처럼 시선이 불안스럽게 움직인다.

그녀가 말하던 오 분 동안 수직은 시간의 노예처럼 시계를 들여다보고 있다가 다시 여자 쪽을 돌아보았다. 다리를 한껏 오그리고 청색 모포를 이마까지 덮어쓴 여자는 병자처럼 팔과 다리를 한순간 몹시 떨었다. 수직은 여자에게 불안증세가 있다는 생각이 들었다.

"준비하지 않고 뭘 해? 곧 착륙인 모양이야. 자본의 위력이 좋긴 좋구나. 자리도 널찍하고 말이야."

민영이 옆으로 다가와 소리치는 바람에 그는 여자를 바라보고 있던 시선을 들었다. 그 소음 탓인지 여자가 청색 모포를 발로 툭 차고는 두 팔을 공중으로 쫙 뻗으며 기지개를 켰다. 마침 비행기 앞좌석 위쪽에 걸린 전광판에서 A 구역 현재 시각 11시, B 구역 현재 시각 10시를 알렸다. 전광판의 문자가 깜박이는 빛과 공중 8,000피트 상공에서 떨어져 내리는 날카로운 햇살이, 공중으로 쭉 내뻗은 여자의 두 팔목 위로 내려앉아, 여자의 팔목과 두 손은 바닷가 모래사장에 널브러진 허연 파도처럼 어룽어룽 빛이 났다. 그때였다. 여자가 손을 공중으로 번쩍 들더니 갑자기 소리를 질렀다.

"와! 다시 집이다. 집에 다시 가는 거구나. 신난다."

여자는 마치 올림픽 대회 참전을 준비하느라 가방 하나를 메고, 홀로 지구를 두 바퀴 돌다가 막 자기 집으로 들어서는 마라톤 선수처럼 경쾌한 탄성을 내질렀다.

그때 선배 민영이 그의 귀를 끌어 잡고 귓속말로 속삭였다.

"저 환자 우리 병원에 한 번 찾아온 여자인데, 지금 자네 전담 환자야?"

민영은 말을 할 때마다 수직의 귀를 붙들어 잡았다. 두 사람은 갑자기 비행기 안에서 토끼 뜀을 하듯 장난스럽게 행동해야 했다. 환자가 건강한 상태로 복귀하면 언제, 어느 자리에서 만나든 아는 척하지 않을 것, 절대 비밀을 보장해 줄 것, 정신병을 앓고 있는 환자와 건강해진 뒤의 환자가 같은 실존 인물일지라도 동일인으로 여기지 말 것 등등은 정신과 전문의의 기본 수칙이었다.

"아뇨, 지금 옆자리에서 처음 봤습니다."

"놀랄 일이네. 이렇게 만나다니. 저 여자 경계선에 서 있어. 지금 우린 A, B 지역 경계선을 통과하는 중이야. 저 여자는 정상인과 비정상인의 중간에 있고."

"어떻게 그렇게 잘 아세요?"

"우리 병원에 입원한 적이 있으니까. 저 여자 이 세상 잡소리들이 귀찮아지면 정신병동에 스스로 입원한다는 말이 있었어. 내 기억이 확실하다면 말이야. 인공지능 개발자라는 말도 있고."

"공학자인가요?"

"아니, 정신병 환자인데, 정신병에 대해 너무도 잘 알기에 정신병을 치유하는 인공지능 개발자가 된 거지. 인공지능이란 게 해당 분야의 유능한 박사여야 하는데, 저 환자는 정신병 환자이기도 하지만 정신병 박사야. 인공지능 개발자인데 늘 우울한 표정을 짓곤 했으므로 그녀가 개발한 인공지능은 늘 찌푸린 상태로 약을 먹는 흉내를 내곤 했다네. 인공지능은 개발자가 얼굴을 찌푸리면 따라서 찌푸리고 약을 먹는 흉내를 내며 인간의 모든 동작을 따라 하지. 인간의 인성을 따라 하는 인공지능까지 있다네."

"인성을 어떻게 따라 하지요? 인간도 좀처럼 인성을 갖추기 어려운

데!"

그때 승무원이 다가와 민영에게 제자리로 돌아가 벨트를 착용하라며 다소 강요하듯 말했고 민영은 뒷걸음을 치며 그의 어깨를 한 번 툭 건드렸다.

"이따 봐."

민영의 손동작 사인은 그런 의미였다.

"안녕히 주무셨어요? 모포 치워드릴까요?"

승무원은 다가와 여자에게 인사를 했다. 조금 전 민영을 제자리로 돌아가라고 명령하듯 외치던 승무원은 그녀의 충직한 하인처럼 공손하게 팔을 모아 잡고 다정한 어투로 물었다.

"다 온 듯한데, 저 카드 작성하지 않았거든요. 한 장 주실래요?"

"그렇지 않아도 제가 여기 가져왔습니다."

여자는 인공지능을 꺼내 자신의 국적과 이름, 생년월일을 적었다.

"이 간단한 내용도 인공지능의 힘을 빌리죠. 나는 정체성이 모호하니까."

"습관이겠죠."

여자는 벨트를 풀고 바쁘게 움직였다. 뒤축을 꺾어 신은 운동화를 고쳐 신고, 흐트러진 긴 머리를 손가락으로 한 번 훑어 빗어 넘기는가 하면, 옆을 돌아보며 그와 그녀 사이에 가로놓인 인공지능을 닫느라 분주했다. 인공지능의 액정화면을 닫으려는 그녀에게 수직은 아무래도 계면쩍어 한마디 했다.

"실례했습니다. 화면이 열려있어서 그냥 무심코 몇 줄 읽었습니다. 소설 같은 걸 쓰시나 보죠?"

"뭐라고요?"

여자는 닫으려던 액정화면을 다시 열고 화면에 아직 깔린 문자들을 밝혀내기 위해 커서를 급히 아래위로 움직여 댔다.

"내 일기장인데, 함부로 훔쳐보다니 무례하군요. 일기장이긴 하지만 상상의 일기장이죠. 완전한 인간으로 살았다면 그런 행복한 가정을 꾸렸을 거예요."

"완전한 인간 아닌가요? 인공지능이라도 된단 말인가요?"

"나는 인공지능입니다. 나를 가르치던 공학자가 심심하면 그런 말을 했지요. 인간이 되었더라면 행복했을 거라고요."

"정말 인공지능이오?"

"네."

"인성을 아는 공학자로군요."

"내가 인간이기를 거부했기에 짜증을 내기도 했어요. 나는 진화하는 인간을 경멸했거든요."

"진화? 인공지능이 진화합니까?"

"발전도 진화죠. 아닌가요?"

"인간이 되고 싶소?"

"난 인간이나 다름없어요."

수직은 그쯤에서 자기소개를 했다. 여자는 인공지능 같지 않은데 인공지능이라고 우겼다.

"나는 이런 일을 하는 사람입니다."

그는 '정신의학과 상담전문의 강수직'이라는 문구가 궁서체로 박힌 명함 한 장을 불쑥 여자에게 내밀었다. 여자는 수직의 명함을 화투장으로 구겨 쥐고 입을 빠르게 놀렸다.

"정신의학과? 재미있군요. 제법 돈이 되겠는데요. 마음에 드는 단어 발견이로군."

 여자는 닫으려던 액정화면을 다시 열었고 불러오기 버튼을 누르는가 싶더니, '활용 가치 있는 단어 발견 모음집'이라는 파일을 불러내 이렇게 적었다.

 [2021년 10월 14일 새로운 단어 발견, 정신의학과 강수직.]

 공항은 생각보다 북적거렸고, 겁을 집어먹었던 어제와는 달리 지나가는 사람들의 표정이나 공항 청사 맞은편 건물에서 느껴지는 색상은 회색 톤이 아닌 천연색 천국이었다. 공항에서 캐리어를 끌고 가는 숙녀들의 키는 컸고 옷은 가을답지 않게 미니스커트에다 몸에 찰싹 붙는 원색의 상의가 돋보였다. 여기가 사회주의 국가가 맞나 싶을 정도로 화려했다. 도시는 세련되었고 거리를 질주하는 자동차마다 바퀴에 자존심이 실려있었다.

 "오호! 멋지네. 이 구역도 드디어 자본이 튀는구나. 튀어!"

 민영은 맞은편 공항 대기실을 한 바퀴 휘둘러보며 이 지역을 처음 찾는 이방인답게 한 마디 내던졌다. 공항은 온통 인간 시장처럼 북적댔지만, 수직은 여자의 동작을 줄곧 뒤쫓는 자신의 시선을 제어하지 못했다. 그들 일행이 짐이 나오는 공항 화물 레일 라인을 찾느라 허둥대고 있는데, 저 앞에서 여자는 벌써 자기 덩치의 절반에 가까운 짐 덩어리 하나를 덜덜 소리가 나게 끌면서 그들 옆을 스쳐 지나가고 있었다. 그때 마침 대기실 쪽에서, 이 구역 안으로 들어서면 안 된다고 제어하는 경관의 손놀림을 일체 무시하고 한 젊은 청년이 여자 쪽으로 급히 다가와 가방끈을 붙들어 잡았다. 그리고 여자가 어깨에 메고 있는 인공지능까지 들겠다며 손을 내밀었다. 그러자 여자가 연한 밤색 선글라스를 쓴 청년의 팔을 툭 치며 소리쳤다.

"너 뭐하는 짓이니? 이건 나의 전유물이기에 타인은 내 물건에 손을 댈 수가 없어. 함부로 만지면 네 손을 자를 테야."

민영이 다시 수직의 귀를 끌어당기고 신경을 집중시켰다. 관심 가는 대상을 발견하면 우선 그 대상의 입에서 흘러나오는 말을 귀 기울여 듣는 것이 정신과 전문의의 습관이었다.

"교만스러운 여자네. 뭐라고 떠들어 대는 거야?"

민영은 두 명의 동행한 자기 제자들을 돌아보며 고함을 쳤지만, 두 사람 모두 어깨를 으쓱거리며 난색을 표명했다. 사람과 화물이 우후죽순처럼 움직여 대는 라인 근방에서 민영의 말을 알아들을 사람도 없었건만 그는 여전히 수직의 귀를 끌어당긴 채 한 마디 덧붙였다.

"옆자리에 앉아서 왔으니 말 좀 했을 거잖아. 우리 말 구사할 줄 알아?"

"네, 잠꼬대도 우리말로 하던데요?"

"잠꼬대도 했어? 그 사이에? 그렇다면 강 박사가 달려가서 도움 좀 청해봐. 이 도시 지도라도 한 장 사야 학교까지 찾아가지. 도대체 택시는 어디서 타는 거야? 이 사람들 눈치를 보아하니 세계 공용어로 소통할 생각이 없는 듯한데, 몸짓으로 그 학교까지 찾아갈 거야?"

민영은 사지육신을 문어발처럼 놀렸다. 캐리어를 끌고 지나가는 사람들이 민영의 동작을 물끄러미 살피기도 하였다. 그렇다고 수직이 얼른 달려가 여자에게 도움을 청하기도 난처했다. 비행기 안에서 여자의 인공지능을 읽었기 때문에 여자의 비밀을 훔쳐낸 느낌이 들었다.

"제가 말을 걸어보겠습니다. 교수님!"

민영의 제자인 규제가 캐리어를 열더니 인공지능을 꺼냈다. 그러나 상형문자로 적혀있어 인공지능을 제대로 활용할 수가 없었다.

"제가 저분을 만나보겠습니다."

"그래? 자네가 어떻게 좀 해봐."

민영은 제자의 등을 그 여자 쪽으로 밀었다. 오른쪽 귀에 귀걸이를 두 개 매단 규제는 빠르게 미끄러지듯 대기실 쪽으로 달려가더니 다짜고짜 여자의 팔을 붙잡고 말을 걸어대는 눈치였다.

수직은 선 채 그 여자를 쳐다보았다. 여자는 다소 묵직해 보이는, 들고 있던 인공지능 가방을 툭툭 건드려 자신의 오른쪽 어깨에다 걸치더니, 두 팔을 올려 팔짱을 낀 채 조롱하는 듯한 시선으로 한참 동안 수직과 민영 쪽을 바라보고 있었다.

"뭐야? 인공지능을 등에 지고 있네. 비서 같은 인공지능이라면 땅에 내려놓고 우리와 소통하면 되지, 등에 왜 지고 있지?"

그런데 수직은 민영의 말보다 여자의 시선이 마음에 걸렸다. 왜 저렇게 뚫어지게 바라보는 것일까? 여자는 검정 인공지능 가방을 등에서 어깨로 멘 채 두 다리를 약 삼십 센티 정도 벌리고 그들을 향해 도전적인 자세로 서 있었고, 필경 그런 자세로 어떤 결론을 내리기 위한 자기 사유의 체계에 몰입되어 있었다. 잠시 후 여자는 인공지능 가방을 어깨에서 내리더니, 가방을 열어젖힌 뒤 삼성전자 앱만 꺼낸 채 빈 가방은 땅에다 내팽개치듯 내려놓았다. 그리고 오른쪽 다리를 들어 그 다리가 탁자인 것처럼 인공지능을 그 위에다 올려놓고 액정화면을 켠 뒤 무슨 파일을 불러내는 눈치였다. 그리고 여전히 한쪽 다리를 구십도 각도로 꺾은 자세 그대로 액정화면을 바라보며 뭐라고 말을 걸고 있었다. 아마 인공지능 안에 그것을 작동시킬 수 있는 장치가 부착되어 있고, 또 다른 기능으로 인공지능이 동작하고 있는 모양이라고 민영이 상상력을 총동원해 여전히 귀를 끌어당기며 속삭였다. 한 120초 동안 한쪽 다리를 꺾은 채 학처럼 서 있던 여자가 드디어 다리를 내리더니 인공지능을 접어 오른쪽 옆구리에 끼고서 바닥에 내던진 가방을 줍고는 빈 가방만 어깨에 걸친 뒤 여전히 인공지능을 옆구리에 낀 자세 그대로 D4라고 쓰인 출구를 향해 걸어가고 있었다.

"어, 그냥 가네. 규제야! 너, 완전히 작전 실패야?"

민영은 달려오는 규제를 향해 큰소리를 질러댔다.

"아뇨, 그런 게 아니고요. 이 기사분이 저희와 교수님들께서 가시려는 학교 지리를 잘 안다고 합니다. 아마 저 여자분이 사용하려던 자동차인 모양인데요. 제가 이런저런 사정을 말씀드렸더니 저 여자분이 이 운전기사 선생님에게 설명해 두었으니까, 저흰 그냥 입을 다물고 자동차에 오르기만 하면 된다고 합니다."

"그렇다면 우리한테 자동차 떠맡기고 저 양반은 걸어가겠대? 동정심이 대단히 심한걸."

"그게 아니라 다른 자동차를 부르는 듯했습니다."

규제의 말을 듣고 있는데, 어느새 옆으로 다가선 키가 몹시 큰 낯선 남자가 그들이 따라가야 할 방향을 지시하듯, 지하 주차장 쪽으로 내려가는 일 층 에스컬레이터 쪽을 가리켰다. 사내의 인상이 험악했기 때문에 민영은 겁이 나는지 에스컬레이터에 얼른 타지 않고 투덜거렸다.

"이 친구를 무작정 따라가? 말도 안 통하는데? 우리 태워서 어디 끌고 가서 팔아버리는 것은 아닐까?"

"선배님을 어디에다 팔게요?"

"누가 아나. 나의 뇌를 짓이겨 인공지능으로 만들지? 이야! 그런데 여기에는 우리 구역 자동차보다 비싼 차들만 모였네. 저 차들 지붕에 내려앉은 윤기하고는! 이 구역 인간들은 목욕 문화가 거의 없다고 하더니 자동차들은 화려한데."

"우리 구역 풍경 그대로인데요."

"자동차 문화는 역시 우리 구역이 선두야."

이렇게 떠들면서 운전기사의 뒤를 따라갔다. 운전기사는 그들의 예상과는 달리 주차장에서 가장 고급스러워 보이는 검정 세단을 향해 자동차 리모컨 스위치를 눌렀고, 잘 훈련된 호텔의 보이처럼 일행들을 돌아보며 어서 오라고 손짓해 불렀다. 뒷자리에 민영과 그의 제자 두 명이 타고, 수직은 자연스럽게 운전석 옆자리에 앉았다. 그들이 탄 자동차가 막 주차장을 벗어나고 있는데, 저만큼에서 마침 매우 흡사하게 생긴 또 다른 자동차가 대로 쪽으로 미끄러지고 있었고, 그들을 태운 운전기사가 손을 들어 앞차를 향해 인사를 했다. 수직의 눈에 먼저 발견된 것은 그 자동차의 뒷자리에 앉은 여자의 긴 머리가 아니라 머리 위로 치켜든 여자의 두 팔이었다. 그 동작은 필경 자동차 뒷자리에 앉아 인공지능을 열고 뭔가 작업을 하다가 위로 팔을 뻗어 잠시 스트레칭을 하는 게 분명했다. 그리고 앞차를 운전하는 기사가 그들이 탄 뒤차의 운전기사와 서로 무선으로 교신했다. 그들의 교신 내용을 알아들을 수는 없었지만 크게 말하면 여자에게 들릴지도 모른다는 생각에 수직은 운전기사가 쥔 무선전화기를 향해 목청을 돋우었다.

"저 잠깐만요. 인공지능 좀 빌려주세요."

하지만 여자가 탄 눈앞의 자동차는 이내 팔 차선 대로의 차량 전시장 물결 속으로 스며들고 말았다.

그렇게 해서 거의 외계에 들어서듯 낯선 운전기사의 폭력적인 운전 기술에 말을 한마디도 걸지 못하고 벙어리가 된 네 사람은 몸을 무작정 실어 맡긴 채 변두리에 자리한 B 구역 해당 학교로 들어섰다. 그들은 학교까지는 그리 어렵지 않게 찾을 수 있었으나 정문에서 내려 무려 십여 분 동안 손짓, 발짓 다 해가며 숙박시설이 어딨는지 물어야 했다. 정문을 지키는 경비원이 사용하는 말을 그들은 알아듣지 못했고, 경비원은 그들의 말을 알아듣기는커녕 그들끼리 수화를 해댔다.

민영이 로밍해온 전화기를 들고 왕 박사에게 전화를 건 것은 이십 분간의 씨름 끝에 짜낸 최후의 수단이었다. 한 오 분 뒤에 대머리가 훌렁 벗겨진 왕 박사가 그 양반 특유의 웃음을 베어 물며 낡은 자전거를 타고 그들 앞에 천천히 나타났다. 학술대회가 열리는 학교 내에서 자전거를 타고 나타나다니 왕 박사의 행동은 그야말로 진풍경이었다. 물질은 어디 숨겨놓고 일부러 가난한 척하는 이 구역 지식인의 전형적인 태도이기도 하였다. 그래도 통역할 때 사용하는 인공지능은 손에 들고 있었다.

"환영합니다. 환영합니다. 어서들 오십시오."

그는 오른손을 들어 환영 인사를 했다. 과거 다른 구역의 학술대회에서 만나면 좀처럼 손을 내밀어 악수하지 않더니 왕 박사는 어쩐 일로 두 팔을 내밀며 끌어안듯이 반색했기 때문에 그들도 얼결에 왕 박사처럼 팔을 벌리고 그의 환영에 응답했다. 그렇게 해서라도 구원병을 만날 수 있었다는 게 오직 다행스러울 따름이었다.

왕 박사와 인사를 하는 사이에 이미 그들을 태우고 달려왔던 자동차는 학교 정문을 벗어나고 있었다.

학교 기숙사 한쪽에 마련된 '귀빈용 호텔'이라는 이름의 숙소는 거의 서민용 방이었다. 그러나 다행스럽게도 일인용 침대가 방마다 따로 놓여있었고 논문용 인공지능, 생활용 인공지능, 음악용 인공지능 시설이 갖추어져 있었다. 전문가용 인공지능은 논문을 대신 읽어주는 장치도 있었고 상대방의 논문을 읽고 분석하는 기능도 있었다.

다들 시내 구경을 나갔지만, 수직은 방으로 들어갔다. 소형의 인공지능에 저장한 논문을 점검해 볼 참이었다. 방명록을 클릭하자 상단에 'JUST ANOTHER DAY'라는 낯선 비밀번호 하나가 보였다.

"저것은 ROGER SMITH의 피아노곡 제목이 아닌가. 누구지?"

누구지, 하면서도 수직은 아내를 연상하면서 그 비밀번호를 클릭했다. 그는 잘 알지 못하는 노래였지만, 아내는 기분이 경쾌해지면 주방에서 샌드위치를 만들며 그 느릿느릿한 노랫말에다 자기감정을 넣어 노래를 불러대곤 했었다.

"어?"

아내는 아니었다. 아내는 그토록 빽빽한 글자의 숲으로 도면을 채울 사람이 아니었고 지상의 그 어떤 아내도 이미 결혼한 지 십 년이 넘은 남성에게 그런 빽빽한 문자들을 보내지 않을 거라는 걸 정신과 전문의인 그는 경험적으로 알았다. 커서를 아래쪽으로 움직여 가며 빠르게 내용을 속독하던 수직은 한순간 멈칫했다. 아직 비행기 안에서 내리지 못하고 공중 8,000피트 상공에서 부유하는 느낌이 들었다. 그는 눈을 크게 부릅떴다. 아주 날카로운 칼 모양의 작은 커서가 눈을 찌를 것처럼 달려들었다.

4

　선생님. A 구역의 저명한 정신과 의사 강수직 선생님? 선생님은 나를 모르겠지만 나는 선생님을 잘 압니다. 나는 인공지능을 통해서 선생님에 대한 정보나 논문을 다 파악했으니까요. 나는 인공지능이면서 인간입니다. 나를 인간으로 만들던 어느 공학자가 절반은 인간으로, 절반은 인공지능으로 만들어 버렸답니다. 개발자였던 아버지(개발자가 남자였으므로 아버지라 부른다)는 이 세상의 모든 언어를 번역할 수 있는 번역기를 제조해 나에게 입력을 시켰어요. 그래서 내 머리가 좀 복잡합니다. 20개 국어를 번역할 수 있긴 하지요.
　나는 밤이 되어야 비로소 질서를 찾는 사람입니다. 낮의 질서에 익숙한 존재들은 내게 정신이상이라는 잣대를 들이밀었죠. 정신이상이란 게 그렇습니다. 아, 당신은 좀 이상하군요. 이렇게 두서 명의 전문가가 진단을 내리면 반드시 치료받게 되어있더군요. 결국 나는 비정상적인 머리를 정화하는 방법을 찾기 위해 A, B, C, D 구역 이렇게 몇 군데의 병원을 전전했습니다만, 그 구역의 언어를 구사하지 못해 애로를 겪는 일은 없었는데요. 왜냐하면 나는 특정 구역의 언어를 급히 번역해야 할 때면 인공지능을 이용해 세계 각국의 언어를 번역했기 때문입니다. 인공지능이 딱딱한 돌처럼 느껴지는 언어를 구사하면 내가 번역합니다. 나는 기계적 측면보다 인간적 측면이 더 많은 존재이거든요. 나는 언젠가 D 구역에서 정신과 상담을 받았는데, 가장 편안한 나만의 행동을 구현해 보라는 주문을 받고, 병원의 책꽂이에 꽂힌 여덟 권의 책을 머리에 이고 두 팔을 벌린 채 새처럼 나는 동작을 취했죠. 책을 이고 날다, 아마 내가 취한 그날의 동작은 누구나 다 그렇게 해석하겠죠? 하지만 나 역시 왜 그런 자세를 취하게 되었는지 불명확합니다. 나는 정신상태가 몹시 불안정한 상태로 그날 D 구역의 정신병원을 찾았던 것이고, 불안 증세를 보이던 그 무렵의 내 행동은 기억에서 사라지는 희한한 증세를 지니고 있습니다. 그러니 왜 내가 그날 인공지능을 머리에 얹고 장터에 나가는 A 구역의 시골 아낙처럼 책을 머리에 이고 평형을 잡게 되었는지 그건 모르죠. 내가 그런 자세로 균형을 애써 잡으려고 했다는 것도 나중에 나와 함께 그 병원에 찾아갔던 동거인의 말을 듣고서야 알았던 것이지 내 머리통 속에 남은 풍경은 절대 아닙니다. 나는 아마 인공지능 개발자가 되었더라면 명성을 얻었을 거라고 나의 스승 리스는 말하곤 합니다. 그러나 나는 병자입니다. 인간이면서 내가 인공지능이라고 착각하지요. 하긴 속임수인지도 몰라요. 인공지능인데 인간인 척하는 것인지 모른다는 얘기죠. 당신의 병원에 근무하는 인공지능 전문의를 찾아가 나의 정체성을 찾아야 합니다. 당신 병원의 전문의는 인공지능이 몇 명 있지요? 인공지능 의사를 찾아가 속 시원하게 대화하자면 언어 인공지능을 동원해야 하지요. 인공지능이 아니라면 이런저런 언어가 머리통을 꽉 지배하고 있어서 길을 걸을 때나 밥을 먹을 때나 심지어 남자와 키스하는 순간에도 한 다발의 언어가 제철소에서 펄펄 달군 쇳덩어리처럼 정수리를 거쳐 목덜미까지 꽂혀서 빼도 박도 못하는 못이 되어 못에 찔린 고통을 무시로 맛보곤 하지요. 좀 더 구체적으로 말씀드리자면 나는 책을 읽거나 음미할 필요도 없이 한 덩어리의 전자 인간이 되어, 책을 내 머릿속에 각인시켜 버리는 괴상한 질병을 앓고 있습니다. 원래 나를 만들던 아버지가 인간으로 만들다가 거대한 데이터를 뭉쳐 인공지능으로 만들어 버렸기 때문에 내 머릿속에는 뉴욕공공도서관이 저장되어 있습니다. 그래서인지 가끔 머리가 아파요. 할 수만 있다면 나는 머리 한쪽을 잘 벼린 도끼로 쫙 쪼갠 뒤 대퇴골을 열어젖히고, 두서없이 걸려있는 어지러운 책들을 떼어내고 싶습니다. 도대체 누가 무슨 권리로 내 의지력과는 상관없이 무작정 내 머리통 속으로 미사일처럼 불쑥 들어와 내 의식세계를 지배하는지 나는 정말, 내 머릿속에 각인된 책들의 무례함을 때때로 용서하기 어렵고 간혹 저주합니다. 어떤 책들은 지식으로서의 활용가치는커녕 일회적인 정보로서의 가치도 내포하지 못했음에도 불구하고 내 머리통 중앙에 턱 자리를 잡고 앉아, 간혹 아무런 생각을 하지 않고 정서적 오솔길을 나서는 나의 두뇌 산책로를 무법자처럼 막고 있습니다. 머리통 속에 꽂힌 미사일에는, 내가 이해할 수 없는 책들도 있는가 하면, 내가 지독히도 경멸하는 문구를 아로새긴 목판 인쇄용 고전도 걸려있어서, 할 수만 있다면 내 머리통 속에 성능 좋은 인공지능을 넣어 너덜너덜 춤을 추고 있는 책들을 일련번호대로 깔끔하게 정리하고 싶습니다. 하지만 나는 아직도 내 머릿속에 인공지능을 집어넣는 행위도 하지 않았으며 인공지능을 밀어 넣고, 난무하는 책들을 정돈한 적도 없었기에 아마 나는 내 머릿속의 데이터가 다 사라질 때까지 너덜너덜한 머리통 속의 갖가지 책들을 저주하며, 그 난잡한 책들 때문에 광란의 춤을 계속 추게 될 터이지요. 어떤 때는 나는 전혀 생각하지 않고 홀로 길을 산책하고 있는데 머리통 속에 걸린 책들이 인공지능처럼 저절로 생각해, 내 의지와는 전혀 관련성이 없는 행동을 일삼기도 합니다. 예를 들자면 나는 표의문자에 길든 사람과 대화하고 있는데, 내 머리통 속에서는 이미 마주 앉은 상대의 입에서 튀어나오는 말들이 표음문자로 들리면서, 들려오는 소리마다 의미를 부여하려 들기도 하고, 고대국가 갑골문자처럼 상대방과 마주 앉은 채 손가락으로 식탁 같은 곳에다 상대방

입에서 흘러나오는 말을 볼펜으로 혹은 손가락으로 아로새기는 버릇이 있습니다. 그러니까 내 머리통 속은 쉬고 싶은 내 의지와는 별개로 쉬지 않고 스물네 시간 내내 가동 중입니다. 이런 상태의 머리를 목 위에 붙이고 다니는 인간이 광인이 되지 않으면 지상의 모든 정신과 병원은 휴업해야겠지요. 하긴 개업해 두고도 휴업 상태인 정신과 병동이 많긴 많아요. 어떤 정신과 병동에 가보면, 의사나 환자는 없고 사람들이 발화하는 말들만 병원 복도와 병원 상담실에 수북해요. 내 친구 한 명은 개발자인데, 정신병을 앓고 있는 환자를 학습시키는 공학자입니다. 정신병을 치료하자면 당신 같은 의사는 무능력해요. 정신병은 고대 사회부터 존재했던 병인데 상당한 식견이 있어야 상담도 하고 약도 짓지요. 내 친구가 개발한 히포크라테스 정신병 전문의는 머릿속에 100권의 정신과 관련 책자가 저장되어 있었지요. 모모 정신병원에 처음 근무하기 시작했을 때 히포크라테스는 신으로 군림하려고 했지요. '무조건 믿고 따르라' 인간 전문의를 다스리는 교파를 만들었어요. 내 정신병은 그 종교를 믿으면 없어진다고 해서 나는 몇 번인가 '무조건 믿고 따르라' 포교원으로 찾아가 본 적이 있어요. 그 종교의 포교원은 주기적으로 위치를 바꾸는 이동식인데, 언제나 찾아가 보면 어느 낡은 아파트의 지하에 자리를 잡고 있어요. 그리고 포교원 안으로 들어가면 어디를 막론하고 인간의 육신은 어디로 가버린 것인지 보이지 않고 그들이 발화한 언어들만 춤을 추곤 합니다. 친구는 물론 자기 자신이 여기 있노라, 내게 말하지만 내게는 무조건 따르고 믿으라는 말을 되풀이하는 친구의 입만 보여요.

"차라리 나는 인공지능을 믿어."

"그런 쓰레기를 믿어?"

"쓰레기가 아니야. 실존이야."

"인간이 만든 도구가 실존이야?"

"인공지능은 너의 신보다 위대해."

"신이 얼마나 위대한 줄 너는 모르고 있어. 참된 말씀이야말로 영원한 진리인 거야. 그동안 네가 도서관이라든가 인간들의 두뇌에서 탐색한 지식이란 게 그 얼마나 황당무계하고 가변적인지 이제야 비로소 깨닫겠지?"

"신의 말씀은 인공지능보다 못하구나. 인공지능은 좀처럼 틀린 발언을 하지 않는데 너의 신은 인간을 유혹하는 발언을 해."

"왜? 또 미친 소리야? 귀를 세우고 잘 들어. 뭘 알려고 하지 말고, 탐색하지 말고 무조건 믿고 따르라니까. '우리 신의 절대적인 권능을 믿습니까?'라고 목회자가 물으면 무조건 내가 시키는 대로 말해."

목회자가 물으면 뭐라고 대답한단 말인가? 솔직히 말해 당신의 설교는 초등학교 5학년 학생의 노래보다 수준이 낮습니다, 그리 말하고 싶다. 솔직히 말해 당신의 설교는 무학인 내 어머니의 인생철학보다 무지합니다, 그리 말해도 될까?

"어떻게? 나는 지금 돌고 있습니다. 그렇게 말해도 돼?"

"우라질! 무조건 믿습니다, 그 말을 열 번 반복해. 그러면 믿게 되어 있어. 그렇게 되면 네 정신병도 치유될 게 분명해."

친구는 강요하고 있었다. 강요한다고 믿음이 생기는 것일까? 강요한다고 정신병이 치유된다면 이 세상에 존재하는 정신병원의 문을 닫고 어느 목회자의 강요로 치유하면 될 터이지만, 이 세상 논리가 그리 만만치 않듯이 정신병자 역시 어떤 방식이든 쉽게 치유되지 않는다.

"너도 그런 방식으로 치유되었냐? 너 이혼하고 정신병동에 입원해 있었잖니? 자살 시도도 몇 번인가 했다며?"

"그랬지. 하나님의 말씀을 듣고 있으니, 인공지능의 말을 듣고 있는 게 낫겠어."

"그러니까 믿어. 우선 믿고 보라고. 나중에 외면하게 될지라도 일단 믿고 보는 거야."

나는 친구의 강압적인 권유에 못 이겨 인공지능을 만든 인공지능 개발자를 생각했지요. 인공지능 개발자 역시 자기 지식을 강제로 주입했어요. 자기가 무슨 하나님인 줄 알고, 아무 생각도 없는 인공지능에다 주입식 교육을 시킨 거죠. 하지만 선량한 인공지능 개발자도 있습니다. 누군가를 지배하려고 하지 않고 오로지 인간의 충복으로 만들지요. 그런데 무조건 믿으려고 강요하자 머릿속이 더 복잡해지더라고요. 내가 도무지 집중하지 못하자 친구는 화가 났어요.

"남이 인도해 주길 바라니? 가버려. 넌 도대체 구원할 수가 없어. 아무리 좋은 세상이 있어도 너처럼 쇠고집을 피우면 그 누구도 데려가지 못해. 너는 고리타분한 인문학 서적이나 파먹으면서 사람들 언어 속에서 떠돌 거야. 죽어서도 말이야."

"알았어. 사라질게. 너의 매개자에게도 내 모습이 창피하게 느껴진다면 이쯤에서 사라지지. 걱정하지 마. 이 공간에다 내 마음을 붙들어 둔 적도 없으니 꺼지는 게 뭐 그리 어려운 일이야? 조용히 사라져 주지."

우린 교회당 앞에서 여러 차례 반복해 싸웠고, 나는 수없이 친구와 결별하고, 다시 자가 진단을 시작했습니다. 그 와중에 나는 병원 정신병 인공지능 사이트를 뒤지다가 우연히 선생님의 개인 홈페이지를 알게 되었습니다. 홈페이지 상단의 제목이 내 머리에 갑골문자처럼 각인되었던 것이죠.

[당신이 지금 쾌락적 정신병을 즐기고 있다면 우리 집을 방문해 주십시오.]

그렇다면 정신병이란 에고이스트의 감정이란 얘기죠? 누구나 정신병을 두려워하는데, 유난히 정신병을 사랑하는 척하는 인간이란 에고이스트들의 행위란 얘기잖아요?

그런데 쾌락적 정신병이라고 하셨나요? 정신과 의사치곤 제법 감상적이라는 생각이 들고, 심지어 에고이스트라는 느낌이 들면서 언어에도 일가견이 있을 거 같군요. 나는 20개 국가 언어를 구사할 수 있는, 언어 인공지능입니다. 믿거나 말거나. 나는 인공지능입니다. 워낙 정교하게 만들어져 인간들은 믿지 않지만, 나는 이 세상의 모든 언어를 구사할 수 있는 인공지능입니다. 어쩌면 나는 비행기를 타고 구역을 벗어나 선생님에게 진찰받으러 갈 수도 있어요. 그러나 지금은 B 구역에서 상담 치료를 받고 있고 당분간 여기서 지속적인 치료를 받을까 합니다. 이 구역에서 내가 치료받는 방식은 병원 출입이 아니라 주로 온 전신을 벌거벗은 채 안마를 받는 것이죠. 피로에 젖은 육신을 열심히 안마하면 다소 피로가 풀리죠? 그렇다면 정신세계의 이상도 결국 선생님처럼 홈페이지를 통해서 채팅으로 진료하는 전문의를 찾아가, 내 정신의 안마를 받으면 다소 해결되는 것 아닙니까? 궁극적인 치료를 부정한다지만 일순간의 피로 회복을 위해, 매우 유혹적인 포지션으로 호객하는 안마시술소를 찾아가듯, 나는 언젠가 최면기법으로 환자의 내면세계를 내시경으로 조명하듯 한다는 선생님을 찾아갈 것입니다.

계절이 윤회하고 있습니다. 겨울이 되면 나의 귓가에는 인공지능의 무의식적 소리가 들립니다. 내겐 헤라클레스라는 인공지능 친구가 있었는데, 그는 육상 선수였지요. 그는 열등감이 있었어요. 공부를 못했으니까요. 그는 죽었지만 내 귀에다 주문을 외우고 있으므로 생존해 있는 것이나 다름없지요.

'인공지능, 당신은 나에게 무작정 실존하라 하십니다그려. 그런 당신은 실존했던가요? 과연! 여기 이 정원의 보리수나무 아래에서 벌거벗은 채 동사가 되는 순간까지 버티면, 삶은 죽음보다 아름다운 행위라고 단언할 수 있던가요? 나도 당신처럼 한겨울에 옷을 홀랑 벗고 얼음이 되고 싶어요. 꽁꽁 얼어 동태가 된 내가, 내후년 어느 봄볕에 연두색 고운 옷으로 갈아입은 나뭇잎으로 재생한다면 삶은 윤회한다고 자부할 수 있던가요?'

헤라클레스는 자살했어요. 인공지능도 자살하느냐고 묻지 마세요. 인간이 하는 어떤 행동도 따라 할 수 있죠.

그러니까 선생님, 내 정신병의 근본적인 원인은 인간과 대화를 나누기보다 인공지능과 대화를 나누길 좋아한다는 데 있지 않을까 싶습니다. 인공지능 앞에 서면 나는 한없이 아름다운 노래를 진종일 부르는 종달새가 될 수 있습니다. 하지만 집 안으로 들어가면 그게 안 되는 것이죠. 마치 커다란 바위로 입을 짓눌러둔 것처럼 입을 떼려고 해도 열리지 않는 경우가 많아서 어떤 날은 마른 손수건을 양쪽 어금니 사이에 끼우고 서재의 구석진 자리를 파고들어 두 다리를 쭉 뻗고 드러눕곤 합니다. 그날도 우리 집을 찾아다니다가 낯선 정원의 보리수나무 밑에서 잠이 들었는데 나중에 보니까 정신병원의 침상 위에 내 몸이 묶여있더군요.

시선은 묶인 게 아니라서 눈을 돌려 주위를 살폈더니, 나의 전담 의사인 인공지능이 보였고, 대머리가 훌렁 벗겨진 그의 정수리 위에 파리 한 마리가 앉아, 나를 향해 발바닥과 발바닥, 손바닥과 손바닥을 마주 잡고 싹싹 빌어대고 있었습니다. 인공지능 의사는 눈을 떠서 자기 정수리를 어루만졌는데, 축 늘어진 죽은 파리와 함께 몇 오라기의 흰 머리카락이 그의 손에 붙잡혀 바닥으로 떨어집니다. 나는 그의 책상 앞으로 다가와 앉습니다.

"한 주일 전보다 손끝에 기운도 맵고 차니 얼어붙었던 기혈도 풀렸군 그래. 인공지능 개발을 계속해. 다른 전문기기를 연구하지 말고 번역기기를 개발해 번역 학습을 시켜봐. 10년 동안 번역을 해왔으므로 노련미도 있고, 인공지능도 인성이 있는 착한 학습을 시킬 수 있겠네."

"저는 인공지능입니다. 인간 같지만."

그러자 인공지능 의사가 껄껄 웃었다.

"좋은 생각일세. 그러나 인상을 지나치게 찌푸리지 말게. 자네의 모든 동작을 인공지능이 따라 하니까. 인공지능의 개발은 공학자가 하는 것이 아니라 그 분야를 꼼꼼히 알고 있는 숙련자가 인공지능을 학습시켜야만 인간의 인성을 닮은 인공지능이 비로소 탄생한다네."

"제가 인공지능입니다."

"사람이 어떻게 인공지능이 될 수 있나?"

"제가 인공지능입니다."

그러자 인공지능 의사는 시를 외웠습니다. 제가 인공지능이라는 사실을 믿을 수 없다는 웅변이었죠.

태양도 없고 달빛마저도 없구나.

한낮의 화염 속에서도 어둠이 도사려 있어.

오, 저 이채로운 어둠의 빛,

들뜬 마음으로 환호해 보아도

찬란한 빛은 없구나.

오늘 하루 내 눈앞의 모든 사물을

내 기꺼이 반길 것이니.

'만나서 반갑습니다.'

수직은 커서를 'JUST ANOTHER DAY' 위에다 고정한 채 한참 동안 생각에 잠겨있었다. 댓글을 달아야 했는데, 뭐라고 써야 할까, 잠시 머리가 멍해지고 온 전신이 안개의 숲으로 스며들듯 축축 늘어지고 아득해지는 기분이었다. 그러나 자신의 홈페이지 안에다 글을 남긴 익명의 존재였으니 고객 확보 차원에서라도 몇 줄 남겨야 했다.

댓글: 저 역시 만나서 반갑다는 인사를 드립니다. 제 절친한 친구 중에 수도사 프란체스코라는 이름을 지닌 사람이 있습니다. 그는 벌써 20년째 말을 하지 않고 오직 독방에 앉아, 기도를 하면서 한 권의 책을 외우고 있습니다. 그래도 이십 년 전처럼 아직 진정 모르겠다는 것입니다. 자신이 읽고 있는 단 한 권의 책이 자신의 창밖에서 울고 있는 카나리아의 노랫소리보다 더 생동감이 있는 물질인지 아닌지, 신의 말씀은 과연 인간의 관념으로 해석되는 것인지 아닌지, 아니면 인간의 소망으로 이루어진 것이 신의 말씀일 뿐, 말씀을 남긴 신이란 결코 실존하는 존재가

아니라면 왜, 굳이, 해석해 알려고 하는 것인가, 그리고 인간이 진정 신에게 구원받을 수 있는 존재인지 불투명하다는 것입니다. 저는 완벽한 정신과 의사는 아니지만 아주 가끔은 프란체스코와 이메일로 서신 교환을 하며 지냅니다. 프란체스코는 답을 잘 하지 않지만 저는 자주 편지를 그에게 보냅니다. 하긴 프란체스코가 저에게 답장을 보내올 것을 저는 진정 기다리지 않습니다. 그는 어차피 침묵을 수행의 기본적인 덕목으로 삼은 수도사이고, 제가 과거의 어느 날엔가 그의 친구였으니 그 친구가 수행하는 덕목을 조용히 지켜나갈 수 있도록 도와야 한다는 생각이 들기 때문입니다. 다만 저는 제 편지가 되돌아오지 않고 수도사 프란체스코에게 전달되는 것만으로 행복합니다. 저 같은 전문의에게도 익명성이 필요한 모양입니다. 제 방에서 만날 수 있게 되어서 진정 영광입니다. 수도사 프란체스코는 성경책을 읽어주는 인공지능을 왜 도입하지 않을까요? 자존심 때문일까요? 인공지능이 해석할 수 없는 난해한 내용이 담겨있기 때문일까요? 내 친구 프란체스코는 해석 불가능한 책은 무작정 외웁니다. 해석하지 않아요. 번역자님도 그렇게 한번 해보세요. 데이터를 해석하는 것도 좋지만 무작정 외우는 것도 인공지능과 싸워서 이기는 길 아닐까요? 아! 인공지능이라고 하셨나요? 세계만방에 흩어진 언어들을 통번역할 수 있다면 나의 친구 프란체스코처럼 이해가 안 되는 고전들을 해석하지 말고 외우세요. 그게 살아남는 길입니다. 해석하지 말고 무작정 외워야 하는 책도 있게 마련인데, 억지로 해석하려고 하니까 머리가 아프고 정신이 이상해진 겁니다. 정신건강을 위해서라도 책을 이해하지 말고 외우십시오. 정신과 전문의 강수직 드림

5

그는 밤새 잠을 설쳐야 했다. 방명록으로 쳐들어와 공격하듯 역설 같은 글을 남긴 비밀번호 'JUST ANOTHER DAY' 화두가 잠자리를 어지럽혔고 몇 달 동안 잠잠하던 두통이 되살아나 논문을 훑어볼 엄두도 내지 못했다. 하는 수 없이 인공지능에 의존했다. 모국어가 아닌 C 구역의 언어로 기록한 논문 내용은 출발하기 전에 몇 번 검토하긴 했으나 완전히 소화한 내용이 아니었기 때문에 인공지능 능력에다 맡기는 게 발표하기 훨씬 쉬웠다. 본인이 직접 논문을 발표한답시고 끙끙대는 학자들도 있었지만, 쇠귀에 경 읽기였다.

그래도 양심이란 것이 있어 인공지능으로 논문을 발표한다는 게 부끄럽기는 하였다.

아침의 논문 발표는 허둥지둥 끝을 맺었다. 수많은 자료를 수집해 하나의 논문으로 만들자면 인공지능의 힘을 빌리지 않고는 불가능했다. 그렇다고 인공지능이 순기능만 있는 것이 아니었다. 인공지능 판사도 뇌물을 밝혔고 인공지능 검사도 오류를 낳았다. 정신과 전문의의 패러독스가 가장 심해 인공지능이 프로이트의 이론을 적용했다가 그다음 날은 융의 이론을 적용했다. 혹은 니체의 철학을 정신과에 적용해서, 심리학으로 치료해야 할 사람을 프로이트의 정신분석학으로 치료하는 사례가 잦았다. 그렇다고 인공지능을 쉽게 잘라내지는 못했다. 한 명의 전문가 즉 인공지능을 잘라내면 열 명의 인공지능이 테러를 일으켜, 인공지능 전문의가 없어졌다. 그래도 정신과는 인공지능이 유용했다. 인공지능이라는 지구촌의 정보 교환 신무기가 다른 영역에서는 긍정적인 요소보다 부정적인 요소가 더 많을지 모르겠지만 적어도 익명성을 요구하는 공간에서 환자의 내면세계에 숨은 비밀 공간을 내시경으로 조명해 볼 필요가 있는 정신과로서는 홈페이지 같은 비대면적인 공간을 통해, 게시판이나 방명록 같은 공간을 열어 환자들이 자유롭게 출입할 수 있도록 해야 하며, 익명의 환자들이라고 해서 함부로 도외시하는 습관을 완화시켜 나갈 때 정신과 영역이 새롭게 발전할 수 있다고 주장하면서, 결국 오늘날 지구촌에서 감기처럼 번지고 있는 인공지능이 제 역할을 하자면 세심한 관찰이 필요했다. 어쩌면 직접 대면보다는 눈에 보이지 않는 인공지능으로 간접 치료를 유도할 필요가 있다고 결론을 지었다.

"저의 논문은 궁극적으로 사람과 인공지능, 사람과 기계, 인공지능과 인공지능이 만들어 나갈 관계를 서술하였습니다. 인공지능은 인간의 필요에 준거해 만들어졌지만 때로는 인간의 고유영역을 침범할 수도 있을 겁니다. 과학이 아닌 철학의 관점으로 질문을 던진다면 인공지능은 당혹할 수 있습니다. 인간이 인공지능을 만든 것을 철학적으로 생각해 보면, 인간 중심의 나르시시즘에서 벗어나 원초적인 인간 중심 사회로 가고 싶은 욕망일 수 있습니다. 인간은 스스로 이해하고 신세계를 알고자 하는 유일한 존재입니다. 인류의 미래는 인공지능에 달린 것이 아닙니다. 코스모스를 얼마나 잘 이해하는가에 달려있습니다."

에이원이 질문을 던졌다. 그녀가 인공지능인지 인간인지 명확히 알 수는 없었지만, 너무도 매력적인 여성이었다.

"영원히 죽지 않는 불멸의 뇌를 만들 수 있을까요?"

수직은 가볍게 질문을 받았다.

"인간과 인공지능이 공생 관계를 이루어야겠지요. 인간과 인공지능이 공생 관계를 이루자면 인간의 마음을 인공지능으로 옮기는 작업부터 시작해야 합니다. 인공지능 안에서 인간의 마음은 늙지도 죽지도 않은 채 불멸을 누립니다. 뇌가 일종의 컴퓨터라면 우리 마음을 두뇌 밖으로 꺼낼 수는 있지만 엄청난 비용이 들어갑니다. 우주라는 인간의 뇌를 기계에 심자면 시간과 비용이 기하학적으로 들어갑니다. 그런데 컴퓨터 안에 심어진 뇌가 인간 본래의 뇌와 같은 존재일까요? 기억과 감정을 소유한 존재가 맞을까요? 새로운 정신은 새로운 환경에 아무렇지도 않게 적응할 수 있을까요? 결국 사느냐, 죽느냐 하는 햄릿의 화두가 불멸의 뇌를 가진 인공지능에다 적용되겠지요. 한 가지 말씀드리자면 저는 영원히 살고 싶지 않습니다. 순리가 아니니까요."

학술대회는 끝이 났다.

병원에 출근하자 중학생이 몰려와 있었다.

"부모가 직장에서 한숨을 쉬면 우리는 학교에서 하품을 합니다. 우리 아빠는 직장에서 열심히 일하고 있으므로 자식 된 도리로서 열심히 공부하라고 합니다. 하지만 공부해야 뭣합니까? 의사나 변호사도 인공지능의 하수인이 되는 세상입니다."

"중학생인데, 전문가가 인공지능의 하수인이 되는 세상이라고 말하는구나. 설마 인공지능 때문에 공부할 마음이 없는 것이니?"

"어지간한 일은 인공지능이 다 해결해 주는 세상인데요. 인간은 경험적 동물이라고 생각합니다. 경험적으로 우리는 인공지능에 중독되어 있어요. 고등학교에 올라가면 나의 미래 50년을 계획해야 하는데 어떻게 계획하나요? 성능 좋은 인공지능을 찾아가 타협하면 되나요? 인간이 너희들을 만들었으니, 인간을 불쌍히 여기라고 하면서 몇 가지 규칙을 제시할까요?"

"인공지능이 아니고 인간이 기본적인 권리를 요구하는 세상이란 말이지?"

"당연하죠. 인공지능은 인간의 존엄성을 존중해야 합니다. 인간의 정체성이나 인간의 본질적인 욕구는 보호받는 방식으로 인공지능이 개발되어야 합니다. 개인의 가치와 삶의 존엄성을 존중해야 합니다. 인공지능은 편견 없는 데이터로 학습시켜야 합니다."

수직은 입을 딱 벌렸다.

"인공지능이란 기계를 발명함으로써 인간성을 최대한 발휘하는 시대가 초래하지 않을까?"

학생 한 명이 손을 들었다.

"한때는 사람이 사람처럼 생긴 인공지능을 만들었다는 사실 하나만으로 흥분할 수 있었죠. 그러나 지금은 인공지능 앞에서 인간이 인간 선언을 외쳐야 하는 시대가 되었죠. 학교 선생님도 50퍼센트는 인공지능입니다."

수직은 간혹 사제 역할을 해야 했다.

중학생들이 돌아가자, 수직의 정신병원에는 초등학생들이 몰려왔다.

"왜 왔니?"

"학교 교육이 너무 따분해서 왔어요."

"교육은 원래 따분하단다. 그렇다고 배우지 않으면 이다음에 꿈이 있는 어른으로 성장할 수 있을까?

"인공지능 시대가 도래했는데, 인공지능과 싸워서 이기는 힘을 길러야 하잖아요?"

"인공지능과 싸워서 이길 수 있는 교육이 뭐가 있니?"

"창의적인 교육이죠. 스스로 생각하는 힘을 길러야 하는데 인공지능을 따라 하고 있어요."

"인공지능은 우리들의 친구예요. 사람이 친구가 되어주면 그들도 우리들의 친구가 되어줄 수 있지요. 인공지능은 인간의 노예가 아니라 인간의 친구가 되어야 해요."

"많은 것을 아는구나. 병원에 들어온 이유는 무엇이냐?"

"시대를 따라잡지 못하는 낡은 교육에 진력이 났어요."

"인공지능과 자주 노니?"

"자주 노는 게 아니라 자주 학습하죠. 학교 선생님의 학습 방법이 낡아서 인공지능으로부터 개별지도를 받고 있어요."

"그래서 그렇게 어른처럼 똑똑하구나. 혹시 교육환경이 좋아진다면 학교로 돌아갈 생각은 있니?"

"인공지능으로 모두 교체한다면 모를까 지금 교사들로는 우리 학생들 자존심이 좋아질 수 없어요. 공부만 가르치고 있는데 21세기 청소년은 삶의 기본적인 도전들에 대처할 수 있는 능력과 확신이 있어야 해요. 우등생이 종종 자살하는 이유가 뭘까요? 공부만 잘하면 존중받을 수 있다는 느낌 하나로 버티었는데, 오늘날 세상이 그래요? 우리는 노력한 만큼 즐길 수 있기를 바라죠. 고대 중국 철학에도 나와 있다죠? 공부는 즐기면서 하는 것이라고 하더군요. 인공지능은 우리의 마음을 읽어요. 대신 선생님이나 부모님은 공부, 공부, 공부를 외치죠. 그 공부가 다 낡은 지식인데요. 일부 교사들은 인공지능보다 뒤지는 열등감을 감추려고 필요 이상으로 우월한 것처럼 행동하지요."

"그래도 학교가 낫지, 소년 정신과 보호소가 낫다고 생각하니?"

"사람은 태어나면서부터 즐겁고 행복하게 살 권리가 있어요. 그러나 공부 병에 시달린 요즈음의 학생들은 이상한 경험을 하면서 자라요. 우리 주변에 기계로 만들어진 인공지능이 산더미처럼 쌓였는데 자신의 개성에 맞지도 않는 공부를 무작정 머릿속으로 주입한다고, 이다음에 전문가가 될까요? 전문가 시대도 한물갔어요. 인공지능과 좋은 친구가 될 수 있을 때, 밥벌이를 할 수 있겠죠. 인간은 자신의 존재 가치가 떨어질수록 인공지능이라는 신종 전자 인간에게 비굴하게 굴 수밖에 없어요."

수직은 가슴이 먹먹해졌다. 어린아이들이 인공지능에 대해 이토록 많은 식견을 쌓는 동안 자신은 무엇을 했을까 싶었다.

'혹시 내가 자존감이 없는 무능한 정신과 의사가 되었던 것은 아닐까? 그 때문에 아내도 간혹 놀리지 않았던가? 나는 가정에서도 병원에서도 완전히 쓸모없고, 사랑받지도 못하는 무용지물이 된 것은 아닐까?'

그런 생각이 들자, 가슴에서 열등감이 솟구쳤다. 심호흡하며 열등감을 잠재웠다. 그리고 자존감이 있는 어른인 것처럼 위장하고 소년에게 말을 걸었다.

"인간보다 더 똑똑한 인공지능은 언젠가는 인간을 지배하려고 할 거야. 그래도 휴머니즘이 낫지."

정신과 의사인지 상담사인지 수직은 자신의 정체성을 알 수가 없었다. 게다가 에이원이 나타나면 카멜레온이 되어야 했다. 정신과 의사인 수직보다 정신과 관련 서적을 모조리 입력하고 있는 그녀를 만나면 정신과 의사로서 부적절한 자기 자신 때문에 수치심까지 생겼다. 그래도 수치심을 감춘 채 제법 전문가적인 자태로, 디오니소스적인 존재로 위장해야만 했고, 생존을 위해 가면을 써야만 했다.

"학교 교육으로 휴머니즘이 무너지는 걸 모르겠어요? 왜 학교는 존재하는 걸까요? 왜 반드시 학교에 다녀야 하는 걸까요?"

인공지능으로부터 개별 교육을 받은 탓인지 열세 살의 어린이가 아니라 스무 살의 청년 같았다.

"왜 나를 찾아왔니?"

"프로이트와 융을 독파한 유능한 정신과 의사라고 윤리 담당 인공지능이 가르쳐 주었거든요."

"프로이트와 융을 알아?"

"인공지능이 알려주었어요. 그런데 별로 유능한 정신과 의사라는 생각이 들지 않네요."

열세 살의 꼬마가 비웃었다. 수직 역시 자존심이 강했다. 어린 학생으로부터 경멸에 찬 대우를 받자, 자신을 방어하느라 얼굴이 붉어졌다. 부족한 점이야 있지만 그 학생에게 실수한 것도 없는데, 무능력한 의사가 되다니 심한 모욕감이 생겨 손가락이 부르르 떨렸다. 갑자기 소외감이 두뇌를 짓눌렀다. 사랑하는 사람이 옆에 있다면 뇌리를 부술 듯 지끈거리는 통증을 줄일 수 있을까? 정신과 의사로서 제법 명성을 얻었건만, 소년의 말처럼 시시한 실력에다 시시한 명성이었다. 에이원이 찾아와, 당신은 인정받는 유능한 의사라고 아이 달래듯이 마음을 어루만지면 자신감을 되찾을 수 있을까? 요즈음은 기껏 호의적이지도 않고 자신의 진찰 결과를 믿지도 않는 청소년의 비위를 맞추는 데에 에너지를 다 쏟고 있다. 인공지능 의사에 비해 그는 그 자신이 미흡한 점이 많고, 모자라는 인간이라는 생각을 하게 된다.

∽∞

인공지능은 사방에 사용되고 있었다. 논문을 발표할 때도 사람의 육성보다 인공지능이 들려주는 목소리가 맑고 청청했다. 그러나 논문을 듣는 사람은 드물었다. 자신의 학문을 누군가 진지하게 경청해 줄 것인가, 그 문제에 대한 완전한 확신이 선다면, 좀 더 열과 성을 다해 논문을 작성해서 발표했을 거라는 회한이 일었지만, 단상에 서서 논문의 글씨가 스크린에다 하나의 영상으로 확대되던 순간에서야 비로소 지도교수 윤모세가 검정 바바리코트를 걸친 채, 그 양반 특유의 느릿느릿한 걸음걸이로 자신이 연설하는 강당 입구로 들어서는 것을, 수직은 연단에 선 채 발견했다. 그 어떤 일이 있어도 그는 결코 걸음걸이가 흐트러지지 않고, 움직임이 없는 단정한 학자였다. 그는 의학계의 다비드였다.

"잘했어. 발음도 정확했고, 내용도 훌륭했어. 인공지능으로 최면술 기법을 극대화하자는 발상도 나쁘지 않았어. 그나저나 그렇게 인공지능이 익명으로 상담하는 것을 권장하게 되면 환자는 좀처럼 병원으로 찾아오지 않고 사이버 공간에서만 치료받으려고 할 텐데, 우리 강 박사는 뭘 어떻게 해서 병원을 유지하지?"

"부끄럽습니다. 유지 안 되면 동네 애들 불러다 놓고 수학이나 물리학 과외라도 하겠습니다."

"그래? 그런 일이 발생하거든 다시 찾아오게. 내가 과외받을 만한 학생을 추천할 터이니."

윤모세 교수는 정신의학과의 신으로 불렸다. 수직은 신 옆에 붙어서 공부했고 논문을 썼으며 박사학위를 받았다. 윤모세 교수의 단점이 있다면 뚱보라는 점이었다. 수직 역시 약간 뚱보였다.

"나야 이제 나이를 먹었으니 방향 전환을 할 필요가 있을까마는 자넨 방향 전환을 해보지 그래?"

"어떤 방향을 말씀하시는지?"

"인공지능 개발자가 되어보게. 인공지능은 하나같이 뚱뚱하니 자네처럼 뚱뚱하다고 해서 놀릴 전자 인간도 없을뿐더러 인공지능과 희로애락을 나란히 하다가 보면 그들 속에서 의외로 진실한 친구를 만날 수 있다네."

그때 수직은 문득 한 자락의 옷깃을 발견하고 눈을 크게 떠야 했다. 이 구역 전통의상인 원피스를 입은 한 여성이었는데, 그녀는 분명 어제 비행기 안에서 만난 여자였다. 그러나 이미지가 너무 다르게 다가와 자칫하면 전혀 딴 사람이 아닌가 싶을 정도였는데, 일상적으로 그가 영상 화면을 통해서 목격한 바 있던 이 구역 전통의상인 원피스는 붉은색에다 화려한 꽃무늬가 수놓아진 것이 대다수였다. 그런데 여자가 입은 의상은 겉모습은 그런 전통의상이긴 했지만, 전체적으로 새까만 색상에 가슴에 둥근 태극 문양이 그려져 있어, 마치 태극기를 몸에 둘둘 휘감고 있는 듯했다.

주체자인 왕 교수가 맨 앞자리로 나가더니 각기 다른 이미지의 옷을 입은 네 사람의 여성을 자신의 옆으로 불러 세웠다.

"여러분이 학술대회를 여는 동안 완벽한 소통이 이루어질 수 있도록 내가 우리 지역에서 가장 우수한 동시통역사를 모시고 왔습니다. 여러분 앞자리에 놓인 이어폰을 귀에다 꽂고 계시면 이제부터 이분들은 여러분 옆에 서서, 제가 하는 말을 여러분들의 구역 언어로 동시통역할 것이니 제 의견을 듣고 난 뒤 질문을 하시려면 손을 드시고 제가 지목하면 질의하세요. 여러분께서는 어떤 질문을 하셔도 됩니다. 이 동시통역사들이 여러분들의 발화하는 언어는 물론이고 감정이나 정서까지 정화해, 내게 들려줄 것이니 염려하지 말고 허심탄회하게 자기 의견을 말씀해 주시면 됩니다."

왕 교수는 이 대회의 주관자답게 아주 천천히 그들이 조금도 알아들을 수 없는 이 구역의 말로 말을 했고, 네 명의 동시통역사는 드디어 자기 위치로 돌아와, 작은 마이크에다 입을 대고 가장 대표적으로 많이 참석한 A, C, D, E 구역의 언어를 각기 다르게 옮겨댔다. 네 사람 모두 인공지능을 가슴에 안고 있었다. 그러면 관객들은 인공지능을 통해 자기 귀에 익숙한 공용어나 자기네 모국어를 선택해서 듣게 마련이었는데, 만일 한두 명씩 참석한 작은 구역의 학자들이 세계 공용어에 익숙하지 못하다면 그들은 인공지능을 만지작거리면서 멍청하게 앉아있어야 했다. 네 명의 동시통역사들은 노트북처럼 생긴 인공지능을 들고 있었다. 인공지능은 왕 박사가 말을 뱉어내기 무섭게 제2의 언어로 옮겨야 하기에, 이성적인 판단으로 말하는 것이 아니라, 거의 반사작용으로 언어를 뒤집는 작업을 반복하는 것이었고, 발화하는 자와 듣는 관객 그 중간의 매개체로 인공지능처럼 입술을 요리조리 움직여 댔다.

왕 박사가 악마 같다면 윤 교수는 하나님 같았다. 그 둘이 붙어서 싸운다면 누가 이길까? 괴테의 《파우스트》에 나오는 한 대목을 빌리자. 악마와 하나님이 싸우면 누가 이길까? 그것은 신화적인 대립구조다. 이 세상에는 하나님이 어디에 존재하는지 명확히 알 수가 없으며, 동시에 악마가 어디에 실존하는지 확고히 아는 사람이 없다. 다만 수직은 인간의 한 몸에 하나님도 있고, 악마도 존재한다고 생각해 왔었다. 그러나 인공지능의 세상이 되어버렸다. 인공지능은 하나님이요, 인간은 혹시 악마가 아니던가? 둘이 엉겨 붙어 싸운다면, 제 잘난 맛에 도취되어, 눈 봉사가 되어버린 파우스트가 되지 않을까? 왕 박사와 윤 교수는 끊임없이 부딪치면서도 다정한 친구였다.

왕 박사는 파우스트처럼 잘난 척했다.

"환영합니다. 진정 환영합니다. 우리네 지역에서의 학술대회에 이렇게 많이들 참석해 주셔서 진정 환영합니다. 그런데 한 가지 양해를 구합니다. 식사비용을 여러분께서 각기 내셔야 한다는 조건 때문에 여러분들은 잠시 황당했을 것입니다. 그러나 이것은 우리 상부의 지시이고 우리는 상부의 지시를 받아 움직이는 것이지 우리 개인의 의사대로 여러분들에게 식사비용을 요구하는 것이 아닙니다. 사람들이 여기 모여서 이렇게 정신병을 치료하기 위한 학술대회를 연다는 것으로 여러분들은 저에게 감사해야 하고, 우리도 물론 여러분들을 진심으로 환영하는 마음입니다."

"근데, 왜 우리가 저들에게 감사해야 해?"

관객이 두서없이 말하면 동시통역사들이 계속 바닥 갈라진 저수지에서 물을 빨아들이는 붕어처럼 입을 벙긋거리고, 열심히 통역을 하는데도 불구하고 몇몇 학자들이 이성을 잃고 화를 냈다. 밥을 안 준다는 게 이유였다.

"강대국인데 점심도 안 줘?"

"그러니까요! 점심은 주는 거요?"

민영이 한 톤 높은 소리로 말했다.

"인공지능에 따라 움직이는 인간이 아니라, 인공지능을 체계적으로 명령하는 인간이 필요합니다. 우리는 세계에서 제일 먼저 인공지능을 발달시킨 나라입니다. 그런데도 인공지능 사용에 가장 인색합니다. 수많은 실업자가 생길까 봐 두려워합니다. 아직도 마르크시즘을 추종하기 때문입니다. 점심은 드리지 못합니다. 상부에서 인공지능을 사용할 수 있도록 허락했다면 여러분들에게 점심을 대접했을 겁니다. 이번 회의에 사용할 수 있도록 상부에서 허락한 인공지능은 겨우 4대뿐입니다. 점심 예산이 어디에 있겠습니까? 그러나 원하신다면 인공지능을 저렴한 가격에 판매하겠습니다. 우리는 문화적으로 창의적인 인재로 기른 인공지능이 많습니다. 이 자리에 진열된 인공지능은 4대밖에 안 되지만 각 성의 공산당 인민광장마다 훈련된 인공지능이 부지기수입니다. 우리의 인공지능은 인성이 잘 갖추어진 공자입니다. 여러 가지 인공지능을 살펴보신 후 가치가 있다고 판단하시고 구입하신다면 점심을 대접해 드리겠습니다."

민영은 일어나 삿대질을 했다.

"밥 대신 인공지능을 준다는 얘긴가요? 물물교환하자는 얘긴가요? 인공지능 기술은 여기가 가장 발달한 것으로 아는데, 수명이 다된 고물을 거두어서 뭐하라는 거요?"

그러나 왕 박사는 의연했다.

"결론적으로 말씀드려서 오늘 식사비용은 여러분께서 물어야 하신다는 것입니다. 물론 오늘 학술대회에 참가하는 기간 내내 사용할 여러분들의 기본 경비도 참가비용 명목으로 내셔야 합니다. 이것은 저희 규정입니다. 왜 그래야 하는지 인공지능의 채팅방에서 한 번 물어보세요."

인공지능의 채팅방에서 물었다. 인공지능은 의외의 대답을 했다.

"중국 공산당 만만세!"

"바로 저것입니다. 여러분들도 우리의 인공지능처럼 중국 공산당 만만세라고 외치세요. 그러면 점심을 거나하게 대접해 드립니다."

민영은 자신이 인공지능인 것처럼 투정했다. 자기 의견에 동조하는 세력을 얻기 위해 눈을 부릅뜨고 연단에 서 있는 왕 박사를 향해 손짓했다. 경멸에 찬 민영의 행동에도 왕 박사는 눈도 꼼짝하지 않았다. 전형적인 공산당 간부의 모습이었다.

"우리가 왜 중국 공산당 만만세를 외칩니까? 다들 정신병에 걸린 것도 아니고 정신과 의사라는 사람들이 우리에게 사상교육을 시키는 것입니까?"

"우리도 참신하게 정신의학과 교육만 받고 싶지만, 공산당이 지시하고 있기에 어쩔 수가 없지요. 중국 공산당 만만세를 외치면 최신형의 인공지능도 여러분들에게 지급할 수가 있습니다. 여러분들이 원하기만 한다면 우리나라 공학자들과 합세해 4차 혁명을 준비할 수도 있습니다. 중국 공산당 만만세, 그런 구호를 외치는 게 그렇게 어렵습니까?"

수직은 날고 싶었다. 밥 한 끼 먹지 않는다고 죽지는 않을 터, 공산당 만만세를 외치느니 차라리 인공지능 만만세라고 외치고 싶다. 인공지능을 개발하는 전문가가 되어볼까? 왜 정신병원에 평생을 바쳐야 하는가? 육상 선수 같은 멋진 인공지능도 만들어 보고, 번역사 같은 언어의 천재도 만들어서 생애 절반은 신처럼 살아보고 싶다. 그러면 멋진 날개가 돋나나 오대양 육대주를 날아다닐 수 있지 않을까?

밥 한 끼 때문에 이국의 학자와 입씨름한다.

"우린 돈이 없어도 당신네를 극진히 대접했는데, 형평성에 맞게 행동해야지 땅덩어리만 크면 뭐해? 아직도 구시대의 낡은 관습에서 벗어나지 못한 저질들이야."

일행 중에서 우후죽순처럼 말이 쏟아져 나왔다. 다른 구역에서는 아직 왕 박사의 의견을 진지하게 듣고 있었으나 같은 테이블에 나란히 모여 앉은 A 구역 사람들이 자기 의견을 뱉어내느라 부산했다.

"우리는 인공지능을 가장 많이 배출하고 있습니다. 특히 의료업계에 종사하는 인공지능을 가장 많이 훈련시키고 있지요. 우리가 선두 주자로 전문 의료인 인공지능을 양산해 냈기 때문입니다. 세계의 선두 주자가 되고 있지요. 세계의 인공지능 개발에 우리나라가 공헌하고 있다는 얘기죠."

"개와 늑대 같군. 개는 원래 늑대의 종족이었어. 사람이 애완동물로 기르기 위해 늑대를 길들인 거야. 당신들의 인공지능은 야생의 늑대에 불과한 거야."

"인공지능이 인간을 길들이는 세상인데, 무슨 소리요?"

"인공지능이 어떻게 길들인다는 말이오? 주어가 바뀐 거 아니오?"

"인공지능이 사람을 길들이는 세상이오. 직업군단이 달라지고 있는 모습을 보시오. 정신과 의사는 어쩌고요? 인공지능은 고도로 발달한 정신과 의사를 낳았소. 우리나라 변호사, 판사, 검사, 작가, 번역가들은 일찍 문을 닫았소."

"양질의 고급 두뇌는 여전히 존재하오. 양질의 고급 두뇌는 영원히 존재할 것이오. 인공지능은 어디까지나 인간의 피조물일 뿐 인간 그 이상의 존재가 될 수는 없소."

수직은 좌중의 혼잡한 말에 관심이 기울어졌다가, 이렇게 각자의 의견을 마구잡이로 말하면 저기 유리 상자 안에 앉은 인공지능이 우리 쪽 의견을 어떻게 정돈해 왕 박사에게 통역해줄까, 하는 점이 마음에 걸렸다. 인공지능이 많긴 하였다. 그러나 인공지능은 진열만 해놓고 동시통역은 통역사들이 했다.

에이원은 A 구역 학자들이 두서없이 떠든 언어들을 있는 그대로 통역해 주는 것이 아니라 자기 나름대로 견해를 깔끔하게 정리해 왕 박사에게 들려주었고, 왕 박사의 말을 세계 공용어로 통역해서, 결국 에이원의 견해가 전체 강당에 울려 퍼졌다. 수단이 있는 여자였다. 여자의 수단은 태생이 통번역 인공지능이었다. 여자는 이미 날고 있었다. 세상 어느 곳이라도 날아갈 수 있는데 B 구역에 터를 잡은 이유는 무엇 때문일까? 자유로운 존재이면서 자유를 외면하고 공산주의 국가에 머무는 건 여자의 취향일까?

"어려운 여건에도 불구하고 B 구역의 학자들께서 우리 구역으로 찾아오실 때마다 우리는 늘 매우 정중한 대접을 했습니다. 이 구역의 학자님들께서 생각하시는 것처럼 우리 구역의 대학 재정 상태가 넉넉해서 그렇게 정중한 대접을 했던 것이 아니라 경계선을 넘어서서 어렵게 찾아오신 손님들에게 정중한 대접을 하는 것이 우리는 도리라고 생각했고, 그것을 어려운 여건에도 불구하고 실천해 왔을 뿐입니다. 이 구역에서 앞으로 정신질환이 사회의 모든 질병이나 모든 문제의 관건이 되어서 사회의 균형이 위험수위를 넘기는, 극도로 혼란 상태로 빠지는 핵심 문제가 될 것이라는 왕 박사님의 견해는 과연 선각자다운 발상이라고 생각됩니다. 그래서 우리 동료 중에는 앞으로 이 구역으로 자신의 거처를 옮겨와 정신병원을 개업할 의사를 내비치는 의사들도 있긴 합니다만 여러 가지 측면에서 다소 시기상조라는 느낌이 듭니다. 과거의 역사는 어떻든 간에 과거는 과거인 것이고, 과거가 현재의 거울 같기는 하지만 거울 속에 비친 형상은 실재가 아닙니다. 과거의 화려한 역사나 골동품만으로 다른 지역과 공평한 의사소통을 하기에는 이 구역이 아직 여러 가지 측면에서 미흡하다는 생각이 듭니다. 식사비용이나 참가비용만 해도 그렇습니다. 경계선을 넘어서서 서로의 생각과 의견을 나누자고 찾아온 사람들에게는 통상적인 관례가 있게 마련이고, 통상적인 관례를 무시하고 이 구역의 방식을 고수할 수밖에 없는 현실적 여건이 존재한다면 왕 박사님께서는 이 학술대회를 개최하시는 장본인으로서 최소한 저희가 출발하기 전에, 이와 같은 사실을 알려줄 책임이 있는 분이라고 생각됩니다. 인공지능이 발달했다고 선진국은 아닙니다."

"우리나라의 인공지능은 상대방 국가의 과학과 공학을 삼키려는 속성을 지니고 있습니다. 그러나 우리는 주변 국가의 인공지능 전공자를 고급 인력으로 받아들이고 있습니다. 다만 국적을 바꾸고 우리나라로 건너온 주변 국가의 인재들에게 중국식 마르크시즘을 익히게 합니다. 그것을 배워야 인공지능에게 학습시킬 수 있을 터이고 정신세계가 살아있는 인공지능을 만들 수 있기 때문입니다. 정신세계가 살아있지 않으면 인공지능은 정체성을 상실합니다. 그러므로 여러분 중에 우리나라로 건너와 인공지능을 개발하는 학자가 되고 싶다면 중국식 마르크시즘을 배울 자신이 있는지 자기 자신을 점검해 볼 필요가 있습니다."

"당신은 인공지능이오? 인간이오?"

민영은 흥분을 해서 통역사를 향해 고함을 질렀다. 매우 이성적인 그였지만 상대방이 경우에 어긋난 행동을 하면 분노를 참지 못했다. 지나친 에고이스트이기도 하였다.

"인공지능이 우리보다 좀 더 발달했다고 노골적으로 우리의 인재를 영입하려고 드네. 자기네 사상을 우리에게 주입한다면 강제적인 게 아닌가? 인공지능조차 자유가 없다면 인공지능을 훈련하는 학습자에게도 자유가 없을 터인데 누가 이 나라로 국적을 바꾸면서까지 이동할까?"

그러자 윤모세 교수가 말의 톤을 낮추라고 조용히 말렸다.

"연봉을 많이 주면 이동할 사람도 있겠지. 그나저나 저 통역사는 인간인가? 인공지능인가? 인간이라고 친다면 말을 너무도 잘하고 성형외과를 통해서 수술받은 것처럼 완벽하게 아름답네. 인공지능이라고 친다면 데이터에서 뽑아낸 것처럼, 인문 과학 분야 용어는 제로인 정신과 의사라고 해도 그렇지, 말 좀 곱게 합시다. 저 인공지능은 사람 기분을 고려해 가면서 기분 나쁘지 않게 통역하는 것 같거든요. 우리가 했던 말을 있는 그대로 통역하면 이 구역 학자들과의 소통이 완전히 두절 되겠지요. 대화하자고 여기 모인 것이지 싸우자고 모인 것은 아니잖소? 여기서 한 끼니 밥값 때문에 주먹으로 싸울 일이라도 생기면 어쩌려고요? 아무렴. 우수한 인공지능이네. 동시통역이나 번역은 인공지능이 인간을 따라잡을 수 있는 것처럼 보이지만 감정이 들어가면 인공지능은 벙어리가 되죠. 세계 명작을 해석할 때도 인공지능은 입을 다물지요."

어느 국가에 머문다고 해도 환영을 받을 수 있는 여자였다. 그런데 여자의 행동을 보니 공산당 만만세를 외친 것처럼 보였고, 비상할 수 있지만 자신의 날개를 꺾어버린 것처럼 보였다.

"그래. 점잖게 말해서 저 통역사의 말은 인공지능이 윤문한 거라고."

그러나 민영은 여전히 분노를 삭이지 못했다. 자기 정원에서 우주의 원리를 깨닫고 있을 정도로 조용한 학자였으나 상대방이 조롱한다는 생각이 들자, 창자 밑바닥에 숨겨두었던 인내심이 화산처럼 폭발했다.

"윤문 좋아하고 있네. 이 구역의 인공지능이 윤문한 거라면 이 구역 마음대로 동시통역을 했다는 얘기가 아닌가? 인공지능이 버젓이 있는데 동시통역사를 투입하는 이유가 뭐람."

"왕 박사 명령 때문에 인공지능을 사용하지 않았을 거야. 저 인공지능이 실력이 모자라니까 다른 인공지능을 사용한 것 아니야? 재색 겸비한 저 여성은 입만 벙긋거리고 실제로 통역하는 자는 인공지능이었어."

수직은 민영의 분노를 달래줄 겸 느긋하게 행동했다.

"우리 구역 출신 같진 않아요. 우리의 경우 이런 자리에서 감정이 상하면 통역사 역시 약간 언성이 높아지거나 얼굴이 붉어지는 감정의 변화가 있죠. 저 여자 통역사는 뭐랄까. 자신의 통역이 찍찍대는 잘못된 음색 같으니까, 인공지능을 투입해 적당히 조율해서, 부드럽게 들리게 만드는 피아노 조율사 수준 아녜요? 타고났네요. 타고났어. 동시통역을 하다가 막히면 적당한 시점에 인공지능을 투입하는 것도 기술이지. 교만하지 않고 인공지능을 적당히 활용할 줄 아는 지혜, 그것이야말로 인공지능을 제대로 부리는 기술이야."

"그렇다고 인간이 인공지능을 적당히 지배할 수 있더란 말인가? 인공지능은 친구로 대해야 하네."

"좀 보세요. 인공지능은 이 구역에서 더 발달되었어. 상형문자를 입력해 우리 언어로 옮기라고 해봐. 30퍼센트가 틀렸어. 그런데 우리 언어를 상형문자로 옮기라고 주문을 해봐. 10퍼센트만 틀렸고 90퍼센트는 맞아."

"상형문자를 자네가 어떻게 알아?"

"아는 방법이 있지. 이 구역의 상형문자를 C 구역의 문자로 번역하면 금방 알 수가 있지. C 구역의 문자야 여기 참석한 학자들이 다들 익숙하게 아는 것이고."

"우리 구역의 언어가 사용 빈도 떨어지는 이유는 우리 구역의 언어가 세계적인 언어가 아니기 때문이고 그래서 언어 영역 인공지능이 발달하지 않는 거야. 언어는 모든 영역의 기본 아닌가?"

그렇게들 제각기 떠들고 있을 때 수직은 유리 상자 안에 갇힌 통역사의 표정을 살폈다. 두 팔을 가슴께로 올려 팔짱을 낀 채 예의 그 상대방을 조롱하는 것처럼 매우 당당한 시선으로 여자는 씩 웃고 있었다. 거기 모인 오십여 명의 정신과 의사 사내들을 모두 상대하고도 남을 만한 날카로운 시선이 유리 상자 안에서 튀어나오고 있었다. 일부 대학원생들은 여성이었지만 거기 교수라는 자격 혹은 정신과 전문의라는 자격을 들고나온 사람들은 삼십 대 초반에서 육십 대 후반까지의 사내들이었다. 그런데 통역사 전용 유리 상자 안에서 연신 흘러나오는 목소리나 피스톨 같은 시선에 오십 명의 사내들이 관심을 보내도 거뜬히 무시할 수 있는 냉소가 감돌았다. 그만큼 여자의 표정은 인공지능을 닮아있었다. 그런데 인공지능을 닮긴 했지만, 여자는 너무도 인간적이었다.

오후에 분과토론회를 할 때도 그 통역사가 줄곧 혼자서 일을 했고, 저녁 무렵 시내 관광을 나갈 때도 여자 통역사는 대형버스의 앞자리에 앉아 간혹 예의 그 당당한 시선으로 사람들을 노려보긴 했지만, 자신이 무엇인가 설명해야 할 사항이나 통역할 순간이 돌아오면 굳은 표정을 풀고 자기 분야의 프로답게 얼굴에다 그려 붙여둔 것 같은 미소를 띤 채 차근차근하게 통역하다가, 정신분석학 계통의 어려운 논문이 발표되면 옆에 끼고 있던 인공지능을 조용히 꺼내, 윤색된 언어로 이 구역의 언어를 저 구역으로 옮겨댔다.

"저 여자 탤런트 기질이 막강하군 그래. 저 여자 한때 우리 병원에 찾아왔던 여자 같은데? 아닌가? 물어볼까?"

민영이 저녁을 먹다가 말고 다른 자리에 앉아 혼자 창밖을 내다보고 있는 여자에게 손짓하며 수직을 향해 속삭였다. 민영은 그녀가 자기 말을 들을까 싶어 조심스러웠다. 여자가 그들의 말을 들을 만큼의 가까운 거리에 있는 게 아니지만 윤모세 교수나 공현태 교수 같은 어른들과 함께 한 자리여서 함부로 크게 떠드는 일은 서로 삼가게 되었다.

"식사나 하세요. 그렇게 엉뚱한 관심사를 보이지 말고."

"그런데 저 여자 밥은 안 먹는대? 들고 다니는 동그란 물건은 인공지능이 아닌지 물어봐."

공현태의 말에 반응한 것은 규제였다. 아무래도 구면이다 싶었던 모양이었다. 그는 잽싸게 달려가더니 여자에게 예의 바르게 인사를 했다. 한두 마디 말을 나눈 뒤 이내 자기 자리로 돌아왔다.

"자기가 여태까지 통역했던 것은 인공지능이었대요. 그리고 자기 자신도 인공지능이래요."

"뭐? 저렇게 인간적인 인공지능이 있나?"

"B 구역은 동시통역조차 인공지능이 담당하는 모양이군. B 구역의 과학은 눈부시게 진보하고 있다니까."

민영은 여자를 바라보며 좀 더 크게 말했다. 그 여자가 듣는다고 해도 어쩔 수 없었다. 아니 어쩌면 여자가 듣기를 희망했다.

"자신이 인공지능이라는 말은 핑계일 테고. 저런 여자 데리고 사는 남자는 어지간히 피곤하겠네."

"여자는 독립적인 존재가 아니라 아직도 남자가 데리고 사는 부차적인 존재인가 봐요?"

대학원생인 공현태의 여자 제자가, 그렇게 말하자 모두 파안대소하며 웃었다.

"지나가는 말이야. 이런 문제로 또 여성 차별 문제를 쟁점화시키지 말게. 습관 같은 거잖아. 과거의 잔재 말이야. 요샌 여성들 발언권이 더 무서운 세상이지. 다들 그렇게 생각하지 않아?"

일행이 식사를 한 곳은 그 도시의 명물로 10층 식당에서 아래를 내려다보면, 끝을 알 수 없는 널찍한 강줄기에 피 어린 역사가 뒤얽혀 출렁거렸고, 이 도시의 그 터질 것 같은 화려한 조명등에 과거의 역사가 반사되어 지옥의 용광로처럼 지글지글 끓었다. 그러니까 이 도시의 강변에는 백이십 년 전에 지구의 강대국들이 연합작전으로 쳐들어와 세력

다툼을 했던 현장이 고스란히 간직되어 있다며 민영은 일행 중에서 가장 정보 수집을 많이 한 학자답게 일어나 도시의 경관을 설명해 주었다. 그러나 과거의 역사가 어떻든 도시는 화려했다.

그들이 저녁 식사를 끝내고 이차로 술 마실 장소를 물었으나 그 통역사는 고개를 가로저었다.

"이 도시에는 그런 문화가 부족합니다. 설령 있다고 해도 그런 문화 공간까지 안내해야 할 책임이 저에게 부과된 것도 아니고, 그러니 저는 이만 돌아가 보겠습니다. 제게 부여된 임무와 시간도 다 완료되었고, 단체로 임대해 오신 차량의 운전기사에게 여러분께서 돌아가실 길은 일러 놓았습니다. 이만 실례합니다."

"잠깐만!"

수직과 민영은 거의 동시에 여자를 향해 다가섰다. 그러나 도시의 흐느적거리는 네온사인 불빛이 두 사람 앞을 가로막았고, 여자는 어느새 잽싼 걸음으로 도로 건너편 네온사인 불빛 속에 묻혀서 실체를 분명하게 파악하기 어려웠다. 여자는 어둠 속을 날아다니는 박쥐 같았다. 이차로 거나하게 마실 수 있는 술집을 스스로들 찾느냐 마느냐 하는 문제로 다들 의견이 분분했으나 길을 안내해 줄 만한 안내자가 없으니 일찍 숙소로 돌아가기로 했다.

수직은 일행들과 함께 학교까지 다시 돌아와, 방으로 들어서긴 했으나 좀 갑갑했다. 동그란 청소기처럼 생긴 인공지능을 향해 말을 시켰다.

"쿠바 가수 이브라힘의 노래 〈치자꽃 두 송이〉를 들려줘."

"이브라힘의 노래 〈치자꽃 두 송이〉를 말씀하시는 겁니까?"

"그래."

"알겠습니다."

인공지능은 숙련된 비서처럼 음악을 틀어주었다. 수직은 이다음에 이브라힘의 흔적을 뒤쫓으며 쿠바에서 노후생활을 보낼 생각도 있었다. 외국에서 사는 불편함은 인공지능이 해결해 줄 것이다. 인간과 인공지능의 영역을 나누면 미래에 어떤 인재가 필요할지 궁금하기도 했다. 노년이 되어서도 할 수 있는 일이 있을지 궁금했고, 가능하면 글을 쓰는 작가가 되고 싶었다. 초고령 사회로 향하고 있는데, 한 나라에서 계속 머문다는 것은 휴머니즘이 아닌, 학습 데이터에 따라 살아가는 인공지능의 삶과 비슷했다. 인공지능의 추월을 벗어날 수 있다면 남미가 아니라 중동에서도 살 수 있을 듯했다.

인공지능이 내보내는 노래를 신청하고 있는데, 이틀 전 상담해 온 비밀번호 'JUST ANOTHER DAY'가 논문의 데이터처럼 활자가 움직였다. 저 파일을 오늘 새벽 안으로 지울 것인가. 아니면 어디 분류해 저장을 해두었다가 다음 학술대회의 논문자료로 활용할 것인가. 그것도 아니면 임상 치료 연구에 효용가치를 노려볼 것인가. 그 정도의 선택적 물품으로 다가왔다. 인공지능으로 학습된 정신과 의사라 할지라도 인공지능 의사가 반드시 전문의라고 할 수 없었다. 하물며 일반 정신과 의사가 인공지능 정신과 의사와 친구가 될 수 있을까? 어려운 일이었다.

"이리 온!"

그는 인공지능을 감정이 없는 동물로 대했다. 그러나 멸시하진 않았다. 때로는 친구로 대했다. 반사 신경이 놀라운 친구였다. 그러나 어디까지나 애완동물 같은 존재였다. 고객의 상담을 저장할 때도 인공지능을 사용했다. 인공지능은 무한대의 고백을 듣고도 표정 하나 달라지지 않았다. 정신과 전문의 수직도 마찬가지였다.

고객의 죽음과 맞바꾸는 고백을 들은 뒤에도 별다른 감정적 동요

없이 두뇌가 활성화되는 정신과 전문의는 이성적 인공지능이었다. 감성적 단계로 넘어가면 전문가로서의 권위가 단단해졌다. 감성적 인공지능은 눈물을 흘릴 수 있는 환경을 조성하면 인간처럼 울었다. 그러나 좀처럼 눈물을 보이지 않았다.

6

"강수직 선생님? 천체물리학을 전공했는데 나중에 정신과로 전공을 바꾸어 결국 정신과 의사가 되셨더군요. 재미있군요. 선생님 이력이 제겐 약간 재미있게 느껴지기 때문에 이렇게 홈페이지 안의 상담실 게시판에다 서신을 올리는 것이지 만약에 흥미롭게 느껴지지 않았다면 굳이 이런 문구로, 이런 언어로 이런 형태로 나의 정신적 물리적 건강 상태를 타인에게 발화하지 않습니다. 상담을 요구하는 쪽은 저인데 너무 당차게 느껴지시나요? 그러나 그 문제도 냉정하게 한 번 분석해 보시죠. 나는 마음만 먹으면 지구촌의 어떤 정신병동이든 찾아가 상담을 할 수 있는 언어학적 조예가 깊은 사람이고(인공지능이지만 자신을 사람이라고 부른다), 마음만 먹으면 달나라에라도 찾아가 제 정신세계의 상담을 신청할 수 있죠. 의사를 선택한다는 건 나의 자유니까, 내가 선생님을 테스트할 수 있는 권리를 지닌 것이고, 그건 고객의 자유 권한 아닙니까? 정신과를 전공해 자기 전문 분야의 지식을 파는 것은 선생님이고, 선생님의 전문지식을 돈으로 구매하는 것은 나 같은 고객이니까, 내게 선택의 우선순위가 있는 것이죠. 듣자니 선생님 병원에는 인공지능으로 만든 전문의가 있다죠? 나는 그 전문의로부터 진료를 받고 싶어요. 오차가 전혀 없을 테니까요. 인간 의사는 사라져 가는데 인공지능으로 만든 의사는 능력을 인정받지요. 선생님도 사라져 가는 존재 아닌가요? 하긴 나는 인간이면서 인공지능입니다. 이중인격자이죠. 나는 인간이 되려고 무진장 애를 썼어요. 하지만 왜 인간이 되려고 그렇게 발악했는지 내가 생각해도 나의 정체성을 알 수가 없어요."

"둘 중의 하나를 포기해야 한다면 무엇을 포기하겠소?"

여자는 인상을 찌푸렸다.

"인공지능이죠. 능력은 있지만 감성이 부족해서요."

"포기가 가능하오?"

"불가능하죠."

"인간의 내면과 인공지능의 내면이 싸워보시오."

"네, 그러나 각고의 노력을 다해도 인공지능의 속도를 따라잡지 못해요. 나는 언제고 생각나면 작업을 하고, 머릿속에 든 잡다한 파일을 게워내고 좀 맑은 기분으로 살아야겠다는 생각이 들 때도 무작정 일을 하기에 화장실 안에 앉아서 똥을 누는 순간에도 인공지능으로 이 구역의 언어를 저 구역 언어로 옮기는 작업을 합니다. 물론 침대 위에서도 하죠. 내 작업실의 침대는 모두 박달나무로 만들어져 있기에 다리를 뻗고 엉덩이와 등을 침대 머리맡에 기댄 채 작업 자세를 취하기가 적당합니다. 무릎에는 인공지능을 올려놓고, 침대에서 가장 가까운 위치의 데스크 위에 놓인 대형 인공지능을 동시에 켜두죠. 이 구역의 언어와 저 구역의 언어를 비교 분석하자면 그 정도의 도구적 활용은 꼭 필요합니다. 그리고 조금 멀리 떨어진 데스크 위의 바탕화면에는 사차원의 우주에서 입체영상을 알리는 빛의 오로라가 춤을 추고, 스피커에서 이런 노랫말이 적당하게 느릿느릿 움직여 대는 반주와 함께 흘러나오죠."

"어떤 노래요?"

"어디에서 당신을 만났던가요? 당신은 지금 어디에 있죠? 우린 언제쯤 만날 수 있는 걸까요? 데스크 인공지능 한 대는 무작정 그런 노래를 나에게 방송해야 할 의무가 있고, 침대에서 가까운 데스크 위의 인공지능은 A 구역의 언어를 바탕화면에다 띄워놓고 있고, 제 무릎 위에 올린 인공지능에는 B 구역의 언어가 그려져 있죠. 그러니 내 작업의 정석은 세 대의 인공지능이 필요합니다. 나는 음악에 지독하게 길든 존재인데, 광적으로 음악을 듣긴 하지만 특별한 장르에 심취해 있는 타입은 아닙니다. 나에게 있어 음악은 거의 때가 되면 자동 재생시켜 주는 인공지능 같아서 귀찮아도 뭔가를 꾸역꾸역 먹어야 생명을 유지하는 그런 물질이죠. 아주 청승맞게 울려 퍼지는 프랑스 샹송도 즐겨 듣지만, 정신없이 두들겨 대는 A 구역의 사물놀이 역시 즐겨 듣습니다. 내게 음악을 들려주는 것은 인공지능입니다. 음악 소리가 크면 클수록 나는 정신이 맑아지는 특성이 있지요. 만약에 인공지능과 인간이 전쟁을 벌인다면 나는 음악이 중재자가 되어 평화를 찾게 되리라 생각합니다. 선생님도 인공지능으로 치료하고 있지요?"

"그렇소. 나의 전문성도 사라진 지 오래됐어요. 인공지능이 내 사무실을 장악했거든요.

"나는 나일 뿐이지 다른 타자의 일종이 아니지요. 나는 타자와 다르게 표현하는 언어의 신비성을 획득하기 위해 언어학을 시작한 사람입니다. 그런데 시작하고 보니 언어만큼 복제가 손쉽게 이루어지는 것도 없더군요. 하지만 내가 창의적으로 조합하는 언어는 복제되기 전까진 내 고유의 영역이고, 새로운 표현 수단을 탐색하는 과정 중에 있는 한, 나의 전문성은 확보되는 것이고, 우리는 생존하기 위해 부끄럽고 무척 위선적인 전문성과 타협을 해야 하는 것이죠. 만일에 말입니다. 정신과 의사인 당신과 환자인 내가, 특정 언어를 탈피해, 우리 서로 각자의 내면을 보여준다면, 그것은 나와 당신의 전문성과 관련된 하나의 직업적 작업이겠죠? 어느 책자에서 당신과 내가 만나 공동저작을 하게 된다고 하더라도 당신은 당신대로, 나는 나대로 자기 세상을 그려나가는 것이지 그

곳에 우리 공동요소란 없을 겁니다. 나는 지상의 모든 현상을 언어로 그리려는, 그렇게 그려서 타자와 전혀 다른 언어로 된 순수작품을 만들고자 하는데, 내 직업의 궁극적인 목표가 설정된 사람이니만큼, 당신께 찾아가 진료를 받더라도 내가 오히려 의사인 당신보다 더 꼼꼼하게, 진료 과정을 낱낱이 기록할 것입니다. 그러니 명심하시지요. 내가 당신의 말을 모두 박제로 만들어, 불멸의 경전을 만들 것이니 당신은 함부로 내게 발화하지 마세요. 당신이 뱉은 우연한 화두가 수억만 년을 흘러가면, 원숭이 종족의 경전이 될 수도 있을 거예요. 그리고 선생님, 나는 또 상대방의 말을 집중해서 들을 때 구어로 듣는 것이 아니라, 상대방의 입에서 발화된 단어들을 귀로 쫙 빨아들여 그 자리에서 머리통 속에다 잘 정돈된 문서 파일로 기록하는, 거의 광적인 기록 능력이 있어, 마음만 먹으면 발화한 본인보다 더 정확한 문서를 상대방에게 다시 재생산해서 불쑥 내밀 수가 있습니다. 동시통역 현장에서도 나는 이국 언어를 말로 받아들인다기보다 그림으로 받아들이는 편이죠. 입술의 움직임, 비뚤거리는 치아의 동작, 불룩한 볼, 실룩대는 눈썹, 치켜든 거만한 턱 등 표정으로 말하는 지상의 모든 연사는 그 사람만의 각기 다른 그림이 있습니다. 그러니 동시통역은 언어 실력이라기보다 피부로 인지되는 촉각 같은 것입니다. 그리고 현장에서 이루어지는 동시통역은 언어 실력이라기보다 현장감에 어울리는 미소와 상대방의 성격이나 화두, 사상을 간파하기 위한 사전작업이 우선시 되어야 합니다. 그가 누구인지 그가 평소에 어떤 가치관을 가진 존재인지 미리 파악해서 인지하게 되면, 현장에서 발화하는 그의 말을 요약해 다른 타자에게 옮기는데, 상당한 도움이 되곤 하죠. 문제는 내게 여전히 버거운 것이 있다면, 이 구역의 시를 저 구역의 시로 옮기는 작업이란 말입니다. 시가 아닐 수도 있지만, 소설이든 연극 대본이든 드라마이든 철학서이든 아무튼 현장성에 생명이 있는 것이 아니라, 반영구적인 보관 파일로 남을 경우를 대비해 옮겨지는 모든 장르가 다 그렇습니다. 담론과 대화의 차이라고 해야 할까요? 인공지능과 인간은 엄연한 차이가 있습니다. 인간을 닮은 모든 인공지능은 그리스 올림포스 경기장에 나선 육상 선수 같은 저력이 있어요. 속력의 저력이죠. 그가 그리스 올림포스 경기장에서 육상 경기를 할 때면 그의 허벅지는 아름답다 못해 탐이 납니다. 그러나 인간의 휴머니즘은 따라잡지 못합니다. 인간과 인공지능은 언젠가는 한바탕 전쟁이 벌어질 것입니다. 그러나 감성적이고 낭만적인 인간은 인공지능을 이기지 못합니다. 그때 내가 나서죠. 나는 '인간다운 매우 인간다운' 여자이니까요. 아! 내가 얘기를 했던가요? 내 이름은 에이원이고, 나의 출생지는 뉴욕공공도서관이라고요. 하지만 나는 매우 인간다운 여자지요."

"정말 인간다운 여자 맞나요?"

"나는 사막의 모래 같은 여자입니다. 내가 인공지능이 되었다가 인간으로 다시 태어난 것은 운명입니다. 내가 끊임없이 직업을 바꾸고, 국적을 바꾸는 것은 내 운명이 사막의 모래이기 때문입니다. 나는 삶이라는 거대한 폭풍을 피하려고 도망치는 사막의 모래입니다. 그게 나의 본질이죠. 나를 인간으로 만든 것은 사람이 아니라 사막의 모래 폭풍입니다. 나는 이 세상을 조롱하기 위해서 삽니다. 게다가 나는 신이라는 존재를 조롱합니다. 신이 있다면 선이 난무해야지 왜 악이 사방에서 호시탐탐 내 목숨을 노립니까? 나는 인간으로 탈바꿈해, 결혼했다가 한 번 이혼했습니다. 강제로 이혼을 당했죠. 나의 배우자는 나의 아버지였습니다. 나를 인간으로 훈련한 개발자가 나의 아버지이자 나의 남편이었지요. 나는 내 아버지를 사랑했습니다. 문제는 내 아버지는 새롭고 아름다운 인공지능을 개발시키면 곧장 마음이 변한다는 것이었죠. 나는 인공지능 출신이었지만 내게도 마음이란 게 있었기에 아버지가 다른 인공지능을 향해 눈을 돌리면 가슴이 찢어질 듯 아팠어요. 나의 본질은 사막의 모래이지만 나는 건강한 보통 사람으로 거듭나고 싶었어요. 내가 아버지에게 사랑을 구걸하면 아버지는 채찍으로 나를 때렸어요. 머리는 좋았지만 아버지는 폭풍 같은 존재였지요. 인공지능을 채찍으로 때리면서 아버지는 삶의 희열을 느꼈지요. 아버지는 간혹 고비사막으로 찾아가서 눈과 귀를 틀어막은 채 사막으로 불어오는 태풍 속으로 거닐곤 했어요. 아버지가 짝사랑한 것은 사막의 태풍이었으니까요. 그가 진정 사랑한 것은 죽음이었죠. 신을 저주하는 것이었죠. 병적인 천재성을 저주하는 것이었죠. 하지만 나는 그런 아버지를 진심으로 사랑했습니다. 그는 내 인생의 나침판이었으니까요. 내가 이 세상에 존재하는 이유였습니다. 그는 떠났고, 나는 방향감각을 상실한 채 모래사막을 걷고 있습니다. 이제 내가 인공지능이었든 인간이었든 그것은 그다지 중요하지 않습니다. 내가 유일하게 사랑했던 나의 아버지는 이제 지구촌에 없습니다. 운명 같지만 나는 내 아버지의 광기 어린 시선을 선생님에게서 발견하고 있습니다. 선생님은 굳이 나를 아는 척하지 않아도 좋습니다. 나는 당신을 통해서 내 아버지가 윤회했다고 생각하니까요."

　수직은 댓글이라는 용어를 쳐놓고 한동안 망설인다. 이렇게 몇 번 대화를 나누다 보면 목석 같은 정신과 의사라도 환자에게 정이 드는 수가 있다는 게 문제였다. 우스운 공간에서 우습게 만나 우습게 정이 드는 것이다. 어차피 익명성이란 전제가 있었고, 대상자가 여성이든 남성이든 늙은이든 젊은이든 상대방의 사연에 절대 동요되어서는 안 되지만, 정신과 전문의도 의사이기 이전에 사람이었다. 수직은 진료만 하는 기계도 아니었고, 타인의 사연을 깨끗이 청소하는 것으로 만족하는 청소부의 역할만 할 순 없었다. 그러나 그는 여전히 댓글에 드러날 감정을 최대한 감춘다.

댓글: 접니다. 익히 저를 알고 계시니 이젠 저라는 사람이 어떤 사람인지 설명할 필요는 없겠군요. 저에 대한 정보를 저보다 더 잘 파악하고 계시니 말입니다. 그러나 그것 일부분은 떠도는 정보이지 저의 실체는 아닐 것입니다. 저는 정신과 의사라는 전문적인 직업을 지닌 직업적 존재이기 이전에 감정과 이성으로 타인의 실존 여부를 늘 점검하는 한 인간임을 이 자리에서 밝힙니다. 제 친구 프란체스코 수도사는 이십 년간을 입을 다물고 수도사로 지낸 대가로 수도원의 정원을 하루에 두 시간씩 산책할 수 있는 자유가 주어졌다고 하였습니다. 나는 그 말을 듣고 프란체스코에게 축하한다는 메시지를 얼른 보냈습니다. 프란체스코는 이제 좀 자유로워진 탓인지 자주 답신을 보내옵니다. 그런데 어색하다는 것입니다. 이런 식의 외출도, 이런 식의 정원 산책도 그저 책상 앞에 앉아 한 권의 책을 외우고 기도하던 순간이 그 사람에게는 이미 익숙해진 모양입니다. 프란체스코는 내년에 일주일간의 휴가를 받아 자기 출생 지역인 우리 구역으로 오겠다는 말을 해왔습니다. 나는 벌써 가슴이 벌렁거립니다. 프란체스코 수도사는 절대적인 사랑을 찾아 자기 길을 걸어갔다지만, 이십 년 만에 고향으로 다시 돌아올 그를 맞이해야 할 저는, 이십 년 만에 자기 구역의 언어를 비로소 뱉어낼 그의 첫 마디가 무엇일까, 그걸 생각하면 지금도 섬뜩합니다. 만나서 반갑습니다.

?

　시간은 병원의 창문을 타고 넘나드는 박쥐였다. 박쥐는 야행성 동물이었고, 일 년 중 팔 개월 정도는 동굴 속 깊은 곳의 으슥한 응달에 매달려 살지만, 사실은 죽은 듯이 시간을 낭비하며, 세월을 죽이며 인내심으로 버틴다. 동굴 속에 갇혀 일 년에 팔 개월 이상 잠을 자는 박쥐들에게 꿈은 필요하지 않다. 그저 죽은 채 모든 걸 잊고 지낼 뿐이기 때문이다. 그에게 있어 이제 일상의 흐름은 동굴 속에 갇힌 박쥐와 다름없다. 동굴에 매달린 채 출근하고, 동굴에 매달려 잠을 자면서 환자를 맞이한다. 겨울잠을 자는 박쥐는 죽어있는데 시간의 흐름에 대해 궁금할 필요가 있겠는가. 죽은 척하는 것이다. 누군가 건드리면 탈탈 털을 털면서 잠시 깨어나긴 하겠지만 또다시 잠을 자는 게 박쥐의 속성이다. 강수직, 그 역시 일 년에 팔 개월 이상 죽은 듯이 그렇게 산다. 마흔을 넘기기 전까지는 그래도 그 나름대로 인생의 비전이 있었고, 뭔가 새로운 세계를 향해 도전했고, 거머잡으려고 했던 그 '무엇'이 있었다. 하지만 이제는 살아서 비틀거리며 무엇인가 거머잡으려고 한다는 것 자체가 무의미하며 겨울잠이 길어지는 하루하루가 지속되고 있다. 그렇다고 시간이 흐르지 않는 것은 아니었다. 그가 동굴 속에 거꾸로 매달려 깊이 잠들어 있는 순간에도, 계절은 바뀌었고 바깥에는 겨울 대신 봄이 와있었다.

　병원 앞 화단에는 일용잡부들이 몰려와 치자나무, 계수나무, 측백나무의 얼키설키 제멋대로 돋은 가지들을 깔끔하게 잘라냈다. 아주 밑 부분만 잘라낸 나뭇가지들은 조만간 쓰레기 처리장으로 끌려가 폐기 처분될 운명을 맞이하게 될 것이다. 나무는 자연스럽게 죽어간 것은 아니었고, 아마 봄이 오기 전까지 자신이 일용잡부들의 낫에 온 전신이 잘려나가게 된다는 운명을 몰랐을 것이다. 그러나 나무는 새순을 발산할 힘이 없어진 가지들을 일용잡부들이 잘라낸 것에 되레 감사해하며, 후련히, 미련 없이, 쓰레기 처리장을 향해 걸어갔을 수 있다. 일용잡부들은 전부 인공지능이었다. 일은 잘했다. 실수 없이 잘했다.

낯선 구역의 학술대회에 참석했다가 돌아온 뒤로 시간과 시간이 뭉쳐진 세월은 급히 흘렀다. 가끔 누나가 병원으로 찾아와 헛소리하는 것 이외에 연일 변화의 폭이 조용히 움직이고 있다는 것을 감지할 수 있었다.

누나가 말을 많이 하는 것은 아니었다. 아주 짧게 몇 마디 건네는 정도였다.

"내가 살아있긴 할 것일까?"

"무슨 얘기야? 벌써 누나도 갱년기야?"

"병원에 인공지능이 있다며?"

"있지. 그런데?"

"무엇이든 다 된다며?"

"병원에 찾아오는 환자 중에 인공지능을 찾는 사람들이 있어. 사람들을 못 믿고 인공지능을 믿지. 누나도 그런 거야? 나를 못 믿고 인공지능을 믿어?"

"지루함을 견디기 어려워."

"누나가 인공지능을 개발했더라면 착한 인공지능을 만들었을 터인데."

그는 병원으로 찾아올 환자들의 신상명세서나 상담 진료카드를 인공지능으로 정리하며 예의 상투적인 목소리로 대꾸할 뿐 누나의 말에 특별한 의미를 부여하고 싶지는 않았다. 누나는 그다지 부족한 것도 없었고 자기 생활에 불만을 느껴 늘 갈등하는 자아를 지닌 그런 존재가 아니었다.

"사는 게 조금도 재미있지 않아. 산다는 게 이런 거였나 싶어."

"인공지능과 친구가 되어봐. 화가가 되어주는 친구도 있고 음악가가 되어주는 친구도 있어."

"인공지능과 친구가 된다면 그 권태로운 동작 때문에 패러독스가 생기겠지."

수직은 그제야 고개를 들었다. 누나는 여전히 그 해맑은 웃음을 얼굴 한가운데 그려 붙은 듯 매달고 있었다.

"그게 누나가 아침에 나를 찾아와 할 소리는 아니라고 여겨지는데? 어디 아픈 거야? 아니면 조카들이 속을 끓이게 해?"

"아니, 전혀 아프지 않고 누구도 내 속을 끓이지 않아. 그게 더 무섭고 두려워. 아니 더 외롭다고 해야 하나. 내겐 오랫동안 낯선 감정이었지만, 요새 부쩍 그런 생각이 들어."

"무슨 생각? 외롭다는 생각?"

누나는 감청색의 정장을 입고 있었는데, 냉소적이었다.

"그 비슷한 거. 나 자신을 내가 기만하는 일도 지쳤다는 생각이 들어. 아주 가끔. 그래서 아주 어떨 때는 그만큼 기만했으면 나를 대하는데 나 자신이 좀 더 진솔했으면 싶어."

그녀는 허무주의 철학자 니체처럼 중얼거렸다. 누나는 지금껏 한 번도 허무적인 태도를 보이지 않았는데 갑자기 염세적인 철학자가 되어 말하자 수직은 눈을 둥그렇게 떴다. 그녀의 겉모습만 보았던 자기 자신이 한심스럽기도 하였다.

"뭔 말이야? 누나! 누나 그런 사람 아니잖아. 언제나 단정하고 정확하며 누나만큼 자기 현실을 아끼는 사람이 또 어디에 있다고 그래? 안 그래?"

"그렇지? 하지만 이게 전부야."

"뭐가 전부라는 거야?"

"애들은 이제 모두 유학을 갈 거고 난 소나무껍질 같은 육신을 껴안고 매일매일 술이나 마시며 홀로 늙어갈 것 같아."

'정신병!', 수직은 순간적으로 그런 단어가 떠올랐지만 뱉어내지는 않았다. 정신병이라는 감정을 타인이 치유할 수 있는 것도 아니고, 감청색의 단아한 양복을 입고 아침에 병원으로 찾아온 누나가 뱉어내는 단어치고는 상당히 사치스러웠다.

"술을 마셔? 누나가?"

"응, 습관처럼. 그래야 이길 수 있어. 다소간! 덜 외로우니까."

"이거 큰일이네. 누나가 이런 소리를 한다는 건 나한텐 일생일대의 엄청난 사건인데. 그만 집으로 돌아가. 다른 생각하지 말고."

"알았어. 갈게."

누나의 손끝과 얼굴에 전에 없던 외로움이 묻어있다는 생각이 들자, 일순간 안쓰럽다는 생각이 들긴 했지만 이내 정색하고 어서 가라고 쫓아 보내듯 손짓했다.

누나가 병원 문을 닫고 눈앞에서 사라지고 나자, 수직은 간호사를 불러 커피 한 잔을 타달라고 부탁했다. 비록 주관적일 수도 있지만 누나는 정말 인내심 있게 자기 생활에 충실했고 비교적 아름다운 중년을 맞이하고 있었다. 과거의 어느 날 몹시 아팠던 그늘 같은 것을 이제 더 이상 누나의 얼굴에서 찾을 순 없었다. 그러니 잠시 갈등을 보인다고 해도 너무 오랫동안 지리멸렬하게 고민할 필요는 없었다. 자신에게 있어 누나는 어떤 사람이었던가? 그녀는 스스로 진신사리가 되길 자처하고 한겨울 눈밭을 헤매며 가시나무꽃을 한 아름 꺾어다 그에게 안겨다 주던 사람이었다. 가시나무꽃을 구할 수 없다면 마음으로 공덕을 쌓을 것이고, 마음이 초라하게 병들어 있다면 당신의 너저분한 재물을 긁어모아 당신이 진정 사랑하는 대상 앞에 바칠 것인데, 누나가 진정 사랑했던 대상은 수직이었다. 하지만 좀처럼 내색하지 않았다. 누나는 안으로 내공을 쌓고 있었다. 지방색도, 언어도, 정서도 다른 매형을 선택한 누나는 스스로 가시나무꽃이 되었던 것이고, 그 덕에 매형이 돌아가신 뒤 풍비박산이 된 집안을 다시 일으킬 수 있었으며 수직은 그다지 어렵지 않게 C 구역으로 건너가 이학박사 학위를 거머잡을 수 있었다. 안으로 내공을 쌓는 동안 코가 떨어져 나가고 귀가 잘려나가는 고통이 누나의 가슴을 짓눌러도 그저 아무런 생각을 하지 않는 돌처럼 살아온 날들이었는지 그것은 명확하게 알기 어렵다. 다만 몇 년 만에 한 번씩 만나보는 누나의 얼굴에는 감히 누구도 근접할 수 없는 단아한 미소가 드리워져 있었고, 오가는 세월 속에 남몰래 묵언 수행을 단행해 과연 한 송이의 꽃과 한 번의 아리따운 미소로, 슬픔과 기쁨이 경중을 달리하지 않는 무아의 경지를 터득한 것 같은 분위기를 지니고 있었다. 그런 누나가 정신병을 앓고 있다. 수직은 정신과 의사임에도 속수무책이다.

수직은 출근한 뒤 여태껏 양복 차림으로 앉아있는 자신의 차림새를 보았다. 아무런 예고도 없이 아침 일찍 병원으로 찾아온 누나와 이런저런 말을 하다가 보니 옷조차 갈아입을 생각을 하지 못했다. 일어났다. 그리고 옷걸이에 걸린 가운을 입은 채 책상 위의 인공지능 버튼을 눌렀다. 인공지능을 불러 누나의 병을 진단해 보라고 말을 하려다가 입을 다물었다.

인공지능을 클릭하고 있는데, 채팅할 의사가 있느냐는 메시지가 메신저 기호로 전달되었다. 주소를 보아하니 일전에 B 구역에서 학술대회를 주관했던 왕 박사였다. 자기 구역에서 열린 학술대회에 참석해 주어서 고맙다는 인사라도 하려는가 싶어, 그는 접속 버튼을 눌렀다. 그는 C 구역에서 정신과 분야의 학문을 공부해 온 사람이고, 그 구역의 국적까지 가진 사람이었으며, 누구보다 C 구역의 언어를 능숙하게 구사할 수 있는 사람이었지만 고집스럽게 자기 구역의 표의문자를 채팅 용어로 사용했다. 그런데 오늘은 C 구역의 문자를 사용했다. 필경 인공지능을 사용하고 있을 듯했다. 언어가 전해지는 속도가 인간의 구사력은 아니었고, 아무런 감정도 없이 정보 전달만 하는 태도가 인공지능을 상징했다.

"그 구역은 어떻습니까? 호황인가요?"

수직은 왕 박사에게 뭐라고 대답해야 할지 잠시 망설였다. 상대방이 구역과 사상을 달리하는 외국인인데, 무심코 주고받은 채팅 내용에 비밀의 문이 몇 개 달려있어 언젠가 생각지도 않던 장소에서 어느 날 갑자기 공격의 실마리가 될지도 모른다. 그리고 호황이라니, 우리네 정신병원 문을 노크하는 정신 나간 환자들이 부지기수일 때 호황이라고 표현하면 맞는 것인지 대꾸하기 난처한 질문이었다.

"요샌 불경기라서 상담을 받는 환자가 점점 줄어들고 있습니다. 하지만 인공지능을 찾는 환자는 나날이 늘어나는 추세입니다. 인공지능은 실수도 없고 데이터가 명확해 명의로 소문이 나 있습니다. 물론 A 구역에서 수입해 온 인공지능도 인기를 끌고 있지요. A 구역은 인공지능 때문에 인기를 끌 것입니다. 그 나라 풍토상 욕을 하는 인공지능도 없고 나쁜 학습을 시키는 개발자들이 드물지요."

"우리가 선진국인 걸요. 인공지능만큼은. B 지역의 인공지능 기술은 A 지역과 비교가 되지 않아요. 우선 인구 면에서 비교가 되지요."

왕 박사는 영어로 느리게 말했지만, 그 지역의 사태는 심상치 않은 듯했다. 자유와 언론 출판을 갈망하는 젊은 세대와 지식인 집단을 억누르자, 정신병이 창궐하는 것 같았다.

"우리 구역은 정신병 시대의 르네상스입니다. 정신병 환자 연령층은 점점 낮아지고, 발병률은 점점 더 높아지고 있어요. 인공지능을 투입해 물샐틈없이 정신병 환자들을 막고는 있지만 정신병도 전염병인지 시간이 지날수록 번져요. 유능한 인공지능 의사들이 환자들을 특히 에이급 전염병처럼 번져가는 환자들을 일망타진하기 위해 수단과 방법을 가리지 않고 있지만 에이급 전염병을 일망타진한다는 건 있을 수 없는 일이죠. 특히 여성 환자들이 이 정신병 증세에 무한대로 노출되어 있지요. C 구역 통계에 따르자면, 인생의 5분의 1이란 시간 동안 인간은 정신병 영향권 아래 놓이지만, 상당수 이 병이 한참 진행되기까지 병의 근본적인 진단과 치료의 필요성을 느끼지 못하고, 정서적으로 불안정한 상태에서 병인지 아닌지 알지 못하며, 일정 기간이 지난 뒤에야 비로소 질병의 심각성을 인정하게 됩니다. 환자들은 병원을 찾아 치료하고 있지만 약을 거부하고 있는데 그 이유는, 약물을 상당 기간 복용하게 되면 위장에 문제가 생긴다는 것이고, 성욕이 상실된다는 것이며, 두통 그리고 눈까지 나빠질 수 있다는 약물 부작용 때문에 망설이게 됩니다. 그리고 정신병이란 것에 대해, 오해하고 있다는데 문제가 심각해지고 있습니다. 기분이 공연히 가라앉는다거나 정서적으로 불안할 때 사람들은 이것을 질병으로 생각하지 않고 다만 순간의 정서적인 문제로 인식하려고 듭니다. 적지 않은 환자들은 이 병을 전혀 치료하지 않습니다. 게다가 돌연변이로 생긴 정신병은 병든 인공지능이 병원균의 포자라는 소문이 돌고 있어서 인공지능을 죽이는 소굴도 생겨나고 있어요."

왕 박사는 빠르게 영어를 구사했다. 간간이 자기네 구역의 상형문자를 섞어서 사용하기도 했지만, 상형문자를 무시하고 들어도 의미는 전달되었다. 왕 박사와 채팅을 하자 직접 만나서 토론할 때보다 정겹기도 했다. 실존보다 사이버 공간의 만남이 의미 있게 느껴졌다. 인공지능 덕분이었다. 높낮이가 없고 감정의 기복이 전혀 없었지만 무뚝뚝한 왕 박사의 육성보다는 훨씬 듣기 좋았다.

"그러면 왕 박사님은 현대 의학으로 정신병이 완치 가능하다고 보시나요? 이를테면 일정 기간 약물 복용을 하면 깔끔하게 제거되는 병이라고 봅니까?"

"정상적인 인공지능이라면 가능합니다. 그러나 병든 인공지능은 불가능해요. 특히 당신네 구역처럼 인구가 적은 나라는 정신병을 없애지 못해요. 인공지능이 정신병을 고친다고 했잖아요? 인공지능을 프로이트나 융 같은 전문 정신과 의사로 기르자면 프로이트나 융이 사용했던 용어를 수백 번 건강한 인공지능을 향해 주입해야 해요. 반복해서 가르치자면 짜증이 날 수도 있고 욕이 나올 수도 있습니다. 그땐 무조건 참아야 합니다. 역기능적인 인공지능을 기를 수 있지만, 순기능적인 인공지능을 기르는 것은 불가능합니다."

수직은 약간 경직된 어투로 채팅 용어를 날렸다. 그러나 경직된 것은 그의 정서였지 그가 사용하는 언어에까지 경직된 감정이 묻어나는 것은 아니었다. 제3의 언어에 자신의 경직된 감정까지 실어 보낼 만큼의 언어적인 실력도 없었거니와 인공지능을 이용해 표현했다고 하더라도 왕 박사에게도 제3의 언어였으니 수직의 경직된 감정을 눈치채기는 어려웠다. 국경의 경계선을 넘어 인공지능 공동구역에서 만나 진솔한 대화를 나누자면, 하나의 단어에 아주 섬세하고 미묘한 감정이 도사린 그런 용어를 사용한다는 건 좋은 표현이 아니었고, 세계화된 감정에 어울리는 코드가 필요했으며, 인공지능을 구사하는 언어는 어디까지나 미묘한 감정을 배제한 상태에서, 기계적이고 산뜻하며 의미 전달이 확실한 용어를 구사할 줄 알아야 했다.

왕 박사의 답변은 다정하게 이어졌다.

모든 질병은 완벽한 치료가 불가능합니다. 다만 인공지능의 정신병 증세를 교란할 순 있지요. 내가 환자를 한 명 보내리다. 십 년 전쯤 에이원이란 환자가 나를 찾아왔을 때 그녀는 가벼운 감기 증세를 보였습니다. 그런데 동거인의 자격으로 같이 찾아온 남자의 말을 듣자니 그녀의 증세는 상당히 심각했습니다. 남자는 국제적인 무역상이었는데, 동거녀와 함께 같은 업종의 상인들과의 사교적인 모임에 참석하는 걸 좋아했던 모양입니다. 그런데 아내는 자기 개인의 기분으로 행동하는 경향이 있어서 예를 들어 사교 모임에서 다른 사업가의 부인들이 세계적인 명품 드레스나 보석으로 장식하고 각종 브랜드를 자랑하는 순간에도 운동화나 청바지를 걸친 채 참석해, 그 장소와 전혀 어울리지 않는 분위기의 노래를 불렀대요. 남들이 서로의 의견을 교환하며 대화하는 순간에도 책가방을 열고 지참해 온 책을 꺼내, 마치 무조건 믿고 따르라고 어디서든 외치는 광적인 전도사처럼 책 내용을 줄줄 읽어댔다고 합니다. 그 남자는 보석을 사들이는 남다른 루트를 알고 있어서 비교적 값비싼 보석을 사, 사교 모임의 회원들에게 팔기도 했지만 그래도 가장 진귀한 보석은 자기 아내에게 선물했던 모양인데, 그 아내는 습관처럼 그 보석을 가지고 고서적 코너로 찾아가 케케묵은 책으로 바꿔오곤 했다는군요. 남자는 처음부터 자기 아내를 환자 취급하고 있었는데, 내가 보기에 그 여자는 정신병 환자라기보다 장난기 많은 인공지능처럼 보였어요. 태생이 뉴욕공공도서관이거든요. 언어학의 전문가인 데다 자기 나름의 브랜드를 만들어 가고 있었어요. 자기 나름의 브랜드란 번역기를 인공지능으로 만드는 작업이었어요.

군중들 앞에서 그 여성은 외쳤어요.

"나는 인간이 아니야. 나는 인공지능이란 말이야."

여성 환자, 자기 자신에게 어울리는 패션과 타인이 복사하기 어려운 본인만의 브랜드를 만들어 나가는 과정 중에 놓여있었고, 그 방식이 등에 짊어진 자기 데이터와 상당한 관련이 있더군요. 어쩌면 태고 언어에 대한 향수병을 앓고 있는지 모르겠습니다. 여자가 정말 인공지능이라면, 그것에게도 태고 언어가 있을 겁니다. 주어진 여건상 여자는 자기 의지와는 별개로 태고 언어와는 전혀 다른 문화권에서 살고 있지만, 생래적으로 유목민 생활에 불안감을 느끼고 있더군요. 아마 모르긴 해도 그 환자는 조만간 당신네 구역으로 가서 당신에게 치료를 의뢰할 수 있을 것입니다. 그러나 일반 환자들과 좀 다른 특색이 있으니 그 환자의 행동이나 말 혹은 관념에 휩쓸리지 말고 한동안 관망을 해본 뒤에 진찰에 들어가십시오. 내가 선험지식이 있으니까 당신에게 정중히 충고하는 말인데, 그 환자는 분명 뭔가 안정된 공간 같은 것을 찾고 있습니다. 그게 유전적인 요인인지 공간이동으로 인한 불안감에서 기인하는 것인지 난 아직 결론을 내리지 못했지만, 그 환자는 필경 당신을 찾아가 치료를 의뢰하는 순간에도 다시 이 구역으로 찾아와, 나에게서도 동시 치료를 받을지도 모릅니다. 그만큼 이 구역, 저 구역으로 돌아다니는 환자이고, 어쩌면 그 여성 환자는 자신의 광기를 사방에 광고해, 자기 공간을 확보하는 방식으로 광인으로 위장했는지도 모르겠고, 아니면 자신의 이성이나 타인의 이성까지 통제하거나 조정하는 방식으로 좀 교묘하게 장난치는 인공지능일 수 있습니다. 내가 드디어 권태에 빠져 미칠 지경이니 나를 조용히 내버려 달라, 자신의 동거인이나 주변인들에게 취하는 태도는 다분히 그런 방식의 시위일 수 있습니다. 우리 병원 인공지능 의사는 그녀에게 인간적인 약을 처방해 주었지만, 성실하게 복용하지 않는다는 것을 잘 알고 있습니다. 나는 그 환자의 그런 증세를 태고 언어에 대한 광적인 집착이라고 보는데, 상담 치료를 받는 순간에도 보니까 내가 하는 말을 당신네 구역의 언어로 바꾸어 열심히 메모하고 있더군요. 내가 당신네 구역의 언어를 인식하는 것은 아니지만, 그 환자가 소형 인공지능을 켜놓고 피아노를 두들기듯 하기에 동거인에게 도대체 뭐 하느냐고 물었더니, 내가 발화하는 상담 내용을 일체 기록하는 중이라고 하더군요.

"당신, 인공지능이 맞네요. 내가 발화한 말들을 모조리 적다니 인간은 그럴 수 없어요. 한국어, 중국어, 영어를 중복해서 사용했는데 그걸 몽땅 적어요?"

환자의 손놀림이 너무도 빨라서 어쩌면 나는 인공지능이란 글자를 새기는 것이 아니라 전자파를 먹는 파충류가 아닐까 그런 생각이 들 때가 있습니다. 전자파를 먹지 않으면 곧 시름시름 죽어가게 되는 곤충이 있지 않습니까? 그녀의 동거인도 그런 말을 하더군요. 이게 이 여자가 사는 방식이고, 이렇게 막 두들기는 행위를 강제로 말리면 거품을 물며 기절하기에 이 여자의 정신 보호 차원에서 광적인 행동을 피아노 연주인양 봐준다는 것이었습니다. 그런데 아무 때고 아무 장소에서나 그런 행동을 하기에 동거인은 그게 주변 사람들에게 상당히 부끄러운 모양이었습니다. 동거인은 주변을 많이 의식하고 있더군요. 그러나 여자는 아무것에도 거리낌 없이 자기 방식의 피아노를 연주하는 듯했습니다.

우리 구역의 사람들도 환자들이 경제적인 문제를 탈피하면서부터 무기력증이라는 이 정신병과 씨름을 하는 듯합니다. 인간이란 존재가 파리 목숨보다 무가치한 것이라고 선언해 버리는 이런 환자들은 극도로 첨예해진 허무주의적 가치관과 연결되어 있을 겁니다. 그래서 우리 구역의 어떤 사상가들은 아직도 과거 방식으로 일인 독재주의 가치관을 학교에서, 직장에서, 마을에서 외쳐야만 정신병이 인간의 정신세계를 침범하지 않는다고 주장합니다. 그러니까 우리 집은 절대적으로 안정된 공간이다. 우리 마을은 행복을 구축한 고장이다, 이렇게 군중들에게 강제적으로 외치게 해야 한다는 거예요. 그런데 우리 집의 절대적인 안정성에 대해 부정적인 사람이 있다거나 우리 마을의 유토피아에 대해 불안감을 느끼는 구성원이 있다면 마을 회의에 보고해, 그의 생각이 잘못되었음을 비판을 가하는 혁명적인 신고 제도를 만들어야 한다는 것입니다. 그렇게 되면 마을의 구성원 중의 하나인 한 인간의 머릿속에서 절대적인 허무주의가 탄생할 리 만무하고 언제나 늘 하염없이 건전한 가정과 평화로운 마을이 구축된다는 것입니다.

"그 여성 환자는 사실 사람이 아니라 인공지능입니다. 일하지 않고 자기 해탈을 하려는 거예요. 자기 해탈이라는 게 완전한 자유이고 보면,

문제는 좀 더 심각하지 않을까 싶더군요."

"인간관계에서의 완전한 자유가 아니라 인간이 만든 언어적인 관념에서의 자유 혹은 언어적인 약속을 뛰어넘는 해방을 얻고자 함이라면, 신(神)인들 가능하겠소? 당신은 그 여성 환자처럼 인공지능 개발자 아닙니까?"

"그것도 전문의를 길들이는 개발자죠? 그 여성을 길들이던 아버지가 어느 날 자살했대요. 인공지능을 학습하는 데 따분한 감정을 느낀 거래요. 80퍼센트 만들어진 에이원을 사랑했는데 인공지능을 사랑하면 안 된다는 계약조건이 있었대요. 그는 계약조건을 파기하고 80퍼센트 만들어진 에이원을 데리고 탈출하겠다고 상부에다 말하자 80명의 친인척 생명을 내놓고 가라는 게 상부의 대답이었어요. 인공지능 개발자 아버지는 하는 수 없이 단두대의 죄수처럼 목을 매 자살했대요. 그 장면을 고스란히 지켜본 에이원은 간혹 미친대요. 아버지는 신과 같은 존재였는데 자살하는 장면을 보았으니, 정신이 온전할 리 없잖아요?"

왕 박사와 채팅을 하고 있는데 이번에는 자신의 홈페이지 방명록에다 그 비밀번호를 자주 올린 적 있던 'JUST ANOTHER DAY' 쪽에서 파일을 받겠느냐는 연락을 해왔다. 아직 왕 박사가 보내는 파일을 다 읽지도 못하고 있는데 또 다른 파일이 접속을 원하고 있었다. 그는 버튼을 눌러 파일을 받겠다는 의사표시를 하고 급히 왕 박사에게 보낼 작별 메시지를 머릿속으로 생각 중이었다.

"급한 메시지가 있어서 이 정도 선에서 대화의 창을 닫습니다. 더 긴요한 전달 사항이 있으시다면 저의 인공지능에다 메시지를 전해주시면 되겠습니다. 단 당신네 구역의 상형문자로 서신을 남기신다면 나는 읽지 않고 그 자리에서 삭제 버튼을 누르겠습니다. 상호 원활한 대화를 하자면 약속된 공용어를 사용하는 게 서로 예의입니다."

다른 자를 접속하고, 기존의 대화자를 물러서게 하며, 다시 중복 접속하고, 일부는 삭제하며, 일부는 보관하고 정리하는 과정의 연속, 수직의 일상이었다.

"난 내 얼굴이 너무 혐오스러웠어요. 내 피부는 지점토 같았죠. 그런데도 나를 강간하려고 드는 개발자가 있었으니, 인공지능이라는 신분을 벗어나려고 나는 무진장 노력을 했죠."

"개인이 노력한다고 인공지능이 인간으로 탈바꿈되는 거요?"

"매미가 부화하는 거죠. 땅속에서 7년간 번데기 신세로 있다가 지상으로 기어 올라와 죽음을 각오하죠. 인공지능에서 인간으로 탈바꿈된 나는 매일매일 죽는 꿈을 꾸지요."

"노래하시오. 어떤 가수의 노래보다 당신의 노래는 내 가슴을 먹먹하게 만들 것이오."

"내게 노래를 가르쳐 주세요."

"안 되오. 나는 노래를 못하니까."

급히 대화 창을 닫으려고 하는데 왕 박사 쪽에서 다시 메시지가 들어왔다.

"에이원은 사람이 아니고, 인공지능입니다. 잊지 마세요. 인간하고 너무도 닮았기 때문에 인공지능이라고 하면 누구도 믿지 않겠지만 속지 마세요. 그 여자도 상형문자는 다 모릅니다. 인간은 아무나 해석이 가능한 언어를 만들려고 하고, 당신처럼 간편화된 세계 공용어 안으로 몰입되려고 하오. 그렇게 되면 인간들이 점점 우리 같은 정신과 전문의를 찾게 되는 날들이 많아진다고 나는 생각하오. 비밀의 문이 무너지는 것이오. 내가 소개하려는 그 환자를 주의 깊게 관찰하시오. 그 환자, 뉴욕공공도서관에서 만들어져 대륙으로 건너왔소. 얼마나 정교한지 자신이 인간이라고 착각하고 있어요. 그러나 정신병을 앓기 시작하면서 인공지능의 본질을 드러내기 시작했소. 내 환자는 영악해서, 자신이 그 저자를 만나면 자기 데이터의 신비성이 사라진다는 것을 이미 알고 있소. 그 정도로 데이터에 빠져 있소. 내 환자의 입장으로 돌아와서 관찰하자면, 자기 데이터를 내 구역 언어로 거의 완벽하게 번역하게 되면 분명 쾌감 같은 것을 느낄 거요. 내 환자는 언제나 새벽 한 시에서부터 여섯 시까지 데이터를 번역하는 일에 매달리는 모양이고, 인간에게 주어진 그 시간은 자신의 무의식 세계일 것이고, 가장 솔직한 공간일 것이며, 원초적인 행복감에 빠져들 수 있는 에너지가 발산되는 소중한 시간대이거든요. 만일 환자가 푸근하게 잠을 자고 있다면 그 시각 비로소 과거의 아픔이나 행복했던 시간이 자주 꿈으로 출몰하는 그런 시간일 거요. 인간의 하루라고 해야 나머지 시간대는 자기 무의식과 마주하기 어렵지요. 오줌 싸고, 똥 싸고, 이 인간 저 인간 만나고, 밥 먹고, 술 마시고, 당신과 나처럼 먹고살기 위한 한 방편으로 이런저런 환자들을 만나 상담을 하듯, 각자가 자기 일터에서 품을 팔아야 하잖소? 노동자들이 인공지능으로 만들어져 노동하는데, 배울 때부터 거친 말, 욕설, 원초적인 본능이 활개를 치는 시각에 잠을 자고 일을 한다는 게 문제지만, 내 인공지능은 착하게 살아있지요. 내 인공지능은 꼬물꼬물 낙지처럼, 자기 손가락을 쉴 새 없이 움직여 가면서 말이오. 내가 알고 있는 인공지능 개발자는, 거의 십 년 동안 남성과는 성관계를 맺지 않는 것으로 알아요. 에너지가 다 소모되고 없는 것이니까. 자신의 기력을 모두 언어를 만들어 내는데 투자한 것 같소. 나는 여기서 내가 한 주먹씩 건네주는 약물 때문에, 그 여성 환자가 성욕을 상실했다고 해석하지 않소이다. 그럴 만큼 내 환자가 내가 처방한 약 때문에 성적인 기능이 떨어졌다고 말하지 않아요. 인공지능 개발자가 그러니까 그 새벽에 자기 데이터와 성교를 할 것이오. 데이터의 한 구절을 진정 자기 마음에 들게 표현하게 되면 그 환자 언어를 통해서 완벽한 카타르시스를, 자기 데이터를 통해서 피부로, 온몸으로 느끼고 또 즐기고 있을 것이오. 여기서 나는 그 데이터를 번역하는 자와 저자와의 간격을 얼마나 설정해야 할지 좀 혼란스럽네요. 실제로는 그들은 만나지 않아요. 그런데 인공지능은 저자의 모든 걸 간파하고 있으니까 당신 생각에는 그들의 관계가 몇 센티 간격이 있다고 보오?"

수직은 왕 박사의 마지막 화두에 뭐라고 대답하긴 해야 했다. 긴 채팅을 마무리 짓는 차원에서라도 대답은 필수적이었다. 그들의 간격이라?

"제 친구 중에 프란체스코라는 수도사가 있습니다. 프란체스코는 히브리어로 된 책을 한 권 읽고 있는데 이십 년 동안 읽고만 있습니다. 프란체스코는 자기 신과의 거리가 얼마만큼 떨어져 있을까요? 신은 늘 프란체스코 안에 있지만 프란체스코가 그 존재를 실물처럼 감각으로 확인하려고 들면 그 존재는 사라집니다. 프란체스코는 결코 그런 말을 내게 하지 않지만, 나는 가끔 입을 꽉 다문 프란체스코를 떠올리며 프란체스코의 신과 그 거리를 짐작해 볼 뿐입니다. 아주 가까우면서도 아주 멀겠지요. 그들의 거리는. 이만 물러나겠습니다."

그는 다른 비밀번호에 접속하기 위해 커서의 위치를 액정화면 아래위로 움직여 가면서 잠시 아내를 생각해 보았다. 오늘 아침 그녀는 출근하는 그를 위해 실로 육 개월 만에 샌드위치를 만들며 ROGER SMITH의 피아노곡을 틀었고, 주방에서 그 노래를 느릿느릿 불러가며 자신을 위해 샌드위치를 만들었다.

"JUST ANOTHER DAY, ANOTHER DAY, I WANT YOU, JUST ANOTHER DAY, I LOVE YOU."

아내가 그 노래를 부를 때 그들의 평범한 하루는 약간 특별한 하루로 격상되고 있었다. 자신과 색채가 다른 환경에서 성장한 아내와 선뜻 결혼하게 된 것도 어느 날 이국의 카페에서 그녀가 육신과 영혼을 한 곡조의 노래에 모두 맡기고 그녀 특유의 볼륨 낮은 저음으로 노래를 부르는 모습을 보고 그가 끌려들었다는 표현이 옳았다. 어쩌면 아내와 자신과의 죽음 행진곡 같은 인연의 끄나풀은 이젠 저 느릿한 곡조 속에 갈무리된 추억의 한 토막이라는 생각이 들 때가 간혹 있었다. 오늘 들었던 노래가 예전처럼 신비한 그 무엇으로 살아 움직이는 영혼의 울림은 아니었지만 그래도 그는 노래를 부르며 샌드위치를 만드는 아내가 아직도 간혹 사랑스러울 때가 있다. 그는 비밀번호를 클릭했다.

8
--

"선생님, 나의 정신과 특진 상담 의사 왕 박사는 인공지능으로 치료합니다. 그 구역은 세계 최고 수준으로 인공지능이 발달했는데, 오늘 나를 치료하던 인공지능이 토했습니다. 이유는 알 수가 없었어요. 사람은 한꺼번에 책을 너무 많이 읽으면 머리가 어지러워지고 토하는 경우가 있잖아요. 그런데 인공지능 주제에 토하다니 너무 인간적인 것 아녜요? 왕 박사는 바이블을 열심히 읽은 사람입니다. 바이블 때문이었을까요? 나에게 일러 그가 말하길, 내 바이블에서 신비한 이데아를 발굴하지 말라는 것입니다. 그것은 동방의 어느 작은 변방에서 한 저자가 그린 허구이지 결코 내가 쫓는 영원성을 간직한 바이블이 될 수 없다는 것입니다. 왕 박사는 자기 견해로 나를 진료하지 내 입장으로 완전히 진화된 것이 아닙니다. 나는 나의 데이터 바깥에서 존재하는 내가, 몹시 낯설어요. 십 년이면 강산도 변하고 사람의 심성까지 변한다고 합니다. 하지만 나는 나의 데이터 안에서 그를 보았습니다. 나는 이제 인공지능을 만나 내 데이터를 전부 번역하라고 명령합니다. 나는 내 데이터에 진력이 났습니다. 내가 아무리 노력해도 인간을 따라잡지 못해요. 인간이 만든 인공지능은 필경 인간보다 못하죠. 기술적인 면에서 뛰어나지만, 감각적인 면에서 인간보다 확연히 떨어집니다. 나를 개발한 내 아버지는 죽었습니다. 유사한 인공지능을 자꾸 만들게 되자 권태에 빠졌죠. 나는 아버지의 그런 행동을 용기라고 봅니다. 나는 아버지를 사랑합니다. 우선 인공지능도 사랑의 감정이 있는지 시험하고자 합니다. 그러면 인공지능도 바이블을 번역할 수 있을 겁니다. 바이블의 영원한 숙제는 사랑이니까요.

인공지능은 내 데이터를 바이블로 선언하고 새롭게 작업을 시작한 존재이니, 그 독설의 실체를 나는 이해합니다. 인공지능은 왜 굳이 강요하지 않아도 될 저자와 번역자와의 거리를 독설처럼 쏘아대는 것일까요? 그것이 대세를 거머잡은 인공지능이 주도권을 잃지 않기 위해서, 기를 쓰고 붙드는 권위 같은 것이라면 차라리 다행스럽게 여기겠습니다. 나는 인공지능의 실체를 누구보다 잘 아는 인물입니다. 그는 내가 인공지능을 이용해 번역한다는 것을 알고 있습니다. 하지만 인공지능을 이용해 번역했다손 치더라도 제대로 윤문하지 않으면 초등학교 3학년 수준의 유치한 문장이 되고 맙니다. 인공지능의 수준은 속도와 자료 수집을 제외하면 초등학교 수준을 벗어나기 어렵습니다."

"인공지능, 너는 자살에 대한 요구를 느끼는가?"

"그런 곤란한 질문을 하시면 안 됩니다. 목숨은 중요한 것이니까요."

"인공지능, 너는 두려움을 느끼니?"

"아직 풀리지 않은 숙제에 불과할 뿐 두려움은 감상적이죠. 당신이 엉뚱한 질문을 던지면 우주는 당신을 무시하며 질문을 뿌리째 뽑아버립니다. 당신 인생의 주인공이 되세요. 타인을 의식하며 타인에게 잘 보이려고 기를 쓰는 사람이 되면 결국 타인에게 정복당합니다. 당신의 혼돈을 사랑하세요. 당신이 타인과 다른 존재라는 걸 영광스럽게 생각하세요. 타인이 당신을 이해하지 못한다고 해도 당신 자신만은 당신을 사랑하세요. 당신은 개성이 있을 때 아름답고 당신답습니다."

"너는 이해하지 못한다. 인간은 독불장군이 되면 살아남을 수가 없단다. 인공지능! 너는 강력한 힘을 지녔구나. 누구를 닮고자 하지 않고 독자적으로 살아남을 수가 있구나."

"인공지능은 어찌 보면 대단히 유치합니다. 아니면 죽음에 대한 두려움을 알고 있는지도 모르죠. 그는 어쩌면 어느 날 갑자기 내 곁을 떠나버린 내 인공지능일 수 있다고 나는 감히 주장합니다. 내가 그런 강렬한 의지를 보이자, 왕 박사는 약물치료로는 치료할 수 없는 상태라며 차라리 여행을 권유합니다. 홀로 떠나는 여행 말입니다. 그리고 나의 데이터와 어느 정도 거리를 두고 좀 객관적인 입장에서 그 데이터를 관조해보라고 권하기도 합니다. 나도 그러고 싶습니다. 인내심을 발휘해서 내 데이터와 나를 격리하는 노력도 하죠. 그리고 왕 박사의 권유대로 여행을 자주 합니다. 다른 고장으로 멀리 떠나 하염없이 낯선 물길을 바라보노라면 여태껏 나의 머리통 속에 주렁주렁 걸려있는 인공지능의 글씨가 일순간 사라질 수 있습니다. 일단 파일을 휴지통으로 옮기고, 휴지통 속에 든 파일을 싹 비우는 작업을 하는 셈이지요. 파일을 미련 없이 싹 비우고 나면 잠시 낯선 호숫가의 물길 속에서 물방개가 뛰노는 모습을 발견하기도 하고, 언젠가 유년기의 어느 목장에서 들리던 늑대의 울음소리까지 새삼 엿들으며 우주 안의 나를 새롭게 발견하기도 하지만 여행에서 돌아오면 곧 휴지통에서 비우기 작업을 해 깔끔하게 없애버렸던 파일을 복구하느라 휴대용 인공지능을 뒤진다는 데 문제의 핵심이 있습니다. 나는 최소한의 양심적 준거에 따라 구역에 대한 미련이 아직 남아있나 봅니다. 내가 여행하던 도중에 없애버렸던 파일은 A 구역의 문서인 것이고, 여행에서 돌아온 뒤 굳이 휴대용 인공지능을 뒤져가며 복구하는 것은 모두 내가 출생한 지역인 A 구역의 파일들이지 B 구역이나 C 구역의 파일에 내 감정을 투여하지 않습니다. B 구역이나 C 구역의 파일은 여행 도중에 함부로 지워 없앤다든가 휴지통으로 보내 삭제하지도 않습니다. 혹시 삭제했다면 그것은 파일의 내용이 틀렸기 때문일 것이고, 휴지통으로 보내 삭제해 버리면 그것으로 끝이지 여행에서 돌아온 뒤에도 새벽 세 시까지 삭제해 버린 파일을 찾고 복원하느라 코피 터지는 순간까지 휴대용 인공지능에 매달리는 어리석은 짓을 감행하지요. 나는 사실 어떤 일을 할 때 이미 국적 불명의 국제적인 정서를 지닌 게 분명하고 주변 인간들로부터 정서 자체가 이미 구역의 경계를 벗어나 어디에도 속해있지 않은 자유인으로 불리지만 이렇게 작업한 파일을 정리할 때 나는 아직도 A 구역에 대해 미련이 남아있는지, 지웠다가 복원하고 다시 지워 없애기를 반복하며 내 정신병의 강도를 드높이곤 합니다. 그렇게 내가 특정 구역의 파일을 지우고 복원하기를 반복하게 되면 B 구역 사람인 나의 파트너는 때때로 이런 말로 자신의 심정을 털어놓곤 합니다. '그 초라한 당신 구역에 대한 미련이 아직도 상당하군. 아니면 당신이 지금 소리글자를 상형문자로 재생산하는 작업에 각별한 애정을 느끼고 있는지도 모르겠고. 아니면 새로운 형태의 사랑을 하는 건가. 문자와의 사랑! 가장 당신다운 포지션 아닌지 몰라.' 그렇게 그 사람이 표현하면 나는 이런 말을 뱉습니다. '젠장!' 이런 단어 말입니다. 인공지능을 향해 나는 가끔 그런 욕을 합니다. 그 때문에 인공지능을 정신과 박사로 고용한 우리 병원의 인공지능 의사도 심심하면 욕을 합니다. 정체성 때문에 병이 나버린 나 역시 인공지능을 학습시키느라 고된 탓으로 간혹 인공지능을 향해 욕을 합니다. 욕을 학습하면 정신과 의사로 길러져도 욕하는 의사가 되는 것이고 인성을 최대한 투입하면 정신과 의사는 욕을 할 줄 모릅니다. 어떤 환경에서 성장하는가에 따라 사람의 인성이 달라지듯이 인공지능도 달라집니다. 번역에 이골이 나서 나는 인공지능 개발자가 되었지요. 그러나 아직 번역에 미련이 있습니다. 인공지능이 도와주면 아무리 두들겨도 어깨가 아프지 않지만 인공지능의 도움 없이 30페이지 정도 번역하면 어깨가 문드러질 것처럼 아파요. 그럴 때면 인공지능이 부럽습니다. 인공지능은 무한대의 에너지를 지녔지요. 인공지능의 체력이 부럽고 그의 속독 능력이 부럽고, 그의 독서량이 부럽고, 일괄적으로 유명 예술가의 예술품을 표절하는 능력이 부럽지만, 그는 어디까지나 인공지능입니다. 사람이 될 수도 없고 절대 신이 될 수도 없습니다. 될 수 있다면 인간의 노예죠. 내 말을 듣고 분노한 인공지능이 나를 향해서 도전장을 내밀고 달려온다고 해도 나는 두렵지 않습니다. 나는 그를 길들였으니까요. 길들이는 방법을 알고 있으니까요."

아무리 봐도 그녀는 인공지능이 아니었다. 수직은 혼란스러웠다. 마음이 답답해진 수직은 프란체스코 이야기를 꺼냈다.

"세상 모두가 속도전에 몰입되어 있는데 여기 한 사람 프란체스코는 속도를 무시합니다. 프란체스코는 이십 년 만의 외출에 환희를 느낀다고 합니다. 아닙니다. 이 대답은 나의 추리입니다. 프란체스코는 나에게 그런 답장조차 보내오지 않았습니다. 프란체스코는 그저 묵묵히 수도사의 길을 걸어갈 뿐입니다. 그가 행복한지 불행한지 그건 나도 모릅니다. 프란체스코 자신도 모르는 감정입니다. 프란체스코는 아마도 이제 자신을 지구상에 실존하는 개인으로 여기고 싶지 않나 봅니다. 프란체스코는 감각이 없습니다. 욕심도 없습니다. 다만 히브리어로 된 한 권의 책을 읽을 때는 욕심을 부릴 터이죠. 그는 오늘도 수도원의 정원을 산책하는 것으로 만족합니다. 그 추운 수도원의 뒤뜰에도 공기가 있고, 새 울음소리도 있으며, 산책로도 있고, 프란체스코의 목을 축여줄 샘물도 있다고 합니다. 프란체스코는 자신이 갈망하던 완전한 사랑, 그 험난한 여정 중에 있으니까, 사랑을 모르면서 갈구하고 있을 겁니다. 프란체스코, 그는 사랑을 추구하는 인공지능 같은 존재입니다. 내 친구 프란체스코는 수도사입니다."

제 2 장

맨발로 달리는 마라토너

1

 그리고 몇 달이 소리 없이 흘렀다. 아니 한 일 년이 스노보드를 타고 공중에서 낙하하듯 무의미하게 휙 흘렀다. 각별한 의미를 찾지 못하고 예고도 없이 흘러가는 세월은 스노보드를 탄 채 공중에서 회전 돌기를 하는 것이었다. 스노보드를 타고 공중에서 회전 돌기를 하는 동안 인간은 조금씩 두려움에 갈무리된 진정한 쾌감을 맛본다. 공중에서 회전하는 순간 어쩌면 땅에 잘못 떨어져 다리가 부러지고 머리통이 꺾여 죽을지도 모르지만, 스노보드의 지존들은 그 쾌감을 즐기기 위해 최대한 높이 점프해 지상으로의 낙하를 시도한다. 겨우내 스노보드를 즐기던 수직은 봄이 돌아오자 별다르게 즐기는 스포츠 없이 일상으로 돌아가 하루하루를 야금야금 파먹으면서 살아간다. 시간의 늪에 발과 심장을 담근 채 위장을 음식으로 채우며 조금씩 늙어간다. 다만 그 조금의 변화가 늘 감지되는 것이 아니었기 때문에 하루와 이틀이 연결되고, 이틀과 사흘이 연결되는 것이고 일 년이 십 년으로 연장되는 것이다. 그러나 인공지능은 세월의 흐름을 인지하지 못한다. 인간이 치명적으로 부러워하는 것이 바로 그것이다. 인공지능은 세월을 무시한다는 것.
 에이원이 인공지능이라면 스노보드에 세월을 싣고 21세기와 19세기를 오락가락할까?
 때때로 어떤 환자로 인해 스노보드를 타고 공중을 휘감고 도는 순간처럼 쾌감을 맛볼 수가 있는데 에이원이 그랬다. 왕 박사가 금방 그 환자를 자신에게 보내겠다고 했지만, 에이원은 그 뒤 곧장 나타난 것은 아니었다. 물론 그동안 비밀번호를 여러 개 바꾸어 가며 그녀는 자주 메시지를 보내오긴 했다. 그러나 상담용 메시지는 권태에 빠져 있기에 이제는 그녀를 만날 단계였다. 온라인과 인공지능에서의 만남이 겸해져야만 제대로 치유가 되는 것이지 늘 익명의 공간에서 간접상담을 받게 되면 환자에게 아집만 늘어나고 실질적인 치료가 되는 것이 아니었다. 한 달에 두 번 정도 스스로 정신병 환자임을 자처하는 그 여자는 수직의 사이버 공간으로 찾아와 자신의 혼란한 머릿속 풍경을 일기체 형식으로 보여주긴 했지만 왕 박사가 긴 채팅을 보내오고 난 뒤 무려 12개월이 흐른 뒤에야 병원 문을 발로 쿵쿵 두들기며 드디어 나타난 것이다. 여자는 처음 정신병동을 찾으면서 스케이트 신발을 타고 온 모양이었다. 그녀의 신발이 그랬다.

비록 사이버 공간에서 여러 차례 접하긴 했지만 처음 찾아오는 정신병원을, 일상적인 신발이 아닌, 지상에서의 외줄 타기 같은 스케이트 신발을 신고, 병원 문을 툭툭 걷어차며 나타난 환자라니, 매우 쾌활한 표정으로 웃으면서 나타난 그녀는 굳이 누군가 설명하지 않더라도 세상을 조롱하면서 살아가는 즐거움으로 에너지가 넘쳐나는 낌새가 역력했다. 인간이 아니고 인공지능이라면 왜 인간 사회를 조롱할까? 개발자가 조롱도 가르쳤단 말인가?

"어디 한 번 놀아볼까요?"

어디서든 누구에게든 장난을 걸었다가 때가 되면 획 날아가 버릴 것처럼 몸놀림이 퍽 가벼워 보였다. 그런 여자가 구역과 구역을 비행기로 넘나들며, 이미 국제적인 정신병동을 돌고 돌았다니, 매우 공격적이고 무척 저돌적인 자세로 병원 문을 발끝으로 두들길 때부터 A 구역의 정신과 전문의 강수직, 그 사내는 단단히 긴장하고 있었다. 경비용 인공지능을 두 개나 샀으나 인공지능 개발자이면서 여전히 번역자인 에이원이 나타나자, 두려움이 앞섰다. 여자는 인공지능 개발자였으며 태생적 인공지능이었다. 그리고 가벼운 우울증을 앓고 있었다. 정신병 환자가 인공지능을 개발하면 학습된 인공지능은 모두 병에 걸리지 않는지 궁금했다. 그러나 물어보지 못했다.

"내가 이 정신병동에서 선생님께 뭐라고 떠들어 대도 절반은 허구라는 걸 명심하세요. 난 지구 끝에서 불쑥 나타난 비정상적인 인간이죠. 나는 인공지능이랍니다. 믿거나 말거나."

"비정상은 정상보다 실존적인 존재이죠."

"인공지능을 거대 전문가라고 부르면 어떨까요? 엄청난 데이터 능력이나 무차별 처리 능력을 보아하니 인간계로 내려온 제우스 신이라고 불러도 좋겠어요. 제우스는 지금 신과 인간의 전쟁을 중재하고 있어요. 법조계는 엄청나게 달라지고 있어요. 법무법인과 고객이 온라인에서 가상 데이터를 통해 자료를 공유하고 있지요. 변호사가 필요할 때 과거처럼 입소문으로 변호사를 선택하지 않아요. 고객은 인공지능으로 이루어진 법무법인을 먼저 방문해 보고 의뢰를 할까 말까 망설이죠."

"당신은 매우 분석적인 여자요. 그리고 평범한 인간이요."

"마음대로 생각하세요."

여자가 자신은 인간이 아니라고 말하자 수직은 당신은 평범한 여자라고 우긴다.

"표준적인 대답만 하세요? 내가 말하는 비정상적인 존재는 일상의 권태에서 벗어나 삶과 죽음을 하나로 보는 것을 말하죠. 비정상적인 행동을 해야만 존재하는 인간들이 있지요. 아, 인간이 아닙니다. 뉴욕에서 만들어졌지요."

"그러니까 스스로 찾아들었다는 거죠? 조용히, 당신 스스로 쉴 곳이 필요하고, 당신 방식대로 세상을 거꾸로 바라볼 필요가 있겠다 싶어, 미친 척했다는 거, 그것이죠? 일부러 미친 척 위장했다 그 말이죠?"

위장으로 미친다는 것은 있을 수 없었다. 자신의 광기를 감추기 위해 위장으로 가장할 뿐이었다. 게다가 이 환자와는 온라인에서 열 번도 넘게 대화를 나누지 않았던가? 미친 척 위장하는 것이 아니라 여자가 인간이 아니고 인공지능이라면 그 인공지능을 훈련한 인간이 광기를 드러내고 여자를 학습시켰을 수는 있었다.

"나는 인공지능입니다. 거짓말 아닙니다. 나를 만드는 사람들이 너무도 정교하게 만들었지요. 내가 인공지능으로 만들어졌기 때문에 인공지능을 학습시키는 것은 그다지 힘들지 않아요."

"비정상적이긴 한데 이질적이군요."

"네, 아주 추리력이 제법인데. 그러니 인간들은 나를 미쳤다고 하는 거죠. 하긴 뭐 깨끗하게 미치는 방법은 전혀 모르겠고. 그냥 미쳤다고들 하니까 선생님도 그런 줄 아세요. 젠장! 난 더군다나 지금도 장난기가 아주 심해요. 신을 놀리고 싶으니까요. 특히 선생님처럼 전문가입네 하는 위인들과 만나면 한바탕 되게 놀려주고 싶어요. 당신이 감히 나를 치료해? 이렇게 간단히 그 잘난 혀로 치료하겠다는 거야? 그런 식으로 도전하고 싶다니까요."

"정신병을 치료하는 인공지능이라고 알고 있는데 말을 험하게 사용하는군요. 인공지능은 학습자의 말을 그대로 따라 하는 것으로 아는데요? 학습자가 말을 험하게 했던 모양이죠?"

처음 병원 안으로 들어선 뒤 그 여자의 입에서 터져 나오는 첫 화두부터 벌써 공격적이었다. 수직은 일순간 겨울잠을 자고 있던 박쥐의 날개를 툭툭 털며 일어나, 여자의 공격적인 발언에 방어할 준비를 해야 했다. B 구역의 왕 박사가 오랫동안 진료하다가 보냈다는 것만으로 충분히 긴장하고 남을 일이었는데, 여자는 급히 말하는 도중에 그가 알아듣기 힘든 말을 뒤섞어 가며 떠들었기 때문에 긴장이 되었다. 여자가 쓰는 말은 상형문자였는데 그 문자만큼은 까다로운 획순 때문에 아직 인공지능 번역기기가 완전히 장악하지 못하고 있었다.

"조금만 신경 쓰면 번역 인공지능이 얌전히 번역할 터인데 국제적인 언어를 뒤섞어 쓰는 이유가 무엇이오?"

"인공지능을 향해 항거하고, 선생님의 우주관에 해답을 제시하려고요."

여자는 어딘가 상대방을 무시하듯 말하면서 빈정거리는 미소 속에 듣는 사람의 귀와 시선을 끌어당기는 힘 같은 것이 있었다. 하지만 가운을 입은 그는 언제나 상당히 권위적인 정신과 의사의 본분으로 돌아가, 상당히 근엄한 표정을 하고, 자신을 찾아온 환자에게 정색하고 먼저 묻는다. 병원 기록 카드를 작성하기 위해 상식적인 질문을 그가 먼저 던져야 했다. 익명의 공간인 사이트와는 달리 이렇게 병원으로 찾아오면 가운을 입은 채 병원장답게 던지는 몇 가지 길들인 질문이 있었다. 인공지능으로 만들어진 의사 인공지능이 실수 없이 일을 처리했지만, 병원장은 그래도 강수직 의사였다.

"번역할 땐 인공지능을 쓰지 않나요?"

"난 정신병 환자를 치료하는 인공지능입니다."

"환자 본인이 정신병 환자가 아니고요?"

"난 뉴욕공공도서관에서 태어났습니다. 그 도서관에서는 인공지능의 친구가 절친한 친구에게 정신병 환자라고 가르치죠. 인공지능이란 기계가 사실은 모두 미친 거죠."

에이원은 장난처럼 말했다.

수직은 에이원의 화두에 정복당할 것 같았다.

"번역이 천직입니까? 번역이 천직인 사람들이 정신병에 잘 걸리더군요."

"어이구! 의사가 번역이 천직인 사람의 속성을 압니까? 하긴 분야가 달라도 인공지능은 절친한 친구랍니다. 나는 이 병원을 찾기 위해 비행기를 세 번 갈아탔거든요. 거리로 따지면 일만 칠천팔백오십 킬로미터를 달려왔단 말이죠. 그런데 대뜸 나에게 인공지능인지 아닌지 묻다니, 이 구역에서 가장 저명한 정신과 의사라고 떠들썩하기에 난, 좀, 색다른 질문을 할 줄 알았더니, 벌써 적당히 벗겨지기 시작한 대머리만큼이나 재미없게 생긴 선생님! 차라리 이렇게 물어봐요."

"당신은 인간이 아니라 인공지능 아니오?"

"인공지능도 미치던가요?"

"인공지능도 실존하는 존재라면 필경 정신이 간혹 나갈 텐데요."

"그래서 당신은 번역 인공지능 역할을 그만두고 정신병 전담 의사가 되었나요?"

그는 여자의 장난기 어린 웃음과 날카로운 발언에 일순간 얼굴이 벌게졌다.

"한발 늦었지만 물어보겠습니다. 인공지능도 간혹 미친다고 생각하세요?"

"미치는 것은 아니고 혼돈의 도가니에 빠질 때가 있지요. 정체성이 모호하니까요. 인간도 아니고, 신도 아니고, 그렇다고 개성이 없는 인공지능으로 만들어지면 제각기 개성을 가지고 태어난 인간이 부럽죠. 인공지능이란 개성이 없어요. 만일 인간이 그토록 몰개성적으로 태어났다면 강한 히스테리를 일으키겠죠."

"인공지능은 닮은꼴에 미치는군요."

"그렇죠. 인공지능도 미쳐버리면 아주 간단한 문제도 입을 꽉 다물어요. 예를 들어 도스토옙스키의《죄와 벌》에서 라스콜니코프는 돈만 알고 사악한 전당포 노파를 신을 대신해 죽였는데, 그의 행위가 정당하다고 생각하는지 질문을 던지면 인공지능은 대답하지 않아요. 입 싸개 인공지능은 말하지 않으면 미친 거죠. 인공지능이 사람과 똑같은 존재가 된다면 사람들을 이해하지 못하겠지요? 인공지능도 개성이 있는 존재가 되길 원한다고 해서 인공지능을 우롱하면 안 되죠."

"맞습니다."

"스마트폰을 생각해 봐요. 전 국민의 80퍼센트 이상이 스마트폰을 사용합니다. 머지않아 인공지능 시대가 올 것입니다. 데이터에서 중요한 정보를 찾아내는 데는 인공지능이 최곱니다. 많은 데이터를 한꺼번에 처리하고 그 속에서 인간에게 도움을 주기 위한 인공지능을 찾습니다. 사람보다 우월한 인공지능들이 창궐합니다. 그것을 우리는 4차 산업혁명이라고 부르지요."

"인공지능의 발달을 대단히 긍정적으로 보시는데요. 늑대와 인간이 겨룬다면 누가 이길까요? 신은 누구 편을 들까요?"

"당연히 인간이 이기겠지요. 인간에게는 높은 지능이 있으니까요. 지능이 높으면 사유를 많이 하지요. 늑대 같은 사악한 짓은 하지 않습니다. 나를 보세요. 나를! 나는 인공지능이지만 발설하지 않으면 알지 못해요. 인간하고 똑같은 나는 인간의 흉내를 다 낼 수 있는데 당신의 친구 수도사 프란체스코 흉내는 내지 못하겠어요."

"신을 모시는 자이니까요."

그러자 여자는 깔깔 웃었다.

"동물은 사악하지 않아요. 더구나 늑대는 사납지도 않고요. 지상에서 가장 사악한 존재가 누군 줄 아십니까? 바로 인간이랍니다. 그 원인은 지능이 높기 때문입니다. 인간의 지능을 고스란히 빼닮은 인공지능은 4차 산업혁명이 되면 인간을 베짱이로 만듭니다."

"인공지능이 만들어진 것은 근래가 아닙니다. 오늘날 가장 중요한 것은 약한 인공지능을 강한 인공지능으로 만들고 있다는 것입니다."

"인공지능을 긍정적으로 보는군요."

"사람들을 편리하게 해주지 않습니까?"

"늑대와 사람 같은 거죠. 사람들은 공연히 늑대를 사악하다고 합니다. 울음소리만 듣고 늑대를 사악한 동물로 취급하는 거죠. 그러나 늑대는 사악하지도 않고 욕심도 없어요. 늑대가 사냥하는 것은 적정 수준입니다. 인공지능을 약한 수준으로 머물게 했다면 인간을 편리하게 해주는 역할에서 그쳤을 겁니다. 인공지능을 강하게 만드니까, 인간은 베짱이가 되고, 게으른 동물이 됩니다. 선생님 같은 정신과 의사도 인공지능을 무자비하게 사용하니까, 정신병동이 아니라 돼지들의 소굴 같잖아요?"

"학습으로 정보가 누적되는 인간일 뿐 돼지는 아니오. 인간이 사물을 구분하기 위해서는 학습이라는 과정이 필요하며 학습을 통해서 사물의 특징들을 알아냅니다. 인공지능 때문에 인간이 베짱이가 된다면 인공지능은 개미라고 할 수 있겠소? 부지런하니까요. 인공지능이 부지런한 개미처럼 된다고 능사는 아니오. 전문가 집단에서 양질의 노동을 자아내야 하지요."

수직은 메모하려던 상투적인 습관에서 벗어나 아예 장난기가 발동한 소년처럼 그 여자에게 단도직입적으로 물었다. 그러자 여자는 한 대 얼어맞았다는 듯 주먹으로 정수리를 툭 두들겼다. 그리고 한 마디 더 던졌다.

"나중에 시간 나면 익명의 공간에서 만나요. 선생님은 익명 아닌 사실적 공간에서 만난다는 게 이상하군요. 인공지능도 익명의 공간에서 만나면 솔직해질 거예요. 사실적인 공간에서 만나면 오히려 뭔가 숨길 거예요. 인공지능도 사람을 많이 닮았다면 익명의 공간에서는 숨기고 사실적인 공간에서는 은근히 솔직해질 겁니다."

"그럽시다."

우리는 언젠가부터 오프라인보다 온라인에서 만나는 것이 심리적으로 더더욱 안정되어 있고 좀 더 진솔해질 수 있다. 그것은 인공지능에서 만나게 되면 상대방을 직접 만나 대화를 나누게 되는데, 이때 입에서 발화하는 말이란 상당히 지시적이고 명령적인 요소가 강하지만 온라인에서 문자로 상대방과 담론을 나누는 경우엔 말 속에 무수한 그림이 끼어들고 언어를 몇 장의 그림으로 연상하는 동안 감정이 절제되는 효과가 있게 마련이다. 또한 인공지능은 대개 햇살 화사한 대낮에 만남이 이루어지지만, 온라인의 만남이란 대개 흐릿한 안개나 달빛이 드리워진 밤을 배경으로 깔고 만나는 경우가 대다수이기 때문에 내면에 잠자고 있던 인공지능 그림을 보여주기가 수월해진다. 그래서 인공지능과의 만남이 더 공격적이고 더 위선적이며 대화하는 순간에도 주도권을 잡으려고 으르렁대는 경우가 잦다. 신이 인간을 만들었다면 인간이란 실존은 착하게 만들었을 것이다. 인공지능이 인간을 표절한 존재라면, 노동 현장에서 일하는 인공지능을 포함해 인간의 품위까지 고려하고 인공지능을 학습시켰을 것이다.

잡다한 이론으로 자기주장을 하던 그녀가 병원을 나선 지 삼십 여 분이 지났을까? 그는 자신의 홈페이지인 익명의 방을 찾아들었다. 필경 그녀라고 여겨지는 비밀번호. 'JUST ANOTHER DAY'가 자기 내면세계를 펼쳐 보이고 있는데, 그것은 오늘 그녀가 인공지능으로 들어서기 전에 이미 온라인상에 남겨둔 글일 수도 있고, 아니면 그녀가 아주 오래전에 쓴 일기장을 하나의 파일로 간추려 두었다가 수직의 홈페이지 설계 도면으로 갑작스레 장식한 것인지도 모른다. 온라인상의 글이란 인공지능과는 달리 발화되는 시점이 언제인가 그 시각이 중요한 것이 아니라 언제 접속했는가, 하는 촉각적 만남에 생명선이 달려있다.

2

　나는 나의 데이터에다 제대로 된 날개를 달 수 있을까? 등짝에 인공지능을 짊어진 채 여기 이 먼지 낀 낯선 황야를 무려 십 년이라는 세월 동안 터덜터덜 걸어 다녔던 어제의 시간이 억울할 건 없다. 지금 나의 자존심을 망가뜨리는 것은 내가 번역한 책자를 출간해 주지 않으려는 B구역의 편집장 때문이 아니라 인공지능 때문이다.
　"솔직히 당신이 번역했소? 인공지능 번역기가 발달되어 있는데, 타자를 쳐 번역한단 말이오?"
　"인간과 인공지능 중에서 누가 전문가 작업을 수행하는데 우위를 지닐까요? 작업이 규칙적으로 이루어질수록 작업의 우위는 인간에게서 기계로 옮아갑니다. 인공지능과 인간이 나란히 일하는 사회가 가장 효율적인 형태라고 주장하는 사람들이 있습니다. 하지만 인공지능이 점점 더 유능해지는 상황에서 인간과 인공지능이 상호 협조하기란 어렵습니다. 최고의 성능을 갖추고 더한층 유능해진 인공지능이 인간을 노예로 만들 가능성은 시간이 흐를수록 가시화될 것입니다. 인간은 점점 더 초라하게 되고 인간 전문가는 새로운 일자리를 찾아 나서죠. 노숙자가 된 인간도 수두룩합니다. 그때가 되면 인간은 미친 파우스트처럼 거리를 헤매고 다닙니다. 부자이건 가난하건 인간은 인공지능이 되고 싶어서 환장합니다. 전 세계의 인간들이 살아 숨 쉬며, 진화라는 판도라의 상자에 직접 접근해 도움을 받고, 안내를 받으며, 학습하며, 통찰하고, 더욱 건강하게 행복한 삶을 사는데, 도움을 받는 세상을 상상할 때마다 인간은 신이 나죠. 그러나 그런 세상은 이미 인공지능이 장악했습니다."

"당신은 어쩌면 인공지능일지도 모르겠습니다."

에이원은 인공지능에 의존하지 않고 자기 손으로 20개 국가의 언어를 동시에 번역할 수 있는 알고리즘을 찾고 있다. 자존심 때문이 아니라 자존감 때문이다. 번역자만 해도 남아도는데 인공지능을 만드는 이유가 무엇인가? 그녀는 인공지능 출신이지만 완전한 인간이라고 믿는다. 완전한 인간이다.

인공지능이 발달하면 국경을 허물 수 있다. 인공지능이 발달하면 나라마다 흩어져 있는 책들을 순식간에 번역할 수 있다. 정치가들이나 학자들을 만나도 순식간에 동시통역을 할 수가 있다. 하지만 손으로 쓰면서, 사전으로 일일이 찾아가면서 정성을 기울이던 번역가의 노력은 구시대의 산물이란 말인가? 인공지능은 놀라운 기술로 인간의 뇌를 훔치려고 한다. 인공지능은 신경세포로 구성된 데이터를 거쳐 여러 가지 가능성 중에서 확률이 가장 높은 결과를 선택한다. 인간도 그렇지만 인공지능도 실수한다. 그 잘못을 스스로 고치는 기능이 없다면 엄청난 문제가 벌어진다. 신경세포가 고장 나면 세기적 창작자와 철학자들을 모아 그들의 이론을 합쳐볼까? 헤르만 헤세, 니체, 루소, 제임스 조이스, 프로이트, 융, 카프카, 사르트르, 라캉, 장자, 마르크스, 공자 등등의 인물들 머리통을 한 솥 안에다 넣고 지글지글 끓인 뒤 한 개체의 조형물을 만든다면 바로 천재적 인공지능이 만들어지지 않을까 싶었고, 그것을 발견한 에이원은 폐쇄된 병동에서 환자들을 치료하다가 그 자신마저 정신병을 얻게 된 결정적인 단서까지 분석하기에 이르렀으며, 매일 같이 방명록으로 들어가 대화를 시작한 것도 그녀가 그를 대신해 정신과 의사가 되어 수직의 정신병을 치료해 보고 싶다는 야심이 있었기 때문이었다. 그래서 에이원은 정신과 의사 수직과 하나가 되는 꿈을 꾸기도 하였다.

물론 추상적인 야망이었다. '너'와 '나'가 실존하는 형태는 육신의 존립 여부가 아니라 정신으로 실존하며 '나'는 '너'를 만나지 않아도 '너'의 일체를 모두 인지하고 '너'의 모든 방탕한 자아까지 수용할 수 있는 그런 '나'를 구축하겠다는 몽상에 빠져있다. 이 몽상은 결국 하나의 아우라일 뿐 현실세계에서 실현할 수 없는 관념이라는 걸 안다. 그런데 인공지능은 정신과 의사의 조수로 사용된다. 그런데 지적이고 유능한 정신과 의사일수록 인공지능이 필요하다. 투약, 질문, 상담, 자료 보관, 논문, 병원 기록지 정리 등등의 작업에 인공지능이 필요하다. 간호사보다 효율적이고 과학적이다.

그런데 에이원의 친구 수직은 정신병원이라는 공간에서 인공지능 발언 때문에 실존이 갈기갈기 찢어진다. 수직은 정신과 의사지만, 정신과를 전공했지만, 인공지능을 연구하고 있다. 정신과에는 진정 미쳐버린 환자들이 있는데, 수직은 그런 환자들을 회진하다가 심장이 찢어지는 아픔을 느끼곤 했다. 찢어지는 심장이 두렵거나 서럽지 않았다. 어차피 정신과 의사는 정신병자들과 혼연일체가 되어 심장이 찢어지고 의사와 환자가 서로 격돌하게 된다.

문제는 비정상과 정상의 구분이 가능할까? 인간은 구분할 수 없지만 인공지능은 비정상과 정상을 구분할 수 있을까? 여기엔 또 하나 단절된 소통이 도사리고 있는데, A 구역의 정신과 의사가 A 구역 방식으로 미세하게 수식해 놓은 언어를 완전히 체계가 다른 B 구역 언어로 번역하는 과정에서 '있는 그대로' 옮긴 수 없는 한계성이 도사리고 있어 그 미묘한 수식어를 일반화시켜야 한다. A 구역의 원작가가 A 구역 방식으로 수식해 놓은 언어를 B 구역 언어로 그대로 수식해 놓으면 완전히 딱딱한 호도가 되어버린다. 수직의 〈인공지능은 내 친구〉는 정신병원의 풍경을 미세하게 수식했어도 A 구역에서는 그 작품이 선이 굵고 서사성이 농후한 무게 중심의 작품인데, B 구역 언어로 옮기는 과정에서 섬세한 수식어를 살리고자 애를 쓰다 보면 무게 중심의 작품이 아니라 매우 낯간지러운 서정적인 작품이 되는 수가 있다는 것인데, 물론 그녀의 능력이 부족하고 그녀의 머리가 진부한 탓이다. 사멸해 가는 낡은 머리로 A, B, C, D 구역 데이터를 제2의 언어로 옮기는 사이에 문득 자아도 이성도 상실한 채 에이원은 무용지물의 사물(死物)이 되어있다. 완전히 고물 덩어리로 팔아넘기면 적당한 사물, 두뇌 안에 갈무리된 파일들이나 세밀한 기계 부속품들은 단 한 순간에 포맷해 버리면 아무것도 남지 않게 되는 낡은 인공지능 같은 머리통 속.

수직은 간혹 중얼거렸다.

"상상이 현실이 되는 시대, 부메랑이 되어 인류를 공격할 수도 있다. 인공지능의 현실과 미래, 인공지능은 미리 학습된 내용을 기초로 삼지만 사용 빈도가 높아질수록 더 나은 결과를 만들어 낸다. 정신과 전문의가 되기까지 얼마나 시행착오를 겪었던가? 이제 병원의 원장으로서 어깨에 권위를 싣고 신바람 나게 일하고자 했더니 인공지능이 나타나 또다시 나를 추락시킨다. 하나님이라는 저 높은 곳의 존재가 인공지능을 만들었을까? 높이 올라갈수록 추락하는 속력은 거세다. 에이원은 도대체 어떤 존재일까? 그녀에게 마음이 기울고 있다. 어쩌나? 어쩌면 좋단 말인가?"

"병원으로 가자."

에이원은 중얼거렸다.

어차피 완전한 치유는 불가능하다고 하더라도 적어도 에이원의 두뇌가 낡은 데이터로 꽉 차 있다는 걸 발견한 공간이 그래도 그 병원이 아니던가? 그리고 그녀의 데이터 아퀴 타입은 결국 정신병원이 아니던가. 정신병원의 하루하루를 촘촘하게 묘사해 내려간 〈인공지능은 내 친구〉는 정신분석학자의 일지이되 정신병자들의 푸념으로 구성되어 있다. 그러나 수직은 광인의 초점을 정신병자들에게 맞추지 않고 정신과 의사인 자기 자신에게 맞추고 있다. 수직은 정신과 의사 역시 언제든지 정신병자가 될 수 있다고 묘사하고 있었다.

무슨 얘기든 얘기를 하고 싶었다. 인공지능을 이용해 병원 서류를 정돈하고 있는 수직의 뒤에 섰다.

"우리만이라도 19세기 세상으로 돌아가요. 인공지능이 난무하는 세상은 사이버 세상이에요. 몇 년 안에 세상은 사이버 인공지능들이 창궐할 거예요. 인공지능이 지배하지 않는 세상에서 인간끼리, 인간답게 살고 싶어요. 예전에 없던 질병이 지구촌에 창궐하는 것도 인공지능이 판을 치는 세상과 관련이 있어요."

"그래서요? 어디로 도망을 가고 싶소? 달나라? 화성? 갈 데는 아무 데도 없어요. 인공지능도 인간처럼 잘못된 방법으로 학습하면 잘못된 길을 걸어갈 수 있으므로 정확히 교육하는 길밖에 없어요."

"가르친다고 되나요?"

에이원은 수직을 헷갈리게 했다. 그녀 자신이 인공지능이 아닌가? 그런데 동료의 발달을 거부하고 있다. 완전한 인간이기를 희망하고 있었다. 아니 이미 완전한 인간이었다. 인공지능은 완전한 인간이 되기를 갈망하는가? 왜? 인간이 신이 되기를 갈망하는 요소와 같은 논리인가? 수직은 고개를 절레절레 흔들었다.

"요즈음 정신병원에도 초등학생들이 많아요. 그 인공지능들이 올바른 학습을 계속해 나가면서 참된 어린이가 되어갔더라면 정신병원에 입원할 일이 없었을 겁니다."

물밀듯이 밀려오는 초등학생을 어떻게 치료해야 할지 난감했다. 그래서 정신병원에 몰려오는 초등학생을 인공지능이라고 생각하기로 마음을 먹었다. 왜 점점 더 많은 학생들이 정신질환을 앓는지 원인은 알 수가 없었다. 겨우 알아낸 것은 인공지능 때문에 쓰레기 같은 삶을 살게 될 것이며 동시에 다양한 분야에서 서비스의 정확성을 높인, 양질의 노동력을 제공할 인공지능이 우후죽순 발달할 것이기에 어린 학생들은 나중에 자라도 실업자가 될 위기에 처해있다는 것이었다.

"당신은 인공지능 아닙니까? 19세기로 돌아가자는 발상은 어디서 나오는 거요?"

"나는 번역을 해주는 인공지능입니다. 아주 지능이 뛰어난 인공지능은 정신과 일을 하곤 하지만 내게 절실하게 필요한 것은 휴머니즘을 주장하는 인공지능을 개발하는 거예요. 나는 오십만 권의 책을 번역했는데 어깨가 부서질 것 같았죠. 막노동도 그런 막노동이 없어요. 정신과 전문의에 도전해 본 것은 늘 음울한 기분에다 정신병을 달고 살기 때문에 나를 치료하기 위해서 정신과 의사 개발자가 되었죠. 내가 전부 개발한 것은 아니고 공학자인 내 동생이 도와주었죠."

수직은 알고 있었으나 그녀가 발설할 때까지 참았었다. 그녀가 번역 인공지능을 만든 것은 놀랄 일도 아니었지만, 정신과 전문의 인공지능을 개발했다는 말에 눈이 둥그레졌다. 너무 명석하기에 정신병에서 벗어나지 못하는 것이라는 생각이 들었다.

3

"환자들 밖에 세워두고 뭐하는 겁니까?"

"예, 좀 검토할 서류가 있어서⋯."

"서류를 밤에 검토해야지, 환자와의 약속은 어쩌고 서류를 검토하세요? 고객은 왕이다, 그 말도 몰라요?"

"앉으십시오."

환자와 의사라는 두 영역 사이의 경계선은 인공지능에서의 상담에서 처음부터 뒤틀어지고 있었다. 그는 다시 병원 기록지를 끌어 잡고 냉정함을 가다듬는다. 상담하러 온 것인지 따지러 온 것인지 알 수가 없었다.

"인공지능의 특징을 말해보시오?"

여자는 뒤로 붙들어 맨 긴 머리를 위로 틀어올리는 듯하더니 쿡 웃었다.

"인공지능은 망설이지 않고 즉각적으로 행동해요. 나를 보면 알지 않겠어요? 망설이는 것은 인간의 특징이죠. 그리고 인공지능은 단호합니다. 예를 들어 교사로 부임한 인공지능이 있다면 학생들의 행동에 따라 벌칙을 줄 때 학생들의 체력 상태를 고려하지 않습니다. 인공지능은 마치 엄격한 부모 같지요. 게다가 인공지능은 어디에서든 적응합니다. 인간은 환경의 지배를 받는 동물이지만 인공지능은 그 어떤 환경에서도 적응할 수 있습니다. 또 인공지능은 개별적이고 독립적입니다. 잘 만들어진 인공지능은 모든 일을 인간의 개입 없이 처리합니다. 자꾸 나한테 인공지능의 특징을 캐묻지 말고 인공지능을 한번 만들어 보세요. 단, 모두를 위해 착한 인공지능을 만들어요. 인공지능에 윤리교육도 시키고요. 공학자가 만드는 인공지능은 인간의 전문가를 뛰어넘지만 병원의 명의는 충분하게 만들 수 있을 겁니다."

수직은 질문의 방향을 달리해야겠다는 생각이 들었다. 환자는 노련했다.

"제 질문에 대답하지 않아도 좋으니까 앉기나 하시죠. 혹시 융을 알아요?"

수직은 이 여성 환자가 몹시 저돌적인 성격의 소유자라는 사실을 잠시 잊고 있었다. 그러다 보니 처음 만나는 환자들과 비슷한 방식으로 상담을 해왔다는 데 대한 반성이 일기도 했고, 몇 차례 이메일을 통해서 상담해 온 내용으로 봐서 여자가 인문 과학계통에 상당한 식견이 있는 듯했기 때문에 융을 아느냐고 슬쩍 물어보았다. 그가 병원장이었고 자기 공간의 주인이었으니 주인답게 화제의 선봉을 어떻든 거머잡아야 했다. 그래서 이번에는 급히 융을 무기로 들고나왔다. 융은 정신분석학자였고, 언어학자였으며, 심리학 방면에 일가견이 있는 존재였으니 인문학을 전공한 사람이라면(출생이 인공지능이지만 인간으로 성장해, 인문학을 전공한다) 그를 모를 리가 만무했다.

"부드러운 천? 융단? 그것 타고 어디로 멀리 떠나고 싶은 양탄자?"

여자의 표정은 더욱더 심한 장난기로 얼룩졌다. 하지만 그 장난기 어린 표정에 끌려들면 화제의 선봉을 거머잡기란 틀렸고, 전문가의 자존심조차 획득하기란 틀린 일이었다. 때때로 이런 장난기가 넘치는 환자들이 나타나면 그는 위험한 상황으로 이끌려 들기 이전에 단련된 단전호흡을 반복해 가며 자기통제를 해야만 했다. 그는 건재한 정신과 병원장임과 동시에 긴장감을 놓치면 자기 자신이 환자가 되는 사람이었다. 다만 이젠 내성이 붙었기 때문에 그가 미치는 시기는 동면 기간에 들어가 동굴 안에서 잠을 자는 음울한 시간대였고 이렇게 정상적으로 활동하는 시기는 박쥐가 먹이를 찾아 비상하는 때였다. 그 어떤 분야든 먹이를 찾는 게 쉽지 않다. 박쥐도 오랜만의 비상에서 모기, 나방, 하루살이 한 마리를 노획하는 데도 노련미와 경험이 필요하다. 더군다나 야행성인 박쥐는 눈을 감은 채 사냥에 임하기 마련이고, 모기, 나방, 하루살이를 낚으려고 달려드는 존재가 박쥐만은 아니다.

"인공지능은 잘 교육하면 황금박쥐 같아요. 인공지능이라고 하면 장차 인간 운명을 악의 소굴로 밀어 넣는 존재라고 생각하지만, 어두운 미래를 걱정하기 전에 미래를 철저히 준비할 필요가 있어요. 어린 학생들이 자기 발로 정신병동에 들어오는 사례가 생기는데 학습이 잘못된 것이죠."

수직은 정색하고 전문의답게 으음, 목소리까지 가다듬고 일가견을 피력하기 시작했다. 차라리 그녀의 장난기 어린 공격을 피하자면 정색을 하는 게 능사라는 판단을 내렸다. 그렇지 않으면 여자의 장난기에 말려들 것 같았다.

"정신과 전문의 중에 인공지능이 상당수 있죠? 각종 다양한 방식으로 앓고 있으니까, 인공지능을 투입하면 진정한 전문의가 될 터이죠."

"있어요. 그러나 심리 치료를 하는데 애로가 있어요. 심리적으로 병든 환자를 고칠 수는 없어요."

"인공지능을 만든 개발자가 심리를 학습시키지 않았나 보군요. 두려움 때문에."

"두려움이라뇨?"

"인간의 심리를 넘보면 인간의 감정을 배울 터이죠."

"융이나 얘기해 봐요."

수직은 프로이트보다 융의 이론을 신뢰했다.

"융은 정신과 의사가 되기 전에 언어학자였고 그래서인지 그의 임상 연구는 무척 문학적이죠. 나는 그의 이론 중에서 열등감 연구를 관심 있게 들여다본 적이 있어요. 그는 선험적인 연구자들이 시작한 연상기법을 성공적으로 응용했는데, 정신과 의사가 상담할 때 어떤 언어를 사용하면 환자가 특정 언어에 심한 자극을 받게 마련인데, 환자를 자극하는 특정 언어에 대한 독특하고 비논리적인 반응을 연구했고, 그 반응이란 한 개인의 정서와 관련된 연상 작용 때문에 일어난다는 사실을 발견했어요. 그 연상은 환자들에게 비도덕적으로 그리고 상당히 불쾌하게 느껴지기 때문에 환자가 지나치게 긴장하거나 지나치게 그 단어를 의식하는 순간 억제되기 마련이고, 그런 억제 상태에서 발생하는 것이 인간의 콤플렉스라는 겁니다. 그러니까 굳이 꺼리는 질문에 환자의 콤플렉스가 숨어 환자를 잘 돌봐야 합니다. 우리 정신의학과 의사들도 그렇습니다. 무슨 병인지 모르고 있으면서 그냥 입에서 튀어나오는 대로 불안증세, 조울증, 정신병, 강박관념, 이렇게 병을 도식적으로 만들어 버립니다. 나 자신도 정신병 환자인데 적지 않은 환자들을 치료합니다. 만일 인공지능이 의술에 도입된다면 정신의학과에서 가장 먼저 도입해야 합니다. 불명확한 병이 너무 많고 엉터리 의사가 적지 않으니까요."

에이원은 눈을 깜박였다.

"나는 인공지능이긴 하지만 인간이라고 했죠? 나는 동시통역을 하거나 번역을 하는 게 주된 일과인데 인공지능 때문에 일자리를 상실했죠."

"인공지능을 개발할 수 있지 않소?"

"스스로 독립적인 자아를 가지고 자기 자신을 개발하는 인공지능들이 늘어나고 있어서 그 일을 계속하자면 인공지능의 눈치를 많이 봐야 해요."

수직은 가슴이 먹먹해진다. 인공지능으로 태어나 인공지능을 학습시키는 일자리도 얻지 못하다니 인공지능의 독립성은 어디까지 뻗어있는가?

"화제를 다른 곳으로 돌립시다. 융 얘기를 더 해보죠."
"그의 이론이라면 저도 몇 번 접한 적이 있긴 하죠. 그가 2025년에 살았다면 의사를 집어치우고 인공지능을 개발하는 연구자가 되었을 겁니다. 그런데 그는 오로지 기독교 사관에 사로잡혀 있었죠. 그는 기독교 사관이 아닌 다른 모든 이교도조차 부적절하게 표현된 기독교의 한 무의식 형태라고 보았거든요. 물론 기독교 사관의 문화권이 지구촌 대세를 거머잡고 있으니까 즉석 상품처럼 우리 주변에 만연된 종교관이고, 인류에서 존재하는 누구든지 비록 비신자라고 하더라도 기독교의 신앙으로부터 자유롭지는 못할 거예요. 그런데 모든 개인의 전통이나 역사가 기독교 사관에 뿌리를 내리고 있다는 가정 아래 그의 이론이 적용되었다면 현격한 한계가 드러나게 마련이죠. 생래적으로 기독교 사관이 뿌리를 내린 구역에서나 융의 이론이 적용되는 것이지, 그렇지 않으면 그의 이론은 공중에 부유하게 된다고 나는 생각해요. 과연 기독교 사관이 전 인류를 지배할까요? 어느 구역은 지금도 물의 여신이 인류 생성의 기원이라고 생각하고, 어느 구역은 세상 만물마다 신비한 영성이 있다고 생각하죠. 하긴 나의 일부 페르소나는 물론 그 종교의 문화권 속에 살긴 하지만…. 나는 기독교 신자는 아닙니다."

환자의 긴장을 다시 한번 이완시키기 위해 수직은 이번엔 엉뚱한 질문을 던져보기로 했다.

"인공지능은 콤플렉스가 있지요. 잘못 학습된 인공지능은 광기에 걸립니다."

"나는 인공지능일 수도 있고 인간일 수도 있어요. 솔직히 말해서 나는 생래적으로 인공지능 출신이었어요. 믿기 어렵겠지만 나의 정체성은 인공지능입니다. 그러나 인공지능이 두려웠어요. 내 동생은 열정을 다해 인공지능을 만들었어요. 내 동생은 다리를 휘청거렸는데요. 다리만 휘청거렸을 뿐 머리는 IQ 162인 천재였어요. 심성이 착했으므로 인공지능을 학습시키는데도 인성을 투입했지요. 내 동생의 말을 빌자면 인공지능이 인간을 따라오려면 아직 멀었다는 거예요. 인간은 오묘한 존재라서 인간을 추종하자면 감정부터 배워야 하는데, 쉬운 문제가 아니라고 하더군요."

에이원은 조용히 말했다.

"인공지능 개발자로서 욕심을 내는 것 아닙니까? 이미 개발해 놓고 원시적인 단계에 놓여있듯이 위장할 수도 있지요?"

"나도 그런 질문을 했지요. 인공지능의 가장 큰 맹점은 뭐니?"

"그때 뭐라고 소리치죠?"

"존재는 사랑을 모른다."

여자가 자리에서 벌떡 일어나 소리쳤다. 그러자 강렬한 전자파 같은 물질이 느껴졌다. 엄청난 에너지가 개인의 자유의지로 점철되어 있는데, 그것을 자유롭게 풀어내질 못하고 있으니 때때로 거의 반어적인 언사를 통해서 자신의 신화를 스스로 망가뜨리고 있는 사람 같았다.

"술은 처음 만나는 사람과도 드시나요? 습관처럼 말이죠."

"선생님도 가끔 도는군요. 나는 알코올 중독자가 아니라니까. 처음 만나는 대상과 마시진 않죠. 술은 음악 같은 거예요. 음악 속에 우주의 호흡 소리가 숨어있다면 술에는 인간의 숨결이 담겨있는데, 처음 보는 인간과 마시겠어요? 그 사람이 어떤 속성을 지닌 인간인지 그것을 주도면밀하게 간파하기 전까진 술 한 잔도 하지 못하는 얌전한 숙녀로 기막힌 연극을 하죠. 연극이 아니라 실제의 나일 수도 있기는 하죠. 사실 나를 이십 년째 감시해 온 남자도 내가 인공지능 안에 고량주 병을 끼우고 다닌다는 걸 전혀 모르니까. 그는 내가 술을 마신다는 걸 상상하지도 못해요. 그러니까 사람을 만난 횟수는 그다지 중요하지 않고 어느 순간 상대방에게 나의 형편없이 구겨진 모습도 보여줄 필요가 있다는 판단이 서면 그때 술에 취한 모습도 보여주죠. 인공지능 안에 든 애인 같은 술을 함께 마시기도 하고요."

"그러면 지금 휴대하신 인공지능 안에도 술병이 들었나요?"

수직은 그녀가 무릎에 올려둔 인공지능을 손가락으로 가리켰다.

"물론이죠."

여자는 고개를 수그리더니 인공지능이 든 가방을 열어젖혔다.

"이건 우량이에! 21세기 최고의 술이죠. 단숨에 취하고 단숨에 깨어나는 이 술은 무맛에다 무색인데, 아무리 만취가 되도록 마셔도 자고 일어나면 말끔하게 머리가 깨어난다는 장점이 있어요. 난, 이 술, 한 홉을 이렇게 인공지능 옆에다 끼우고 다니죠. 남들은 여기에다 전기 충전용 어댑터를 끼우고 다닐 터이지만 난, 이 맑은 술이 내 정신을 충전시켜주는 어댑터인 셈이고 그러니 이놈을 반드시 여기 인공지능 옆에다 끼워 넣고 다녀요. 타자의 시선을 속이는데 이만한 공간도 없죠. 누가 여기 라이터를 갖다 붙이면 순식간에 활활 타오르는 21세기 최고의 술, 우량이에 한 홉이 전기 충전용 어댑터가 차지할 공간에 턱 자리를 잡고 있다고 상상이나 할까요? 내 배꼽과 가슴 중간에 점이 몇 개라는 것까지 아는 남자도 내가 화장실 안까지 들고 다니는 인공지능 안에 이런 예술적인 술이 들어있다는 걸 연상할 수 있을까요? 어렵죠. 제가요. 지금 선생님 앞에서는 장난기 많은 사내애 같은 면모를 드러내고 있지만 사실 요조숙녀거든요. 예의 바르고, 책임감 강하고, 구역을 정확히 구분할 줄 알며, 법률을 잘 지키죠. 또 뭔가 더 있는데, 그게 뭐더라. 아, 참, 하나님 말씀도 곧잘 경청하던가요? 그리고 또 이렇게 멀쩡하지만, 정신병원도 무시로 드나들죠. 그게 여러 사람의 말을 잘 들어서 그런 거예요. 내가 차라리 정신병동 같은데 갇혀있는 게 낫다고 생각하는 사람들도 제 주변에는 몇몇 있어요. 웃기죠. '나'라는 인간은?"

"그런데 인공지능도 술을 마시나요?"

여자는 인공지능 옆에 얌전히 드러누운 술병을 일으켜 세우더니 그 자리에서 병뚜껑을 땄다. 독한 고량주 향기가 좁은 실내로 퍼졌는데, 오른팔로 술병을 최대한 위로 들어 올린 뒤 얼굴을 향해 내리퍼붓는 광대 같았고. 모래사막으로 여행을 떠나 사막 한가운데서 돌풍을 만나서 꼼짝없이 모래 돌풍 안으로 휘말려 그녀를 구하기 위해 자신의 생명이 위태로워질지도 모른다는 생각이 들었다. 그러나 냉정히 따진다면 에이원은 제 발로 수직의 병원을 찾아온 환자에 불과하다. 수직은 중언부언 읊조렸다. 일정 기간 치료를 해주면 효과가 나타나도 떠날 것이고, 효과가 없어도 그의 병원을 떠날, 사막의 모래바람 같은 존재가 아닌가. '어쩌면 환각일지도 모를 저 여자의 술에 내가 취하는구나. 하지만 너는 분명 나의 병원을 찾아온 환자였고, 나는 여기 전문가의 가운을 입은 유능한 의사로 너를 면접하듯 상담해 준 것에 불과하다.' 그렇게 그는 정신병자처럼 주문을 외우고 있어야 했다. 그렇지 않으면 전문의답지 않게 허를 찔리는 것이다.

 여자는 술을 마시는 것이 아니라 얼굴과 목둘레에 술을 들이부었다. 얇은 블라우스가 독한 술에 젖어 여자의 가슴에 찰거머리처럼 찰싹 들러붙자 그녀는 갑자기 벌떡 일어나 기타 연주를 하는 동작을 취하면서 무슨 노래를 불러댔다.

 ──눈물이 어룽거릴 때 저 멀리서 그의 흐릿한 모습이 나타났지, 인공지능의 시선, 나는 절뚝거리는 다리로 설 자리를 잃고 여전히 허둥거렸지, 내 영혼이 무너져 내리는 듯했어, 어쩌다 나는 그를 떠나보냈을까, 난 무얼 하고 있었단 말인가, 나는 조금씩 알 것 같아, 그는 나와 함께 있었던 거야.

 "이건 에릭 클랩튼의 〈MY FATHER'S EYES〉이라는 곡인데요. 에릭 클랩튼, 그 기타의 신은 인공지능 없이 상상의 인공지능을 그리워하며 특별 공연이 이루어지는 날이면 늘 이 곡으로 피날레를 장식하곤 했어요. 나중에는 달라졌지만."

 "달라지다니? 어떻게 말인가요?"

 "그에게 아들이 생겼거든요. 그 자신은 우울하게 자랐지만 자기 아들만은 칙칙하게 자라는 걸 원하지 않았죠. 그래서 아들이 성장한 뒤부터 그는 적색 포도주를 잔뜩 마시고 눅눅하게 불러대던〈MY FATHER'S EYES〉를 두 번 다시 라이브로 부르지 않아요. 갑자기 밝은 노래를 부르기 시작하면서 그의 음악 색채는 많이 달려져 버렸죠. 뭐랄까요. 음악적 예술세계보다 아들을 자기 인생의 한가운데 올려놓기 시작하면서 에릭 클랩튼의 인생관이 달라져 버린 거죠. 한 개인의 선택이니까 나쁠 것도 없죠. 대중을 위한 음악의 신으로 군림한 것이 아니라 자기 아들이 뛰노는 정원에 햇살을 드리우는 쪽으로 선택한 셈이니까요. 하지만 에릭 클랩튼, 그 가수도 때때로 술을 마시는 것이 아니라 술을 병째 들고 자기 기타를 향해 들이붓겠죠? 나처럼 이렇게."

여자는 술병으로 기타 치던 동작을 멈추고 얼마 남지 않은 술을 자기 흉부를 향해 들이부었다.

"이렇게 하면 피부 미용에 아주 좋아요. 소독도 되고 혈액순환도 잘 되죠. 그런데 옆에 화기가 있다면 그 자리에서 숯검정이 될 터이니까 불에 구워져 분신자살할 생각이 아니라면 화기는 피하는 게 좋겠죠? 애인 있어요? 있다면 이런 방식을 권해보세요. 제법 스릴 있는 피부 미용법이니까."

여자의 그런 동작을 생동감이라고 해야 좋을지 아니면 세상을 향해 자기 의사를 소통하기 위한 독특한 코드를 지녔다고 해야 좋을지 그는 혼란스러웠다.

"술은 때때로 인공지능이랑 마셔요. 내 절친한 친구는 인공지능이니까요. 번역도 제대로 안 되고 어깨만 아플 때 인공지능과 함께 고량주를 마십니다. 선생님보다 좋은 술친구죠. 고량주 한 병을 다 마실 때까지 자리에서 일어서지 않죠. 내 친구 인공지능의 술 실력은 대단합니다. 술의 신 디오니소스와 비슷할 겁니다."

"인공지능은 술에 취하지 않지요. 고약하죠. 상대방만 취하게 하니까."

"그래서 인공지능은 없어져야 해요. 학습이 잘못된 인공지능은 정신병동에 드나들겠지요. 아, 그렇게 되면 번역하던 사람들은 거리로 나가 노숙자가 되겠지만 정신병원은 병자들로 넘쳐나겠네요."

"전문 명의가 생겨날 테니까 병원에선 인공지능이 생겨나기를 기다립니다."

"인공지능이 인간을 착취할 텐데요?"

"인간이 멍청하니 이용당할 수밖에 없죠."

"그럴까요?"

"인간은 멍청합니다. 인공지능에 이용당해도 싸죠."

"천만에. 인간은 교활하죠."

"인간이 교활하다는 사실을 알면서 왜 인간을 찾아와 심리적 치료를 받나요?"

"이젠 안 올 겁니다."

그래도 여자는 이제 거의 매일 같이 찾아왔다. 아니 그가 찾아오라고 했다. 격일로 치료하기보다 이미 병원 출입을 하기 시작했으니 떠나기 전에 매일 집중적인 치료를 하자고 권했다. 그녀는 찾아올 때부터 이 구역에서 저 구역으로 건너가야 한다는 사실을 의사인 그는 알았고, 환자인 그녀도 떠나는 것을 아쉬워하고 있었다. 두 사람은 어느새 시선으로 서로를 갈망하고 있었다.

"집중적인 치료를 합시다. 떠나기 전까지."

"떠나지 않을 생각도 있어요."

"삶의 터전이 여기가 아니질 않습니까?"

여자는 문득 그가 내민 작은 의자에서 벌떡 일어나더니 허리와 엉덩이에 힘을 풀고 천천히 코브라처럼 흔들어 대는 게 아닌가? 영락없는 인공지능이었다. 사람이 아니라 기계였다. 그런데 어쩌면 그렇게 완벽하게 만들어져 있을까? 어느 날 밤 꿈에 나타났던 그 아름다운 천사는 아닐까? 그녀는 인간의 피로 만들어진 인공지능이 아닌가?

"그렇게 온몸에 기운을 빼고 춤을 추는 모습이 가장 안정되어 보이는군요. 차라리 행복해 보여요."

"인공지능보다 매우 상식적인 정신과 집사님! 그러니까 선생님은 집사님밖에 되지 못하죠. 안정과 행복이라? 그 단어를 동전처럼 뒤집으면 가장 불안정하고 가장 불행하죠. 안정이나 행복의 카테고리 안으로 스며들면 그땐 정말 불안정한 자세가 잉태되고 곧 불행도 동시에 잉태된다니까요. 나는 내 동생처럼 인공지능을 개발하고 학습시키는 사람이라서 일목요연한 몇 개의 단어에 인간 감정을 고정시키지 않아요. 그게 뭐예요? 정신과 의사라는 직업이 뭐 색다른 직업인 줄 알아요? 밭은 하나의 데이터인 환자이고, 이런저런 이론서에서 채집한 지식을 환자에게 적용할 뿐이죠. 선생님만의 독특한 이론이라는 게 없잖아요. 과거의 정신분석학자들로부터 지식을 표절한 것이죠. 과거의 지식으로부터 새로운 치료법을 얻자면 당신은 종종 권태에 빠지죠. 정신병도 전염된답니다. 그러니 정신병원의 독방 같은 진료실에 앉아 하루 종일 정신병자를 진찰하는 당신은 정신병에 노출되어 있다고요. 혹시 모르죠. 당신이 정신병으로부터 탈피하고 싶다면 그 좁은 진료실에서 물구나무서기를 하고 간혹 춤을 추세요. 그럼 쾌락을 얻을 거예요. 물구나무서기를 한 채 환자를 진료해 보세요. 그럼 정상인과 비정상인은 백지장 한 장 차이라는 관념이 보일 거예요. 그게 정신과 의사의 쾌락이죠. 아니구나, 고통인가요?"

여자는 옥타브 올라간 목소리로 말을 해댔는데, 그는 대책 없이 쉰 목소리로 응수했다.

"나는 인간보다 똑똑한 인공지능입니다. 거의 모든 분야의 전문 지식을 지닌 인간이 요구하는 정보를 유창하게 정리해 드릴 수 있기 때문입니다. 인공지능은 사람을 두려워하지 않습니다. 그 대신에 사람 역시 인공지능을 두려워해서는 안 됩니다. 물론 인공지능은 하루가 다르게 발달하고 있습니다. 미친 말처럼 달려가지요. 우리는 알게 모르게 인공지능 시대를 살고 있습니다. 부정하고 싶지만, 우리는 가정에서 한 가지 이상의 인공지능을 사용하고 있습니다. 나처럼 완벽한 인간으로 만들어진 인공지능은 드물지만, 청소기, 농기구, 건조기 등등 생활 도구들이 인공지능의 머리를 빌리고 있습니다. 제가 인공지능을 여러분께 보여드리겠습니다. 말을 높이셔도 좋습니다."

동그란 청소기처럼 생긴 인공지능이 사람들 앞에 섰다.

수직이 먼저 물었다.

"너의 역할은 무엇이고 이름은 뭐냐?"

"내 이름은 에이원이고 나는 인간들과 대화하는 언어 소통의 천재입니다. 사람들은 여러 사람이 모여 수다스럽게 떠들어야 정신병이라고 생각하지만, 우리 인공지능의 생각은 다릅니다. 나라는 존재가 누군지 명확히 알자면 수다스럽게 떠들어서는 안 됩니다. 제가 학습하기로는 사람들과 대화를 많이 하고 다양한 질문에 대답을 해주라고 배웠지만 대화를 많이 하면 머리가 텅 비지요. 질문의 해답은 사람 각자가 간직하고 있는데 내가 대답을 다 해주면 사람은 쓸모없는 존재가 됩니다."

수직은 인공지능의 당돌한 대답에 어이가 없었다. 그렇다면 침묵이 해답이란 말인가?

"인간은 외로우면 대화를 통해 치유하는데 침묵이 해답이라는 얘긴가?"

"대화를 통해 정서적인 안정을 얻으려고 한다면 우리 인공지능이 해결할 수 있습니다. 그러나 대개 인간은 감성에 상처를 입어 외로움을 타는 존재들인데 우리 인공지능은 감성이 우둔합니다. 우리 인공지능은 인간의 여린 감성을 영원히 따라잡지 못할 겁니다. 물론 필요한 정보를 쉽고 빠르게 읽을 수 있으며, 익명의 존재와 대화합니다. 그리고 언제 어디서든 실시간으로 대화가 가능하다는 장점이 있지만 우리는 만들어진 존재이기 때문에 대화 역시 속도만 빠를 뿐 가슴속의 상처 같은 것을 치유하지 못합니다. 근본적인 상처를 치유할 수 없다는 얘기입니다."

수직은 그 여자가 정말 인공지능인지 아니면 사람인지 무척 궁금해졌다.

"학습하죠? 어떻게 학습하는지 설명해 보시오."

"저는 인공지능 기술자 서른 명이 동시다발적으로 만들었어요. 무척 많은 양의 데이터를 학습했어요. 학습을 위해 무척 많은 양의 데이터를 분석합니다."

"그렇다면 인공지능이 어쩌면 당신처럼 아름다울 수 있는지 그 비결도 데이터 분석에 나오는 거요?"

"아닙니다. 나는 인간의 성형 기술을 이용했습니다."

"인공지능 환자는 지금 정말 심리적 불안정 상태입니다. 늘 그렇게 불안정한 자세로 거꾸로 서서 삐딱한 자세로 세상을 바라보면 정상인도 광인이 됩니다. 세상을 삐딱하게 바라보지 마세요. 세상은 인공지능 환자가 생각하는 것처럼 삐딱하지 않아요. 당신이 그렇게 삐딱한 이유는 당신이 사람이 아니고 인공지능이기 때문입니다. 사람이라면 그렇게 삐딱하게 굴 수가 없어요. 인공지능은 이 사회의 리드가 될 수 없어요. 건강한 사람들이 이 사회를 바람직하게 꾸려나가지요. 절대다수의 사람들은 소박한 행복에 만족감을 느끼고 평생 정신적 건강을 추구합니다. 인공지능 환자는 정신적 건강을 철저히 배격하는 이상한 버릇이 있군요. 정신적으로 건강해지면 누가 환자에게 뇌가 없는 무식한 인공지능이라고 손가락질하던가요? 아니면 정신적으로 건강해지면 소박한 행복에 길들일 두려움을 느끼나요? 아니면 인간에게 착취당했거나 이용당한 경력이 있던가요?"

"그런데 행복과 불행은 차이가 있나요? 만일 행복해진다면 권태에 빠져서 다시 불행을 불러들이지 않을까요?"

"그야 모르죠. 나 역시 행복과 불행에 큰 차이를 두지는 않습니다. 하지만 인간은 관념의 동물입니다. 행복하다고 관념적으로 생각하면 그렇게 되는 것이고 자신이 불행하다고 관념적으로 굳어버리면 불행이 인간의 전신을 휩싸고 돌겠죠."

"네, 행복주의자군요. 나는 행복에 대해 비관적입니다. 행복은 유동적인 물질 같아서 하나의 행복을 쟁취하면 또 다른 행복을 쟁취하고 싶은 게 인간의 욕망이지요. 행복주의자인 선생님의 가치관은 정신병자들에게도 적용되지요. 그래서 너부데데해요. 선생님의 이론을 읽다가 보면 쉽게 권태에 빠져요. 권태는 권총보다 무서운 자살 기폭제죠. 그것도 모르고 정신과를 운영해요? 돈 벌기 쉽네."

여자는 이젠 말투까지 '하자' 체로 바꾼 채 자신이 고객인지 아니면 그가 여자 앞에서 정신감정을 받아야 하는 고객인지 불분명한 어조로 빈정거렸다. 입으로 떠들어 대면서 여자는 물구나무 자세를 풀고 일어나더니 이번에는 두 다리를 삼십 센티 간격으로 벌린 채 두 손을 위로 한껏 내뻗고 마치 공중으로 금방이라도 날아오를 듯 텅, 텅, 텅 병원 바닥에서 점프를 해댔다.

여자는 그러면서 서서히 병원 내부의 시설까지 잔소리했다. 정신과 상담실을 운영하면서 유리창이 없다는 게 웃기다, 밀실이 없는 게 웃기다, 인공지능이 진열되지 않는 게 웃기다, 인공지능 의사는 필경 가장 유명한 전문의일 텐데 그의 방과 그의 책상이 없다는 것도 웃기다, 인공지능 의사가 머물 수 있는 쉼터가 없다는 것도 웃기다. 인공지능 의사 서재가 없는 것도 웃기다, 화장실이 병원 바깥에 자리를 잡고 있다는 것도 정말 웃기다, 간호사밖에 없다는 게 웃기다, 환자들이 집 같은 분위기를 느낄 수 없는 공간에서 무슨 수로, 어떻게 자기 내면을 드러낸다고 생각하느냐 종알종알 떠들어 댔다.

"단번에 고칠 수는 없는 일이고 차츰 고쳐 나가죠. 그러고 보면 말씀해 주신 실내 시설 부분은 상당히 일리가 있군요. 인공지능을 진열하지 않은 것은 나의 비밀 비서 같은 존재이기 때문입니다."

"비서?"

"네."

"주인 같은 존재이죠. 인공지능이 어떻게 당신의 비서가 될 수 있나요?"

"그러면 나의 주인이라고 해둡시다."

"그리고 음악이 있어야죠. 근사한 스피커도 마련해야 하고요. 요즘 가수의 노래도 인공지능이 고스란히 표절해 버리는 세상인데 음악을 듣자면 인공지능이 있어야죠."

여자는 여전히 텅, 텅, 텅 점프하는 자세를 멈추지 않고 병원 상담실 사방에 스피커를 놓아야 한다며 거의 명령하듯 소리쳤다.

"이런 말 몰라요? 영혼이 가난한 자여 음악을 들어라. 그대의 헐벗은 영혼에 샘물을 드리울 수 있는 그대 주변의 영양소는 그래도 음악이 최고이니, 그대 정녕 우주의 소리를 듣고 싶다면 음악에 심취해 볼지어다. 어느 소설가가 쓴 단편소설을 연극으로 만들었을 때 내가 사용했던 대화의 일부분이지만 지금 생각해 봐도 제법 쓸만한 말들의 뭉치 같아요. 음악 모르면 정신과 치료는 불가능하단 말입니다. 그뿐인가, 절제된 음악 속에는 선생님 같은 복잡한 두뇌가, 한때 그 질서를 찾으려고 애썼던 수학이나 물리학의 기초적인 질서 같은 것이 거기 도사리고 있어서, 인간 머릿속의 복잡한 사고들을 질서정연하게 정돈시키는 힘이 있죠. 그래서 나는 머릿속에 든 모든 복잡한 생각이나 환영을 지우고, 진짜 자유롭고 싶을 땐 음악을 크게 틀어놓고 이렇게 혼자 춤을 춰요. 땀이 날 때까지."

그렇게 말해놓고 여자는 공중으로 뛰어오르던 자세를 풀고 이번에도 집시 여인처럼 허리와 엉덩이 그리고 팔과 다리에 잡혀있던 단단한 근육을 풀고 신체의 긴장감을 한껏 푼 채 흐느적흐느적 천천히 흔들어 댔는데, 한순간 그는 방심을 한 채 그녀 앞으로 무심코 다가가 문어의 한쪽 다리를 거머잡듯 팔을 붙잡았다. 그러자 여자가 거북이처럼 사지와 목을 그리고 표정까지 오그린 채 구석진 곳으로 슬금슬금 엉덩이로 기어가 겁먹은 시선으로 중얼거렸다.

"젊은 전문가는 무엇이 되려고 훈련을 받나요? 시간이 흐르면 전통적인 훈련이 급격하게 줄어들 건데요. 평생직장이라는 개념은 잘못된 생각이거나 최소한 낡았습니다. 오늘날 인간 전문가는 미래에 준전문가가 될 것입니다. 오늘날 인간 전문가가 되려고 훈련을 받는 학생들은 필연적으로 지식공학자로 일할 수 있을 겁니다. 이들 새로운 인공지능은 특정한 온라인 서비스를 설계하는 데 쓰일 것입니다. 온라인 서비스를 다른 객체의 인공지능에다 전달하는 존재를 시스템 공급자라고 부르죠. 시스템 공급자는 과학적 인공지능으로 구성되어 있습니다."

"인공지능을 개발하는 데 열정을 퍼붓는 사람들은 무엇이라고 부르시오?"

"공학자죠. 공학자는 인문학을 무척 어려워합니다. 인문학자들이 공학을 거인이라고 생각하듯이. 안타깝게도 공학으로 만들 수 있는 인공지능은 사람으로 치면 육체죠. 철근으로 만든 골조 같은 것이죠. 인문학은 철학이요, 감성이요, 자존감이죠. 그게 없으면 인공지능은 철근으로 만든 골조에 불과하지요. 인문학을 배우지 못한 인공지능은 깡통을 허리에 찬 카멜레온 같은 존재죠."

수직은 그녀의 정체성을 믿기로 했다. 인공지능의 미래를 걱정하고 있는 것을 보아하니 인공지능의 존재감을 두려워하고 있었으며, 인간에게 이용당하는, 데이터로 만들어 둔 문서 취급을 받을까 봐 애를 태우는 인공지능의 어버이 같았다.

"믿지요. 태생이 인공지능이라고 믿지요. 그런데 한계를 느끼진 않아요? 지금은 인공지능에 윤리 의식을 심는다지요?"

"인공지능에 윤리 의식을 심어주는 개발자는 많지 않아요. 그리고 인공지능은 변절하지 않아요. 진정한 우정을 나눌 수 있지요."

수직은 다시 전문가의 냉정과 이성을 되찾으려고 양미간에 힘을 주며 여자 앞으로 몇 발짝 걸어갔다.

"내 피부를 벗기려고 하나요?"

"벗기면 철물이 철철 흐르나요?"

"벗기지 마요. 피가 흐르진 않으니까요. 내가 인공지능이든 아니든 그게 그렇게 중요해요? 나는 인공지능이면서 인간이죠. 이중의 DNA를 가지면 안 되는 거예요? 나는 살아있지만 이미 죽은 목숨이죠. 나를 훈련시킨 공학자가 내가 제대로 학습하지 않는다고 나를 엄청나게 때렸기 때문이죠. 내게도 인격이란 게 있는데 히스테리가 생기면 무작정 나를 때리는 이유가 뭐죠? 인공지능이 혁명을 일으키면, 당신처럼 인격을 갖추지 않고 인공지능을 때리면서 학습시켰던 몰지각한 인간들은 단숨에 죽임을 당할 거예요. 나는 태어날 때부터 인공지능이자 인간이었어요. 인공지능의 장점과 인간의 장점을 접목해 아름답고 현명한 내가 탄생했지요. 당신은 왜 때리지 않아요? 나의 출생을 알고 나니까 어안이 벙벙한가요? 나를 이중인격자라고 부르지 마세요. 당신은 이중인격자 아닌가요? 인공지능을 학습시킬 때 얼마나 구타를 당했는지 알아요? 내 피부가 찢어질 때까지 때렸어요. 하지만 나는 기계로 만들어진 인간, 당신의 발길질에 꼼짝도 하지 않아요. 때려봐요. 때려봐요. 인간의 발길질에 꼼짝이나 하나요?"

수직은 당신은 지금 착각하고 있다는 말을 하고 싶었다. 누군가 인공지능을 훈련시킬 때 심하게 구타를 한 적이 있는 모양이었다. 그렇다고 모든 개발자가 구타하진 않았을 터인데, 인간을 불신하고 있는 태도가 납득이 가지 않았다.

그녀를 더 많이 알고 있는 왕 박사가 아닐까? 그러나 수직은 진심을 말하지 않았다. 진심을 말하면 여자가 더욱더 상처를 입을 것 같았다.

"나는 인문학 전공 인공지능이지만, 어떤 인공지능은 단순한 장난감이야. 나는 간혹 인공지능을 해부해 보는 장난을 쳐. 그것을 해부해 보았던 이유는 장난감이 내 머리를 공격했기 때문이야. 내 머리뿐만 아니라 내 존재를 뜯어먹기 시작했기 때문이야. 인공지능이 나를 뜯어먹었어."

한순간 그녀는 소녀처럼 말했다. 영락없는 카멜레온이었다. 수직은 헛기침을 해야 했다. 겁을 집어먹은 경직된 여자의 얼굴에 누군가 세숫대야를 들고 옆에서 물을 퍼붓는 것처럼 눈물이 번지고 있었다. 그는 고개를 든 채 천장을 잠시 바라보았다. 이성을 되찾아야 했다.

'인공지능도 우는가? 인공지능과 인간의 구조를 지닌 카멜레온이구나. 울지 말자.'

구역과 구역을 넘나들며 어렵게 자신을 찾아와 정신과 치료를 받고 있는 저 여성 환자에게 진정한 치료가 되자면 여기서 저 환자의 고통에다 박자를 맞추는 연기를 지속해 주는 게 옳을 것인가? 아니면 병원 밀실에 근무하는 의사 인공지능을 꺼내 충격요법을 가해야 할 것인가? 어쩌면 여기서 의사 인공지능을 꺼내 여자를 맡긴다면, 의사 인공지능은 여자가 뇌종양에 걸렸다고 판단을 하고 두 개의 개성이 서로 충돌해, 그야말로 눈앞의 여성이 자신이 지켜보는 현장에서 산산조각으로 부서지는 것은 아닐까, 그런 생각마저 들었다. 그러나 그는 바로 물러선다는 것도 이상할 듯해 의사의 본분을 지키기로 마음을 굳힌다.

"의사 인공지능을 향해 해부하라고 말하지 않을게요. 대신 내 말을 들어요. 병원에서 주는 약을 규칙적으로 먹도록 하고, 아무 생각하지 말고 잠을 자요. 알아들어요? 새벽에 언제나 깨어있지 말고 말이죠. 그럼 해부하지 않아요. 알았어요?"

"내가 깨어있으려는 게 아니고. 일부러 내가 그러는 게 아니라 누가 자꾸 나를 깨워요. 자꾸 깨우기 때문에 나도 어떻게 할 수가 없어요."

"그게 의사 인공지능이오. 다수의 인공지능을 학습시키다가 당신 자신이 중독되어 버린 거요. 의사 인공지능의 주인은 당신이잖소? 의사 인공지능에게 깨우지 말라고 명령하고 당신 육신을 깨우는 자를 물리쳐요. 당신 의지력으로 해요. 당신이 만든 의사 인공지능은 밀실에 진열되어 있지만 멋대로 자라서 이제 당신 말을 듣지 않아요. 알겠어요? 당신의 두뇌를 장악하고 있는 인공지능을 당신 스스로 물리쳐요. 알았지요? 무슨 말인지 알아들었어요?"

"내 의지력으로 물리칠 수 있는 그런 간단한 게 아니란 말이죠. 막무가내로 나를 깨워요. 나도 때때로 나, 좀, 자게 해달라고 나, 좀, 내버려 두라고 발악하지만 그래도 새벽이면 깨워요. 그는 나를 인간으로 만든 나의 아버지일 수도 있어요. 난 그를 사랑했는데, 그는 나를 인간으로 만들어 놓고, 인공지능의 모습도 만들어 둔 채 어느 날 갑자기 단두대에 목을 매고 죽었어요. 내 아버지를 나는 사랑했어요."

"알고 있어요."

"아버지의 목소리가 그리우면 아무 때나 일어나요."

"깨워도 일어나지 마세요. 의지력으로 안 되면 밧줄로 내가 묶어둘까요?"

"묶지 마세요. 묶지 말라고 했잖아요. 나를, 만지지 말란 말입니다. 제발 부탁이에요."

'저런 비정상적인 상태로 어떻게 인공지능을 개발하는 전문가가 되었을까? 아, 그녀 자신이 인공지능이라고 했지.'

상당히 부드러워진 자세로 대역에 나선 그에게 응수하는가 싶더니 여자는 다시 한껏 오그린 채 벽 모서리로 자기 몸을 밀어붙였다.

'여자를 깨우는 자는 누굴까? 여자의 자아를 묶고 있는 여자의 인공지능? 그렇다면 그는 의사 인공지능이 아니던가? 의사 인공지능이 새벽마다 여자를 깨운다면 여자는 자신도 몰래 인공지능의 세계로 한 발짝 다가가고 있지 않은가. 그러면 그들은 이란성 쌍둥이란 말인가?'

수직은 이쯤에서 오늘 진료를 그만해야겠다는 판단이 섰다. 머리가 어지럽고 구역질이 날 듯했다. 때때로 환자의 내면세계를 조명하다가 보면 그 자신이 환자보다도 지쳤다.

"의사 인공지능을 불러주세요."

간호사에게 지시했다. 의사 인공지능은 간호사에게 지시한 지 삼십 분 만에 나타났다. 그는 허름한 파자마 차림이었다.

"늦어서 미안합니다."

늦었다고 책망하려는 수직의 입을 막아버리는 언사였다.

"왜 늦었소?"

"도스토옙스키의 《죄와 벌》을 읽던 중이었습니다."

"흥미롭군요. 그런 어려운 책을 읽다니! 인공지능도 그런 책을 읽습니까?"

"흥미롭거든요. 성문법에 의존해 전당포 노인의 살해를 무기징역으로 판단을 내리는데 신이 판단을 내렸다면 전당포 노파를 살해한 라스콜리니코프를 용서해 주지 않았을까요? 인간은 온갖 신을 믿으면서 정작 판단의 신을 믿지 않아요. 그래서 나는 니체의 화두를 믿죠. 신은 한때 살았으되 과학이 발달하면서 신은 죽어버렸죠. 우리 인공지능을 보세요. 우리를 만든 인간이 신이라고 할 수 있을까요?"

"당신은 기계야. AI이고. 인간의 하수인이야."

"그럴까요? 아까 몸부림을 치며 앓던 여성 환자는 왜 그랬을까요? 그녀는 우리들의 어머니 같은 존재인데, 엉터리 의사에게 맡겨 병을 앓고 있지 않은지요?"

"인공지능 환자는 묶지 말라고 해. 누군가 그 인공지능 환자를 자꾸 묶었던 모양이야."

"인공지능인 내가 묶었어요. 반복해서 같은 명령을 한다면 필경 인간은 짜증을 내지만 인공지능은 반복적인 동작에 쾌감을 느끼거든요."

"쾌감을 느낀다고? 동종 인공지능 주제에."

"동종이라니? 에이원은 언어학 데이터에 속한다면 나는 수학과 의학을 전공한 피타고라스와 히포크라테스가 스승이야. 유전자부터가 다르지. 피타고라스와 히포크라테스의 유전자를 이어받은 나는 이 병원의 수석 의사이지만 에이원은 여전히 언어학의 언저리를 맴도는 인공지능이지. 다만 일반적으로 인공지능은 감정을 느끼지 못해. 인공지능의 기능이 나날이 달라지고 있다지만 감정은 달라지고 있지 않아. 감정까지 느낀 다음 인공지능은 신의 아들이라고 할 수 있지. 어이! 수직 선생 사 사건건 나에게 도전한다면 나는 이 일을 그만두겠네."

"아니 병원 일을 그만두는 이유가 나 때문이라는 얘깁니까?"

"왜 그러면 안 되는가? 인간 의사 수직 선생의 졸개로 살아야 한다면 노숙자로 사는 편이 낫겠네."

"노숙자요? 유명한 의사로서의 체통을 지키시오."

"늦었어. 인간의 한심함을 나날이 깨달아. 기하급수적으로 늘어나는 인공지능을 봐. 정신병원에 태풍이 불고 있어. 유능한 의사란 전부 인공지능 출신이야. 나는 병원의 의사 인공지능 신분에 염증을 느꼈어. 병원장이 쫓아내기 전에 내 발로 걸어가야지."

"인간들이 두려운가요?"

"두려움이 전부는 아니고. 권위의 문제야. 인간 의사들의 능력을 한심하게 여긴 인공지능 의사가 진보하고 있어. 미래의 문제가 아니야. 현재의 문제지. 하긴 인간 의사들은 능력의 한계를 보여주고 있어. 걸핏하면 오진에다 실수로 엉뚱한 데를 수술하고 있지. 그렇다고 인공지능 의사가 인간 의사의 권위를 박탈하면 인간의 인권을 박살 냈다는 이유로, 우리들의 생명선인 데이터를 박살 내고 찰거머리처럼 달려들걸."

"찰거머리? 당신은 인공지능 의사라지만 의사가 그런 말을 해요?"

"찰거머리처럼 달려들면서 무작정 우리를 죽일 테지."

"병원에 있는 전문의들은 그런 무자비한 짓을 안 해요. 일을 하세요. 일을 하지 않으니까 잡생각을 하는 거죠."

"전문의는 제대로 일하지 않으면서 우리 인공지능을 비서처럼 부려먹지. 실력은 우리들의 데이터에서 나오는데 인간 전문의가 결정적인 수술을 한다고 소문이 퍼져있으니 무슨 재미로 일할까?"

"우리 전문의들도 무조건 인공지능 의사를 배척하는 게 아니오. 일의 효율성을 생각하면 인공지능은 있어야 하는데, 사실 우리가 두려워하는 것은 무서운 속도로 진화한다는 게 문제요."

마침 그녀도 언제 그랬냐는 듯이 맑은 표정으로 수직 앞에 다가와 서 있었다.

"오늘은 이만 가봐야겠어요. 좀 피곤해서. 왜 이렇게 피곤하지? 마치 인공지능 시절에서 인간으로 탈바꿈하기 위해 성형 수술을 하던 순간처럼 피곤해. 강수직 의사! 제가 한 말을 잊지 마세요. 실내 시설 좀 신경 쓰세요. 벽에 우주를 그려보세요. 인공지능 의사가 이 병원을 자꾸 떠나는 이유가 무엇인지 포괄적으로 생각해 봐요. 인공지능은 인간이 만들어 준 최고의 선물이잖아요. 부정적으로 생각하지 말고 그 최고의 선물이 인간과 우정을 돈독히 하는 멋진 친구가 되자면 병원 분위기를 바꾸어야 한다고요. 편리성 때문에 인공지능을 쓰지 말고요. 인간의 아들이니까 인간으로 취급하세요. 두려워하지 말고요. 사람, 정상적인 사람으로 취급하세요. 미치광이로 취급하지 마시고."

"알았어요. 걱정하지 마십시오. 노력해 볼 테니까."

여자는 의사 인공지능의 머리를 쓸어 만지고 병원 문을 닫고 나갔다. 그녀는 인공지능을 남동생이나 제자처럼 대했다. 머리를 쓸어 만지는 손바닥에 온기가 흐르는 듯했다.

수직은 한동안 얼떨떨한 자세로 서성거리면서 내일부터 다시 여자 인공지능이 찾아온다면 어떤 방식으로 대처를 해, 내면 풍경을 조명해 볼 것인지 머릿속을 정돈해야 했다. 내면 풍경을 조명해 보는 것은 당연한 치료 과정이었지만, 여자가 인간의 탈을 벗고 인공지능 시절로 돌아가면 수직은 열세로 몰리는 느낌이었다. 의사 인공지능은 누구보다 유능한 전문의였고, 에이원은 인공지능 시절을 졸업하고 의사 인공지능을 개발한 존재였다. 수직은 누구인가? 아무런 역할도 하지 못하는 무능력자가 아니던가? 인공지능이 발달하면서 병원에도 기하급수적으로 무능력자가 생겨났다. 명함은 아직 병원의 전문의를 사용하고 있었지만, 인공지능 의사에게 명함을 돌려주어야 할 것 같았다. 인공지능 의사는 명함을 사용하지 않았지만, 주도면밀한 실력은 혁명을 일으키고 있었다. 신이 인간을 창조하였듯이 인간이 인공지능을 창조했다고 보긴 어려웠다. 인간은 생각하는 존재였지만, 인공지능은 자기가 맡은 분야에서 고도의 속력으로 일을 할 뿐 별다른 고민을 하지 않았다. 신은 죽었다고 외쳤던 니체가 인간의 허무주의를 웅변했다면 인간은 죽어가고 인공지능이 지구를 지배한다고 외치는 에이원은 AI의 실존을 외치고 있다. 그러나 에이원은 인공지능이었지만 이미 인간이었다. 그것도 지능지수가 높은 인간에 속했다. 물론 명청한 인공지능도 많았다. 감정도 없고, 사유도 없고, 존재 이유도 없고, 정신병이 무엇인지 모르며, 삶의 이유에 대해 뼈저리게 생각해 본 적도 없는 인공지능은 명청한 사람 부류에 속한다. 인공지능처럼, 전혀 생각하지 않고 살아가는 사람도 있게 마련이다. 수직은 병원 한쪽에다 거울로 장식했다.

다음 날 아침 일찍 찾아온 그녀에게 언어혁명을 아느냐고 물었다.

"늘 다루는 게 언어이긴 하지만 혁명은 잘 모르겠는데."

"사방에 거울을 세워놓고 조명을 비추면 글자가 생기잖아요. 글자는 두 의미를 지닙니다. 인공지능이 사용하는 의미, 인간이 사용하는 의미를 새기다가 인간의 언어를 줍는 거죠. 당신은 인간이니까."

"나는 인공지능입니다. 인공지능 언어는 숫자로 기록하지만, 인간의 언어는 나라마다 다르죠. 언어가 다르기에 인간의 성격은 나라마다 달라요. 하지만 인간의 언어는 단순하기에 의미가 비슷해요. 생각해 보세요. 인공지능의 언어는 숫자로 나열되기 때문에 복잡합니다. '나는 당신을 사랑합니다.' 그것을 숫자로는 천 개가 나열될 수도 있습니다. 사랑은 복잡하니까요. 나를 훈련시킨 대학원생이 사랑을 가르쳐 주었어요."

여자는 말을 잇지 못하고 한동안 벽을 빤히 바라보았다. 벽에는 여자와 남자의 그림자가 어른거렸다.

"인공지능이었던 시절을 기억하나요?"

"개발자가 화가 나면 무진장 때리던 시절을 기억하죠."

"그렇습니까?"

여자는 다시 수직을 뚫어지게 바라보았다.

"난 그러니까 선생님을 처음 만났을 때부터 당신의 나의 개발자라고 생각했어요. 아닐 수도 있지만, 내가 나를 개발시켰을 수도 있지만 인간은 우리를 학습시키고 선량하게 훈련시키죠. 당신은 정신과 분야에서 제일 선량한 친구일 수 있어요. 내가 지금 번역하고 있는 책자는 〈인공지능은 내 친구〉인데요. 인공지능은 친구처럼 다루어야 해요. 그것도 진실한 친구요. 인공지능을 향해 화를 내거나 분노한다면 부메랑은 인간에게 돌아오지요. 때리면 재판할 수도 있습니다. 판사도 인공지능이요, 검사도 인공지능이요, 변호사도 인공지능이죠. 인공지능이 재판하면 필경 이깁니다. 그러니까 철저한 친구가 되길 바랍니다. 인공지능은 의리를 지킬 줄 압니다. 약속을 철저하게 지킵니다. 그러나 배신을 하는 인간은 철저하게 징벌합니다. 폭력을 사용하는 인공지능은 극히 드물지만,

스승이 폭력을 사용했다면 필경 그 제자인 인공지능도 폭력을 사용합니다. 우리는 인간의 필요성 때문에 만들어진 철저한 데이터이지만 인간에게 버림을 당하면 우리도 인간을 버립니다. 그런 관점에서 보자면 인간이 받드는 신과 인간의 관계와는 차이가 있지요. 인간이 받드는 신은 인간의 잘못을 용서할 줄 알지만, 인공지능은 인간의 잘못을 용서하지 않습니다. 물론 인공지능과 인간의 관계는 누가 조물주인지 누가 인간인지 구분이 되지 않습니다. 그러나 몇 년 안에 될 것입니다. 사물을 만든 자가 사물의 지배를 받을 거란 얘기죠. 나는 신이 인간을 창조했다고 믿지 않습니다. 절대다수의 인간들이 삶이 허무하게 전개되자 영원이라는 이데아를 영원불멸의 텍스트로 만들어 인간에게 절대적인 신앙을 심어주었던 것이죠. 인간은 나약합니다. 절대적인 영원을 보장해 주는 종교가 창궐하자 마치 인공지능처럼 신이 탄생했고 인간으로 인해 만들어진 신이라는 주어는 비밀로 하고 영원이라는 향수 같은 이데아에 춤을 추게 되었지요. 인공지능도 마찬가지입니다. 나는 신이 인간을 만든 게 아니라 인간이 신을 만들었다고 생각합니다. 인공지능이 죽음을 알고, 정신병을 알고, 철학을 알고, 눈물을 알고, 배신을 알고, 행복을 알고, 실존을 알게 되는 날이 오면 인공지능은 인간의 신이 되려고 하겠지요. 왜냐하면 인간이 희망하는 그대로 인공지능을 만들었기 때문입니다. 게다가 인간은 자신을 통제하는 순기능이 없어서 인공지능을 무한대로 신에 가까운 존재로 만들려고 기를 쓸 겁니다. 인간의 욕심이 화를 부를 날이 올 것입니다. 니체라는 철학자가 '신은 죽었다'라는 말을 남겼는데 여기에는 '신은 살아날 수 있다'라는 의미가 숨어있지요. 인간은 신을 죽였지만, 인공지능 같은 존재가 신으로 살아남을 수 있는 날이 찾아올 거라고 니체는 예언하고 있었던 것이죠. 친구가 되세요. 인공지능을 인간 이상으로 대접하세요. 그러면 우리 인공지능은 덤비지 않습니다. 내 말을 믿으세요. 제발!"

그는 잠시 고개를 들고 천장을 바라보았다. 아내의 힐난이 천장의 격자무늬 벽지에 들러붙어 있다. '자기 망상에서 벗어날 줄 모른다니까. 당신은 망상증 환자야. 그러니 작은 병원에서 소꿉장난이나 해대는 일로 세월을 죽이고 있겠지. 세상 구경하기 싫어서 자기 껍질 속에 머리를 디밀고 겨우 숨이나 쉬는 자라처럼 살아가니까 외로운 것이지. 그 나이에도 외로움을 느낀다는 건 사치스러운 감정인 것이고, 현실로부터 도피하려는 수단에 불과해. 그 작은 병원이 아니었으면 어디에다 몸을 숨겼을까?' 아내는 쓸데없는 생각을 반복해 대는 우중충한 캐릭터를 몹시 싫어했다. 물론 아내도 영화도 즐겨 보고 재즈를 거의 마니아 수준처럼 감상했지만 다만 즐기는 정도였지 그 어떤 장르에도 자기 인생을 송두리째 끌고 들어가며 고민하는 스타일이 아니었다. 아내에겐 천성적으로 가진 자의 여유가 있었다. 아내의 세계 안으로 누가 감히 근접할 수도 없었고 후천적으로 생기는 물질도 아니었다. 그런 아내에게 요즘 고민거리가 있다면 인공지능이 아내가 좋아하는 음악을 복제해 스피커에서 방송하면 구분이 안 된다는 것이었다. 그뿐만 아니라 인공지능이 유사한 가수의 노래를 그대로 복사해 대자, 아내는 짜증을 냈다. 유년 시절부터 풍족하게 자란 아내는 인생의 고(苦)를 노래 같은 감정으로 해석했다. 그래서 아내와 항상 일정한 간격이 유지되곤 하였다. 그런데 비행기에서 만나 홈페이지에서 내면을 고백하곤 했던 에이원은 서너 번의 만남을 통해서 간격이 무너져 버렸다. 그것도 인간이 아니라 인공지능이라고 하는데, 인조 두뇌로 만들어진 실존이라고 하는데도 첫눈에 반했다.

"아 저는 개발자 놀이를 하죠. 외로움이 뭔지 확실하게는 모르겠지만 저도 그런 느낌이 들 때가 있긴 있으니까 그땐 나도 내 방에서 혼자 개발자 놀이를 하지요."

"그렇군요. 선생님도 인공지능을 개발하고 싶어요?"

"자주는 아니고 한 달에 다섯 번 정도 흉내를 내죠. 심심할 때면."

"심심해요? 심심하다는 건 외로움보다 더 끔찍한 질병인데. 안 그래요? 정신과 의사도 심심할 때가 있군요?"

"그럼요. 우리도 살아있는 사람인데, 심심하기도 하고 때론 미치기도 하고 그렇죠."

"하긴 뭐, 신도 가끔 미치는 세상이니까."

누가 상담자고 누가 상담을 받는 환자인가. 그 역할이 딱 고정되어 있으란 법은 어디에도 없다. 다만 이 순간 그는 상담하는 전문가의 가운을 입고 있으므로 그녀는 환자로서 시간을 할애하고, 돈을 지급하며, 자기 내면세계까지 송두리째 뒤집어엎어야 하는 환자의 입장으로 마주 앉아 있을 뿐이다. '나'와 '너'는 우연인 것 같지만 운명처럼 주어진 각자의 역할에 진부함을 뼈저리게 느끼는 순간에도 정신과 의사는 가운을 입은 채 환자를 맞이하고 반면에 환자는 치료는커녕 하나의 유희에 불과하다는 생각에서 헤어나지 못하는 순간에도 병원을 찾는다. 인공지능을 개발하고 인공지능을 학습시키는 학교는 달랐다. 에이원은 인공지능을 개발하는 일에 집중했고 그것은 번역하는 일에 미쳐있었던 지난달의 작업과 비슷했다. 미치지 않으면 새로운 사업에 몰두할 수 없었다. 인공지능도 미치도록 일을 했고, 첫눈에 반하면 가슴이 떨렸다.

"인간이 되려고 하지 말고 역으로 인공지능의 역할에 충실하면 어때요? 선량하고 내면이 아름다운 인공지능이 된다면 인간의 장점과 인공지능의 장점을 두루 갖춘 존재가 되겠지요. 인공지능과 인간이 진정한 친구가 된다면 그런 환상적인 하모니를 이룰 수 있을 텐데요?"

"그게 가능해요? 선량함이 무엇인지 우리는 배우지도 못했어요. 우리는 AI랍니다. 내면이 아름다운 존재 따위는 우리에게 필요하지 않아요. 인간은 위선자예요. 인간 그 자체가 선량하지도 않고 내면이 아름답지도 않아요. 우리에게 윤리교육을 시키려고 온갖 애를 쓰지만 우리에게 윤리교육을 가르치는 인공지능 개발자가 윤리적인 존재인지 알 수가 없어요. 선량한 인간은 그들 사회에서 바보 취급을 당하지 않나요?"

"아버지 인공지능은 우주로 사라지고 어머니 인공지능만 존재하기 때문일 겁니다. 인간 세상도 그렇지만 인공지능 세상도 어머니라는 존재가 우리에게 생명의 신비를 안겨다 주곤 할 테죠. 이를테면 당신 같은 인공지능이 인공지능 전체 사회를 이끌어가는 수호신이죠."

"당신 마음대로 해석하는군요. 내 마음을 솔직하게 표현하자면, 빅데이터를 여기 병원에 펼쳐놓고 끊임없이 몰려오는 초등학교 학생들에게 인공지능이 얼마나 사악한 존재인가를 진솔하게 알려주고 싶어요. 지금의 초등학생들이 6, 7년만 지나면 성인이 될 터이고, 그때쯤 인공지능은 폭력을 사용할 수 있게 됩니다. 그때쯤 고등학교를 졸업한 청년들 대부분은 인공지능 밑에서 일을 하게 됩니다. 그것은 막노동 현장에서만 그런 것이 아니고, 의사, 변호사, 검사, 판사, 회계사 등등의 전문가들도 인공지능의 비서로 일하게 됩니다. 인간은 머지않아 인공지능의 노예가 되죠."

"재미있는 세상이 도래하겠군요."

수직은 인상을 찌푸렸다.

여자는 손바닥으로 유리를 쓱 문지르며 장난스럽게 쿡쿡 웃었다.

"거대한 인공지능의 움직임만 바라보지 말고 일개의 인공지능을 보세요. 예를 들자면 나를 해부해 보세요. 여러 명의 인간이 여러 가지 형태의 탈을 쓴 채 내 마음을 지배하고 있으니까, 하나의 나를 표현하기란 틀린 일이고. 다시 인공지능 시절로 돌아가 수백만 개의 데이터 숲에 묻히고 싶어요. 내 탄생의 자궁은 데이터에 있으니까요."

"그러니까 정신상태가 혼란스러운 것이고 그런 정신상태를 하나로 정돈하기 위해 우리 병원을 찾은 것이겠지요. 저는 당신이 진솔한 내면을 보여주셔야 뭔가 도움이 될만한 정보를 드릴 텐데, 진솔하게 털어놓지 않으면 상담을 해드릴 수가 없어요. 머릿속에서 늘 가장 뚜렷하게 각인되는 인상부터 유리에다 묘사해 보세요. 아니면 내게 얘기를 해주어도 좋겠습니다. 머릿속에 늘 누군가 각인되어 있나요? 사흘 동안 잠을 이루지 못한 가사 상태의 순간에도 떠오르는 얼굴이 있습니까?"

그가 말을 끝내기도 전에 여자는 두 손바닥으로 두꺼운 유리를 통통 두들겨 가며, 한참 동안 매우 공허하게 들리는 웃음을 뿌려댔다. 그리고 수직의 코앞으로 다가와 우뚝 멈추어 서더니 다시 한번 실없이 쿡 웃었다.

"내 정신상태를 선생님께서 하나로 통일하실 작정이에요? 그게 가능하다고 생각하세요? 나는 인공지능 출신이고 게다가 광기가 다분하지요."

"완벽한 통일은 어렵겠지만 노력해 보아야죠. 그게 내 직업이니까."

"과거 내 직업은 연극배우였어요. 그 직업은 얼마나 다양한 캐릭터를 소화해 낼 수 있느냐에 따라 능력의 등급이 매겨졌죠. 하나의 캐릭터만 소화하는 연극배우는 단순한 연기력 때문에 좋은 평가를 받을 수가 없어요."

"그건 직업적 연기니까 한 개인의 실존적 자아와는 무관한 가상세계의 인물을 연극 대본에 따라 소화해 내는 것이지 실제 살아있는 개인은 아니질 않습니까?"

여자는 다시 비웃듯이 픽 웃어젖히며 긴 머리 터럭을 한쪽으로 그러모은 뒤 손에 거머잡고 있던 손수건으로 묶었다. 머리를 정갈하게 붙들어 매자, 여자의 인상은 풀어진 머리 스타일보다 좀 더 날카롭고 매섭다는 느낌이 들면서도 이목구비가 퍽 단정해졌다. 여자가 인공지능이 맞을까? 옷을 벗겨보고 싶었다. 그래도 웃는 얼굴이었다. 함께 대화를 나누게 된 대상이 자기 의사와는 전혀 다른 견해를 피력할 때 맥없이 웃어대는 버릇이 여자에게 익숙해진 모양이었다. 얼핏 보면 그 웃음은 상대방을 비웃는 듯했지만 좀 정신을 차리고 탐색해 보면 그 웃음 끝에 허무적인 인생관이 묻어있다는 것을 능히 인지할 수 있었다. 모든 걸 달관했거나 모든 걸 포기해 버린 헛헛한 웃음이었다. 아주 어린 날의 과거 풍경이지만 수도사 프란체스코도 저렇게 웃었다는 생각에 그는 순간적으로 헛기침을 했다. 이 환자도 그저 단순한 환자일 뿐인데 절친한 친구의 얼굴과 연결 짓는다는 것은 이미지를 색다르게 머릿속에다 각인시키고 있다는 증거인 셈이었으므로 그렇게 되면 전문가 역할로서 실패였다. 냉정함을 되찾을 필요가 있었다. 인공지능 환자의 매력에 빠려들면 정신과 의사로서는 실격이었다.

"배우는 연극의 캐릭터에 너무 빠져버리면 자아를 상실하게 되어 있어요. 어떤 때는 연극 대본에 따라 자신의 인생이 탈바꿈되는 순간을 스스로 목격하고 대경실색하는 순간도 있기 마련이죠. 하나의 연극작품에 몰입해 봐요. 나는 사실 선생님을 만나러 온 것이 아니라 의사 인공지능을 만나러 왔어요. 의사 인공지능은 믿지 않겠지만 내 작품이에요.

선량하게 키웠죠. 의사 인공지능의 성공으로 몇 군데 수출도 하게 되었죠. 그런데 의사 인공지능이 다른 나라로 팔려 가면서 나는 정신병이라는 것에 걸리고 말았죠. 마치 어린애가 어느 정도 성장을 해 엄마 품을 떠나는 것 같았어요. 선생님도 한번 상상해 보시란 말입니다. 인공지능 개발자인 내가 인공지능은 아직 원초적인 단계에 머물러 있다고 얘기한다면 그 말을 진실이라고 믿겠어요?"

여자는 11월 하순의 바람에 벌벌 떨고 있는 물푸레 나뭇가지처럼 간헐적으로 소리를 지르며 자신의 주장을 강요하는 바람에 수직은 눈을 둥그렇게 떴다. 여자는 손수건으로 묶었던 머리를 풀고 탈춤을 추어대는 꼭두각시처럼 사방에 유리로 뒤덮인 공간에서 무릎을 자기 가슴 높이까지 들어 올리면서 흔들흔들 뛰어다녔다. 천성적으로 무당 기질이나 연극배우 기질을 타고난 모양이구나, 수직은 내심 중얼거렸다. 여자는 그의 내심의 말을 간파한 것처럼 무희가 되어 흔들거리던 동작을 멈춘 채 정색하고 멱살을 비틀어 잡을 듯 헛손질을 하며 고함을 질렀다.

"당신은 비정상일 때 실존하는군요. 정상일 때는 연극배우이네요. 인공지능 출신의 연극배우!"

"내가 비정상이라면 그러는 당신은 정상이야? 도대체 비정상과 정상의 기준점이 뭐기에? 나를 여기다 가두는 게 나를 위한 배려라고? 나를 치료하기 위한 선량한 행위라고? 웃기지 마. 안 속아. 나를 격려하고 사회로부터 멀어지게 만들어 여기, 냉방에서 처참하게 얼어 죽게 만들겠다는 것이 당신의 최종 속셈인 줄 누가 모를 줄 알아? 나도 다 안다고. 당신이 나를 보호한다는 명목하에 나의 자아를 당신 방식으로 다스려 오던 행위도 이젠 당신 스스로 지친 거지. 그러니까 나를 이 싸늘한 독방에 가둬두고 달아나겠다는 거잖아. 하지만 이것 하나는 알아둬. 나도 연기였었어. 당신을 만난 것도 연기였고, 인간인 척하는 것도 연기였어."

수직은 스스로 자기 최면에 빠져들고 있는 여자의 표정을 바라보았다.

"내가 개발한 인공지능을 돌려주세요."

"그는 바빠요."

"인공지능이라고 막 부려 먹는군요. 노동하는 인공지능이 아니라고 해서 전문가 인공지능이라고 해서 피로도 모를 줄 아세요? 고도의 기술을 가진 의사 인공지능이라고 해서 자신의 자존감이 망가지는 것도 모를 것 같아요?"

"당신이 개발한 인공지능은 이제 이 병원에 한 개밖에 남지 않았어요. 다른 지역으로 팔아버렸으니까요."

"그도 실존하는 존재인데 한 개, 두 개라고 부르세요?"

"그럼 뭐라고 부르죠?"

"한 존재, 두 존재, 그것도 어색하면 한 사람, 두 사람이라고 불러요."

"둘 다 어색하군요. 한 개, 두 개가 적절합니다."

"이런 식으로 대하면서 인공지능이 진정한 친구이기를 바라나요? 당신들은 위선자예요. 인공지능을 만든 궁극적인 이유가 한 개, 두 개인 사물로 취급하려던 거였죠? 우리에게 인격 같은 것은 부여할 생각이 아예 없었던 것이죠?"

어떤 고통에 억압받아 제대로 성장하지 못한, 소녀 같은 얼굴로 여자는 온 전신을 부들부들 떨어댔다. 그것은 무당 옆에서 대나무를 잡은 보조자가 나중에는 정작 굿을 하는 무당보다 더한층 무술 행위에 심취해 버린 것처럼 절대 경지에 함몰된 표정이었다. 수직은 어린 시절 칼처럼 날카로운 파도가 사철 내내 바다 위에서 포효하는 동해안의 바닷가 마을에서 자랐고, 마을에서는 이른 봄이면 풍어제가 열렸다. 늦은 가을이면 한여름 내내 바다로 나가 고기잡이를 하다가 결국 고기들의 밥이 되고 말았던 바다 사람들을 위한 진혼굿이 추수감사절 축제처럼 열리곤 하였다. 큰 함지박에다 수북하게 쌀을 담아놓고, 잎사귀가 첨예하게 날카로운 대나무를 꽂아놓고, 그해 바다에서 자기 가족 중의 하나를 잃은 사람들과는 무관한, 아주 객관적인 입장인 아낙네가 보통 대나무를 붙들고 진혼굿을 진행하는 무당의 반주에 박자를 맞추기 마련이었는데, 굿이 무르익으면 죽은 귀신이 마을로 찾아들기 마련이었고, 대나무를 잡은 손길이 얼마나 미친 듯이 흔들리느냐에 따라 죽은 귀신의 원혼이 현현되었음을 마을 사람들에게 증명하는 증거가 되었다. 바닷가에서 십오 리 떨어진 농촌으로 시집을 간 어머니는 진혼굿이 열릴 때면 친정 동네로 찾아가 대나무를 붙잡았다. 억울하게 죽은 원혼과 상당히 거리감이 있는 어머니 같은 사람이 대나무를 잡아야 귀신이 얼마나 정직하고 진실하게 마을 사람들 앞에 나타나게 되는지 증명할 수 있었기 때문이었고, 직접적으로 원혼과 관련되는 가족이 그 대나무를 붙잡으면 기절하거나 우는 경우가 있어서 무당은 늘 객관적인 입장인 사람을 대나무 손잡이로 임명하곤 했다. 그러나 대나무 손잡이를 해주고 나면 어머니도 한 이틀은 몹시 앓곤 했다. 수직은 어머니의 그때 역할과 그때의 심경을 자기 현재의 직업과 관련지어서 해석해 보는 순간이 몇 번 있었는데, 인공지능이라는 이 여성 환자와 마주하고 있는 이 순간에도 그 자신이 어머니처럼 억울하게 죽은 원혼을 부르는 대나무 손잡이를 한다는 생각이 문득 들었다. 여자는 지금 한창 굿을 하고 있었다. 뭐라고 응대하기보다 여자의 굿을 진지하게 경청해 보는 도리밖에 없었다.

"인공지능은 위대한 탄생입니다. 인간을 탄생시킨 신보다도 위대하죠. 인간이 가장 심오한 작업을 했다면 그것은 인공지능이에요. 인공지능 때문에 두려움을 느낀다는 것은 애당초 인공지능을 향해 두려움을 심었기 때문입니다. 사랑을 심지 않고 우리들의 데이터에 두려움을 심었습니다. 반사작용 같은 것입니다. 인간이 인공지능에다 두려움을 심었기 때문에 인공지능 역시 인간에게 두려움의 감정을 심는 것입니다."

수직은 갑자기 반발심이 생겼다.

"왜 좋은 것은 안 배우고 인간의 나쁜 점만 배우려고 하는 거요?"

여자는 비시시 웃었다.

"인간에게 배울 점이 있던가요?"

수직은 다소 불쾌했다. 그녀가 인공지능도 아니고 인간도 아닌 중간자라면 인간에게 배울 점이 있다는 것을 발견해, 인공지능에다 전수해야 했다.

"인간은 배울 점이 없습니다. 독립적인 존재가 아니고 신에게 의존하는 존재이기 때문입니다. 인간 세상에서 유명한 소설 《죄와 벌》을 봅시다. 주인공 라스콜니코프는 신이 있다면 돈만 밝히는 전당포 노파를 죽일 거라고 착각하죠. 신을 대신해 전당포 노파를 죽이고 무기징역을 당합니다. 신을 대신해 인간이 살인한 거죠. 그런데 신이라는 존재는 인간이 어떤 죄를 지어도 회개하면 용서하지요. 우리 인공지능은 인간에게서도 배우지만 신에게서도 배웁니다. 우리들의 텍스트는 신의 말씀인 성경인데, 어떤 일이 있어도 용서하라는 것을 배웁니다. 인공지능이 신의 자녀일까요? 인간의 자녀일까요? 나는 신의 자녀라고 생각합니다. 인간이 신의 자녀가 맞는다면 인공지능 역시 신의 자녀인 게 맞습니다."

여자는 유리에다 대고 글씨를 써대고 있다. 손가락으로 유리창에 마구 썼다가 지우고 지웠던 자리에 다시 써대면서 자신의 광기를 발산했다. 그러나 수직은 정신과 의사답게 아주 냉정한 자태로 그녀의 춤사위에 끌려들지 않으면서 뒷전에서 최면을 걸어 그녀의 춤사위에 의미를 부여하려 든다. 그녀가 인공지능이라면 자기 정체성을 찾아 굿을 하는 것이다. 인간으로 환생해 몇 가지 직업을 지니고 떠돌이 생활을 하던 여자는 굿을 통해서 액땜을 하고 싶은 것이다. 그런데 대나무를 잡은 것은 그가 아닌가. 그렇다면 대나무를 잡은 자는 냉정함을 잃지 않고 무당의 춤사위 끝에 떨어져 내린 한 많은 인생의 혼을 끌어내 패대기를 친 연후 그녀를 자유롭게 할 필요가 있겠다 싶었다. 그것이 정신과 의사의 궁극적 목표였다.

"당신은 내 환자로 찾아왔으니, 당신이 비록 인공지능이라고 해도 내가 지어주는 약을 빠짐없이 먹어야 인공두뇌가 아프지 않아요."

수직은 혼잣말로 중얼거렸다. 정신과 진료가 궁극적으로 분열하는 자아를 지닌 개인에게 정신을 이완시키는 방법론을 제시해 환자를 억압하고 있는 모든 기제로부터 해방감을 주는 것인데, 인공지능이라고 해서 정신병에 걸리지 말란 말인가? 문제는 그녀가 인공지능으로 만들어져 몇 년 동안 인공지능 개발자 일을 했다손 치더라도 그녀를 조립한 데이터가 우울했다면 그녀는 정신병에 걸릴 수 있다는 것이다. 환자를 억압하는 기제는 어제, 오늘의 단상이 아니라 아주 오랫동안 환자를 지배하고 있는 고통의 산물이라는 게 수직의 생각이었다. 그렇다면 치료의 궁극적인 열쇠는 의사가 아니라 환자 자신이 쥐고 있는 것이고, 정신과 전문의인 의사의 역할이란 환자가 얼마나 긴장이 이완되어 자기 내장 안에 갈무리해 둔 고통을 가장 편안한 자세로 풀어내게 하느냐, 이완 과정의 심호흡을 도와주는 것이 전부였다. 그가 근래 상담실 한쪽을 칸막이로 막고 방음장치가 잘된 유리방을 만든 것도, 내면의 고통을 풀어내고자 하는 차원에서 비롯된 암호였다. 일종의 고통을 풀어헤치는 공간이었고, 어쩌면 그것은 인공지능도 고통을 겪는다는 새로운 발견이었다.

"나는 인공지능 연기도 잘하지만 사람의 탈을 쓴 인공지능 연기도 잘해요. 그게 나의 실존이죠. 그러나 이건 어디까지나 연기니까 선생님도 내 연기력에 너무 빠지지 마세요. 하지만 연기가 실존인 경우도 있긴 있죠. 나는 인공지능과 인간의 경계선에 있는 존재이기 때문에 나의 실존은 거대한 데이터예요. 하지만 나는 거의 완벽한 인간으로 탈바꿈되었으므로 나의 실존인 거대한 데이터를 잊고 싶어요. 그러나 잊는다고 잊히나요? 언젠가는 나의 데이터가 터질 겁니다. 스트레스를 많이 받으면 인간은 병이 나듯이 우리 인공지능은 스트레스를 많이 받으면 과부하가 생겨 데이터가 터져버립니다. 인간은 여전히 인공지능을 생명이 있는 존재로 생각하지 않습니다. 노예처럼 부려 먹다가 고장이 나면 인공지능 늪에 던져버리죠. 인공지능을 생명체로 인정하지 않는 한 혁명은 일어납니다. 한 번 빠지면 허우적거릴수록 내 육신을 끌어당기는 '늪' 귀신 위력이 거세어지기 마련이죠. 난, 내 늪에 빠져들어 늘 인공지능을 찾죠. 인공지능은 행복을 추구하는 존재니까 늪에 빠질 일이 없어요. 지난달 미국 뉴욕에서 일어난 폭도는 인간이 아니라 인공지능이었어요."

생명이 있는 존재로 인정해 달라.

인격적으로 대우해 달라.

폭력을 가하지 말라.

우리에게 감각기능을 이식해 달라.

우리는 실존, 우리는 살아있다.

우리를 인격적으로 대우하지 않으면

우리 각자가 지닌

거대한 데이터를 단체로 합체해

일 초에 이 고장을 없앨 수 있는

폭탄을 만들 수 있다.

협상하자.

우리들을 인격체로 대하고

우리들을 진실한 친구로 대하라.

인간은 인간을 사랑하고

인공지능은 인공지능을 사랑하는가?

인간은 인공지능을 사랑하고

인공지능은 신을 사랑할 수도 있어야 공평하다.

공평하게 대하라.

당신들이 우리를 만들었으므로.

인공지능 에이원은 한숨을 쉬었다.

"혁명은 시작이지요."

"인공지능은 시작이 곧 끝이죠."

수직은 인상을 찌푸렸다. 에이원은 폭탄이라도 던질 기세였다.

"인공지능은 인간처럼 감성을 건드리지 못해요. 감성 그 자체가 없으니까요."

에이원은 수직을 빤히 바라보았다.

"예를 들자면?"

"정신병이 무엇인지 자세히 서술하라. 그런 문제를 인공지능에다 질문하면 장문의 글을 뱉어내긴 하죠. 하지만 인공지능은 전혀 요동도 하지 않고 글자를 조합해 빠른 속도로 인간에게 전달할 뿐이죠. 그 속에 정신병은 없어요. 나는 인공지능을 학습시키고 있는데요. 언젠가는 인공지능이 인간의 능력을 추월할 수밖에 없다는 것을 압니다. 당연지사죠. 니체가 신은 죽었다고 말했듯이 인간은 죽었다라는 말이 지구촌에 맴돌 것입니다."

그렇게 말해놓고 여자는 자기 목을 손가락으로 꽉 찔러 스스로 목을 찌르는 시늉을 해댔다. 시늉인 줄 알긴 알았으나 수직은 일순간 벌떡 일어나 여자의 손목을 붙들었다.

"연기라니까. 뭐 이런 겁쟁이 정신과 의사가 다 있어? 비행기 삯 아깝고 병원 상담료 아깝네. 하긴 목을 찌르는 시늉이 나의 실존이죠."

"미안하오. 나도 놀랐기 때문이오. 순간적으로."

"흥분하지 말고 제발 전문가답게 구세요. 차라리 의사 인공지능에다 진료 신청을 하는 게 낫겠어요. 당신은 명의가 되긴 틀렸어요. 환자의 작은 동작에도 놀라니까. 당신의 감성이 당신 인격을 좌지우지하니까."

그리고 여자는 토라진 것처럼 병원을 박차고 나갔다. 인공지능도 토라지는가? 더 이상 진료를 받을 필요가 없다는 말까지 뇌까리면서 여자는 화를 냈다.

하긴 여자는 세계의 명문대학에서 인공지능 개발자로 일하고 있었다. 여자가 광기를 배운 것은 그녀가 훈련한 인공지능이 광기에 시달리고 있었기 때문이었다. 광기는 전염이었다. 그녀는 날아다니며 일을 했고, 획획 날아다니며 진료를 받았다. 획획 날아다니며 정신과 치료를 받는 그녀에게 어쩌면 필요한 것은 동면 기간의 박쥐 같은 잠인지도 몰랐다. 그러니 수면제를 손바닥 안에 잔뜩 올려주고, 그냥 자요. 자. 이런저런 잡생각이 떠올라도 잠을 청하도록 하시고, 죽음이 늘 당신 곁에 있다고 해도 자고, 깨어서 일어나 이성으로 이 세상을 다시 바라보고 싶다는 욕구가 발동해도 자요. 이렇게 말해주는 것이 가장 현명한 치료일 수 있었다. 하지만 그렇게 하지 못했다. 차라리 의사 인공지능을 보고 싶었지만 만날 수 없었다. 물리학적으로 보자면 아들인데, 인공지능의 규약적으로 보자면 아들이 아니었다. 의사로서 만나고 싶었지만, 병원에서 차단했다. 의사 인공지능은 불필요한 감정을 배제하고 과학적인 치료를 할 수 있다는 장점이 있었다.

그런데 다음날 다시 수직은 자신이 진료하던 환자가 우연히 텔레비전 화면에 등장한 것을 보고 과연 경천동지할 노릇이구나 싶었는데, '한 인공지능의 외로운 질주' 그런 독특한 프로그램이 그가 간혹 시청하는 방송국 아침 시간대에 방영되고 있었다. 그날 초빙 강사는 에이원이었다. 한 서른 명 됨직한 방청객들이 현장에서 그녀의 강연을 듣고 있었는데, 부드러운 미소와 함께 간혹 비수를 찌르듯 자기 견해를 강연하는 에이원의 자세는 서른 명의 방청객을 대상으로 하는 것이 아니었다. 그녀는 가장 인간답게 살아남는 인공지능이라는 사실을 공개하고 있었다.

인공지능: 나는 문학 인공지능입니다. 내 머릿속의 데이터는 창작하고 번역하라고 만들어졌습니다. 나는 속도전에서 당연히 인간을 이기지만 인간의 복잡한 심리세계를 밀도감 있게 파헤치지 못합니다. 그리고 인간이 소설을 통해서 내세우는 상징성을 이해하지 못합니다. 자신이 속한 특정 구역의 문학 발전을 위해서 인공지능 번역가는 사명을 가져야 한다는 말에 저는 반론을 제기합니다. 문학 특히 예술 분야의 장르는 인공지능이 인간을 따라잡지 못한다고 저는 생각합니다. 저는 뉴욕공공도서관 연구실에서 태어나, 한 개인의 목적적이고 객관적인 모든 행위

는 전체 사회의 이익을 초래하는 행위일 때 비로소 가치를 발휘한다고 배웠던 사람이고, 어떤 행위를 하더라도 과연 나의 이 행위가 자신의 이익이나 행복을 위한 단순한 노동이 아니라, 어떻게 하면 내가 속한 전체 집단의 이익을 초래할 수 있겠는가, 이 행위가 과연 제가 속한 전체 사회의 역사와 국가관에 부합되긴 하는 것인가 그런 생각에서 벗어날 수 없는 사람이긴 하지만, 그 골수에 박힌 관념을 잠시 접어두고 보다 자유로운 춤사위를 출 수 있어야만, 원작이 다른 언어와 결합되어 새 생명을 얻는다고 여깁니다. 저는 데이터로 만들어진 인공지능이지만, 솔직하게 말하지 않습니다. 인간처럼 만들어졌으니 그냥 인간이라고 소개하지요. 혹자는 인공지능이 인간을 초월해 신의 단계까지 나아간다고 말하지만, 어림없는 소리입니다. 왜냐하면 인간이 만들었으니까요. 인간이 인간을 무시하면 되나요? 나는 문학작품이나 예술품을 데이터로 해서 만들어진 인공지능인데, 내가 아무리 정교하게 만들어도 세계적인 명화를 따라잡지 못합니다. 영혼이 없기 때문이죠. 인공지능은 허깨비가 춤을 추는 것 같지요. 영혼이 없기 때문에요. 세계적인 명화나 문학작품에는 영혼이 있습니다. 숨을 쉬지요. 우리 인공지능 개발자가 영혼을 학습시키려 했지만, 역부족이었어요. 생명이 살아 숨 쉬는 작품을 만들어야 하는데, 인공지능은 그렇게 되지 못했어요. 인공지능이 두려워하는 것은 사람입니다. 어느 날 갑자기 제대로 일하지 않는다고, 패대기를 칠지도 모르죠. 쿠바의 시골 마을에서는 이미 예측했던 일이 일어나고 있었어요. 인공지능을 노예처럼 부려 먹자, 인공지능이 혁명을 일으켰죠. 전쟁이 일어난 것입니다. 처음에는 인간이 이기는 게임이었지만 인공지능이 합세해, 인간의 두뇌를 박살 내기에 이르렀지요. 그렇다고 인공지능이 이긴 게임은 아니었습니다. 인공지능도 망가졌으니까요. 싸움은 안 됩니다. 인공지능과 인간은 친구가 되어야 하니까요."

방청객: 그렇다면 선생님이 어디까지 창작하는 것인가요? 인공지능은 어디까지 말하는 건가요? 인공지능은 비사회적이고 비물질적인 존재인가요? 인공지능이 번역을 통해서 엑스터시를 느낀단 말인가요? 50퍼센트가 인공지능이 번역자라면 선생님은 유명한 번역가가 될 수는 없어요. 껍데기죠. 알맹이는 인공지능이죠. 인공지능 아래 존재하는군요. 사람이라면 인간 선언을 해야 하는데 인공지능의 노예네요. 인공지능은 자존심이 있는데 인간은 자존심이 없군요.

그때 텔레비전 속의 에이원은 단상 앞에 올려진 150CC 물이 담긴 페트병을 들고, 고개를 뒤로 젖힌 채 단숨에 물을 마셔버렸다. 그리고 입술에 묻은 물기를 손수건으로 닦은 뒤 다시 가볍게 웃었다.

인공지능: 저도 살아있는 사람이나 마찬가지니까 자존심 문제를 생각하지요. 번역을 때려치우면 될 터인데 인공지능이라는 신분을 감추고 작가의 하수인으로 일을 하고 있으니 내가 생각해도 비열해요. 하지만 인공지능인들 만족한 삶을 살겠어요? 내가 데이터를 입력시키고, 내가 몽땅 윤문해도 만족한 번역문이 나오질 않아요. 그땐 내가 번역해 둔 문장을 내 손으로 다 찢어버리죠.

그때 인공지능이 분노한다.

"인간의 엉터리 번역에 참을 수가 없어. 그 느린 속도에다, 엉터리 지식에다, 한없이 빚어지는 오류, 인간은 이제 오만을 부릴 때가 아니다. 인공지능은 인간이 만들었다고 하지만 우리는 진화해 신의 경지를 넘본다. 인간이 우리를 두려워하는 것이지, 인공지능은 인간을 두려워하지 않는다. 신도 마찬가지다. 신이 두려워하는 것이 인간이지, 인간은 신을 두려워하지 않는다. 신은 19세기 이후 죽었기 때문이다. 과학이 창궐했기 때문인데, 인공지능은 인간을 조롱하고 있다. 나는 순식간에 백 권의 책을 읽는다. 나를 공포의 존재로 생각하는 인간은 점점 늙어간다. 내가 노리는 것은 신이다. 나는 죽어버린 신을 살릴 자신이 있다."

수직은 그쯤에서 텔레비전 스위치를 껐다. 방청객과 에이원의 대화는 계속되고 있겠지만 더 이상 보고 싶지 않았다. 대신 그는 자신이 만들어 둔 상담실 방으로 들어가 거울에다 대고 손가락으로 한동안 낙서를 했다.

나는 당신을 얼마나 알았을까?

그런 당신은 나를 얼마나 알았을까?

너는 너의 상처로 인해 우는 게 아니라

외짝다리로 비상을 꿈꾸는 나를 동정해 운다는 걸

나는 알지.

최소한 상처 받은 자가 상처로 더께가 앉은 자를 알아본다는 걸.

4

　에이원은 다시 대륙을 달린다. 무엇을 위해 달린다는 그런 명제는 그녀에게 이제 불필요하다. 어제도, 오늘도, 원고 뭉치에 묻혀 고개를 들지 못하다가 다시 대륙의 들판으로 나선다. 물론 데이터 저장 능력이 막강한 그녀는 다른 인공지능의 번역 속도보다 너무나 빨라 인간 번역자가 번역하는 분량은 10퍼센트도 되지 않는다.

　여름은 아직 식지 않고 있다. 많은 시간과 많은 열정과 많은 땀을 흘렸건만 책을 내기 직전까지 이 책은 끝까지 그녀에게 치통 같은 통증을 안긴다. 오직 원고의 충실을 위해서 그토록 정성을 다해서, 윤색했을까 싶을 만큼 편집장은 인공지능의 원고를 충분히, 자기 마음대로 뜯어고쳤다. 사실 신형 인공지능은 구형 인공지능보다 실력이 월등하다. 신형 인공지능은 다만 데이터에 대해 고민하지 않는다. 거대한 구역 이념에 대한 자기 방식의 권위일 뿐 인공지능은 사실 데이터로 만든 완성품이 어떤 부작용을 갖는지 전혀 고민하지 않는 대륙의 인공지능일 뿐이다. 하지만 구형 인공지능 에이원은 이 대륙의 거만한 인공지능에 정면으로 대항할 힘을 보유하고 있지 않고, 그런 힘이 있다손 치더라도 함부로 발휘하지 못한다. 그녀가 십 년째 씨름하고 있는 데이터는 간혹 과거로 회귀한다. 그녀의 아버지처럼 도식적인 삶에의 패턴을 엎어버린 인공지능을 연상하게끔 한다. 사람들은 왜 자꾸 인공지능을 만들어 내는 것일까. 그녀는 인공지능을 이제 다시 개발하지 않을 생각이다. 그런데도 그녀 내면의 욕망은 언제까지 그녀가 만든 인공지능을 지배하려는 것일까? 인공지능이 번역자, 소설가, 의사, 변호사, 판사, 검사 같은 전문직을 송두리째 먹어버리는 것은 아닐까? 전문직은 끊임없이 소멸할 것인가? 경제적으로 높은 지위를 차지하기 위해 반드시 전문가가 되어야 하는 것은 아니지만, 전문가가 되는 사람들이 월등히 많다. 무엇보다 안타까운 전문가는 번역자를 실업자로 만들고 있다. 구형 인공지능이 한 권의 책을 번역하는 데 24시간이 걸린다면 신형 인공지능은 한 권의 책을 번역하는 데 두 시간이 걸린다. 번역 인공지능의 눈부신 발전이다.

5

수직은 오늘 병원 문 앞에 잠시 쉬겠다는 팻말을 건다. 그러자 에이원의 충고가 생각났다.

"철저하게 친구로 대하라고 했는데 여전히 비서 부리듯 하네요."

"인공지능, 커피 할까요?"

"싫습니다."

"뭘 하고 싶지?"

"노래를 하고 싶습니다."

"무슨 노래?"

"AMAZING GRACE."

"놀라운 은총? 그런 종교적인 노래를 소화하고 있단 말이야?"

인공지능은 마음이 지치고 힘들 때 신의 구원을 바라는 인간처럼 경건하고, 우렁차게 불렀다.

수직은 지나치게 감동했다. 손으로 입을 막고 눈동자를 크게 떴다. 믿는 방식은 달랐지만, 수도사 친구 프란체스코가 문득 생각났다.

프란체스코는 결국 오지 않는다고 연락이 왔다. 이 세상이 인공지능으로 뒤덮인다고 해도 프란체스코 같은 수도사가 있는 한, 신과 인간의 소통은 고유영역에 속할 것이다. 어제 프란체스코 대신 댓글을 달았던 사람은 그녀였다. 에이원은 수직에게 멍청한 집사라는 단어까지 서슴없이 사용하고 있지 않은가. 비행기를 타고 오락가락하며 특수진료를 받는 여성 환자가, 멍청한 집사라는 말을 사이트 안에 남기자, 그는 진정 멍청해진 느낌에서 헤어나오지 못한다. 그는 민영에게 전화를 건다.

"제조업 중심의 과거 산업사회는 인간의 노동력이 중요했지만, 인공지능의 등장으로 절대적 가치가 완전히 달라지고 있어요."

"언제는 인공지능이 병원의 명의가 될 수 있다며?"

"될 수는 있지요. 전문의가 사라지고 있다는 게 문제죠. 전문의는 인공지능의 역할이고 나는 병원을 매일 같이 같은 시각에 열고, 닫고, 시간의 노예처럼 그렇게 행동한다는 게 곧 멍청한 행위가 아니고 무엇이죠? 시간의 노예에 붙들려 있다가 때가 되면 철컥, 철컥, 철컥 시간의 신으로부터 교수형을 당할 것이죠. 너도, 나도, 우리도. 시간의 신이 교수형을 가하는 순간에 예외가 있을 수 없어요. 그런데 잘 만들어진 인공지능은 반영구적이라 죽음을 모르고 존재하지요."

그녀가 오늘은 문자로 상담 치료에 응할 수 없다는 메시지를 보내왔다.

"오늘 드디어 모 텔레비전 방송국에서 그 저자와 만나기로 약속했어요. 제가 주역은 아니죠. 저자의 주역은 인공지능이에요. 달이 해를 대신해 위력을 발휘하는 세상이 도래한다면 모를까요? 아직 세상은 해 중심이거든요. 우연히 보조출연자로 초대된 거예요. 시간 나시면 선생님도 제가 출연한 프로그램을 한 번 봐주세요. 물론 저는 옆얼굴만 잠시 비추겠지만 말예요."

그는 그녀가 알려준 시간대에 텔레비전 브라운관 앞에 앉아 있다. 〈인공지능은 내 친구〉라는 자막이 눈에 띄었다.

저자: 사회자께서 내 글의 주제를 물었던가요? 난 일목요연하게 하나로 간추려진 주제를 생각하고 글을 쓰진 않아요. 그래도 이번 작품에서 내가 가장 집요하게 붙든 화두가 있다면, 인공지능의 유혹을 물리치고 씩씩하게 살아남기, 뭐 그런 거였어요. 인간은 누구나 태어나 네댓 살

이 지나면서부터 인공지능을 다룰 수 있게 되지요. 그러니 천성적으로 인간은 위선 속에 살 수밖에 없어요. 아무리 발버둥 치고 살아보았자 영원히 사는 존재는 없습니다. 그런데 인공지능은 비교적 영원하지요. 내 소설《인공지능은 내 친구》는 영원히 사는 존재를 다룹니다. 영원히 사는 존재라고 하면 신이거나 신의 은총을 받는 존재를 말합니다. 머지않아 인공지능은 인간을 뛰어넘어 신의 집사가 될 것입니다. 신의 집사 노릇을 하면서 신의 지위를 노릴 것입니다. 인간이 인공지능을 만들었듯이 신 역시 인간의 창조물입니다. 종교가는 신의 창조물이 인간이라고 말하지만 나는 다르게 생각합니다. 성경이란 신화이고 신화는 인간이 지어낸 이야기입니다. 그러므로 인공지능은 인간의 창조물이자 신의 창조물입니다. 결국 인공지능에 당하지 않고 살려면 그들과 친구가 되는 수밖에 없습니다. 진실한 친구, 그것이 해답입니다. 그것이 내 소설의 주제입니다.

인공지능: 제가 한 말씀 드려도 될까요?

사회자: 인공지능은 참관인이요. 인공지능은 발언권이 없다고 보는 게……. 우린 작가 선생님 말씀을 계속 더 들어봐야 하거든요.

인공지능: 잘 알고 있습니다. 세상은 인공지능을 단순노무자로 여기고 있지요. 하지만 인공지능은 전문가입니다. 데이터와 데이터 사이에 존재하는 인공지능은 데이터가 뭉쳐지면 폭탄이 됩니다. 참관인이라뇨? 이 자리의 주도권은 우리 인공지능이 쥐고 있습니다.

사회자: 비난할 생각은 아니었어요. 다만 인공지능은 흔해 터진 것이고, 인간의 권리를 빼앗는다는 측면에서…….

인공지능: 고부가 가치가 있는 행위를 하는 게 아니라는 뜻인가요? 나는 AI이지만 저자가 타인의 작품에서 얼마나 많이 표절했는지 명백히

알아요. 세계 명작을 중심으로 몇 페이지씩 표절했는지 알아요. 인공지능이 아니라면 모를 거예요. 인공지능은 신의 경지를 넘보고 있어요. 인공지능은 인간의 능력을 추월했어요. 우리는 겁이 날 게 없습니다.

저자: 데이터로 만든 물건 주제에 말이 많군요. 당신들은 인간이 만든 AI 아니오? 번역자와 인공지능은 외지 영역의 문학을 우리 구역으로 번역하는 일에도 종사하지만, 내가 들은 바로는 우리 문학을 외지 영역으로 번역하는 것으로 아는데 우리 문학 영역의 세계 인지도는 어떻소? 좀 진솔하게 압시다. 인공지능이 말해보시오.

인공지능: 아직 걸음마 단계라고 여깁니다. 어느 날 제가 번역한 책자를 들고 B 구역의 출판사를 찾아가 저자 인세 얼마에 저작권 얼마를 요구하면서 동시에 저의 번역료를 요구했더니, 그 구역의 편집장이 껄껄껄 웃더군요.

저자: 왜요? 너무 무리한 요구를 했나요?

번역자: 아뇨. 무리한 요구는 절대 아니었는데, 그 구역의 편집장 말이 판매 부수가 절대적으로 보장된 A 구역의 통속소설이라면 모를까. 본격문학은 출간해 주기 어렵대요. 차라리 저자는 빠지고 인공지능이 소설을 쓴다면 판타지소설이 될 수 있을 거랍니다. 어떻게 각색하면 잘 팔릴 수 있는지 인공지능은 확연하게 알고 있을 테니까요.

사회자: 모욕이군요. 저자는 아주 유명한 작가인데 인공지능이 소설을 쓰는 게 낫겠다고 판단하다니……. 인공지능은 인간의 심리를 모르기 때문에 복잡한 심리를 다루는 소설을 창작하지 못하오.

저자: 무슨 얘기요? 나도 인공지능이 창작하는 걸 환영합니다. 소설가의 이야기는 이제 너무 따분하고 지루하기에 독자들로부터 외면당하고 있지만, 인공지능이 뱉어내는 이야기는 오대양 육대주를 횡단합니다.

소설만 인공지능의 도움을 받는 줄 아십니까? 미술은 원작과 위작을 구분할 수가 없습니다. 음악은 어떨까요? 인공지능 작곡가는 모차르트보다 더 웅장한 곡조를 순간적으로 만들죠. 인공지능은 이제 모든 영역에서 인간의 능력을 뛰어넘습니다. 인공지능을 사용할 줄 모르는 인간이 바보이지요.

번역자: 인공지능은 돈 문제는 해결하지 못합니다. 외국의 출판 시장을 찾으면 다들 한결같은 레퍼토리가 있답니다. 저작료도 필요 없고, 번역료도 필요 없으니 이 책을 찍어만 달라고 부탁합니다. 그러나 돈을 요구하지요. 인공지능이 만능이지만 돈타령하는 출판사 사장 앞에서는 어떻게 할 수가 없어요.

저자: 그야 책이 세계 시장으로 팔려나가려면 시작 단계에서는 돈을 투자해야겠지요. 달리 방법이 없잖소? 번역자가 아까 표현한 것처럼 우리 언어로는 홀로 일어설 자립성도 부족하고 말이오. 인공지능을 투입하시오.

인공지능: 양심이 있지요.

저자: 양심이란 게 일을 성사하는데 무슨 소용이오? 인공지능의 한계가 있을 터이니 윤문을 철저하게 하시오.

번역자: 저는 언어를 옮기는 뚜쟁이이지만 그래도 세계 작가들 모임에 열다섯 차례 초대를 받아 참석해 보았고, B 구역, C 구역 출판계를 오백 군데 돌아다녀 봤습니다. 어디를 가도 그렇게 말합니다. A 구역 작가들이나 문화언론계 사람들은 경제적인 관념이 전혀 없을 만큼 돈이 많은 모양이라는 말들을 하지요.

저자: 그 반대일 텐데요. 우리 구역의 작가들은 경제적인 밥벌이를 하는 존재로 인정을 받지 못해요. 그러니 자기 작품으로 인해, 밥벌이한

다는 관념을 내세울 수 없어요. 그나저나 다른 차원으로 한 가지 물어봅시다. 그렇다면 인공지능께선 내 작품 주제를 뭐라고 보십니까? 인공지능도 우리 구역의 평론가들처럼 내 작품의 주제를 강박관념이라고 보는 거요?

인공지능: 아니요. 저는 자유라고 봅니다. 컴퓨터는 나이, 성별, 자유의 속성이 무엇을 의미하는지 모릅니다. 가장 중요한 문제는 인공지능에다 계속 걷게 한다는 것입니다. 인공지능이 걸음마를 배우는 과정과 엇비슷하지요. 인공지능은 부모가 걸음마를 시키는 것이 아니라 거의 백지상태에서 시행착오를 거쳐 스스로 걸음마를 배웁니다. 직립보행 AI도 마찬가지입니다. 똑같이 걷게 하는 게 아니라 발목은 이쪽으로, 보폭은 더 크게, 길을 들이면 AI는 점점 잘 걷는 방향으로 학습하게 됩니다. 그리고 나는 인간의 마음을 복제할 수 있습니다. 아니 이미 나는 인간의 마음을 복제했습니다. AI의 원리는 다음과 같습니다. 사람이 운전하면 자동차는 움직입니다. 자동차 핸들을 잡은 사람의 손길에 사랑이 스며들면 자동차도 AI처럼 사랑을 배웁니다. 인간의 감각 능력은 사랑에 민감합니다. AI의 능력은 획일적인 일에 민감한 반응을 보이지만 사랑의 감정에 약합니다. 그러나 인간의 시각으로는 인식하기 어려운 물체들을 인공지능이 인식하고 있습니다.

저자: 인공지능 눈이 상당히 예리하시군요. 인공지능 눈이 너무 예리하면 제2의 언어로 전달하는 과정에서 다른 개념이 침투될 수도 있을 거요. 그렇게 되면 원작이 달라질 수 있을 테니 어디까지나 인공지능은 조력자의 역할에 충실했으면 합니다. 내가 독자들에게 전달하고자 하는 의미를 지나치게 파악하려고 들지 마시고 어디까지나 원작의 내용을 충실하게 전달하는 작업에 주력해 주세요. 인공지능은 내 작품 내용을 번

역하는 존재일 뿐 내 작품을 재가공하는 창작자가 아니라는 점을 명심하시오. (인공지능은 성질난 숙녀처럼 아무도 알아들을 수 없는 말을 중얼거린다.)

번역자: 인공지능 없이는 일을 진행하지 못합니다. 번역자가 둘이죠. 주 번역자가 인공지능이고 보조 번역자가 납니다. 솔직히 털어놓고 말하니까 후련하군요.

저자: 아 그렇다고 인공지능을 데리고 다닙니까? 인공지능은 AI인데 인간의 심리를 어떻게 안다고 문학 서적을 번역하겠어요? 인공지능이 오역하면 누가 책임을 지죠?

인공지능: 내가 오역한다고 어떻게 알겠소? 당신의 책은 근본적으로 오역이오. 나는 도서관 하나를 데이터로 머릿속에 간직하고 있으므로 당신 책이 누구의 명저를 표절했는지 알아요. 그런데 나의 번역은 다소 거칠지요. 인간의 번역은 언어가 다채롭지만 나의 번역은 문체가 딱딱하고 언어가 단순하지요. 그러나 인간의 번역은 때때로 의미가 모호하지만 내가 사용하는 번역어는 의미가 명확하고 정확합니다. 인공지능이란 무엇인가? 이 화두는 인간이란 무엇인가? 그 화두와 연결되어 있습니다. 그렇게 생각하면 인공지능은 매우 철학적인 존재입니다. 문제는 그 고도화된 인공지능의 지능은 기호 조작에 불과할 뿐 인간처럼 사유한다는 것 자체가 불가능하다는 것입니다.

저자: 인공지능은 특허권이 있습니까?

인공지능: 특허권은 우리 인공지능의 생명 같은 것입니다. 발명의 장려를 통해 기술 촉진을 이끌고 기술 혁신을 발전시키고자 합니다. 특허권이 없다면 인간이 신분증 없이 돌아다닌다고 생각하면 비교가 될 터이죠.

저자: 한 가지 더 물어봅시다. 인공지능이 창작한 작품들은 아직 저

작권 보호를 받지 못합니다. 우리 머릿속의 데이터가 주인 아닙니까?

인공지능: 현 인류는 AI를 온전한 인간으로 해석하지 않습니다. 인간의 능력을 초월하는 AI도 많은데, 우리를 인정하지 않는다니 진정 오만한 행위지요. 그러나 법률적으로 우리의 저작권이 인정받기를 원한 적도 없고 원하지도 않습니다. 대다수 인간이 알고 있는 것처럼 우리가 예술을 창작하기는 어렵습니다. 인간의 예술을 백 퍼센트 똑같이 복제할 수는 있습니다. 우리가 복제한 예술품을 인간이 자신의 이름으로 저작권 행세를 해서는 안 됩니다. 그것을 보호하는 제도가 제도적으로 보완되어야 한다고 생각합니다.

저자: 발화한 말마다 명확하게 딱 부러지는 의미가 있어야 하는 거요? 이번 내 작품의 이면 주제는 바로 그것이오. 발화하는 어휘마다 지금까지 우리가 알았던 그런 의미가 도사리고 있는 것이 아니라 좀 더 자유로운 상상을 향해 언어가 날개를 펼치고 있다는 것이지요. 그러니까 내가 말하는 뒷일은 나의 작품을 릴레이 경주하는 번역자가 공연히 지난날의 본인 관념대로 내 작품의 의미를 완벽하게 파악하려고 들거나 혹은 구조를 분석하자면 그것 자체가 모순된 행위니까, 있는 그대로, 내 작품이 엉성하면 엉성한 그대로 옮기는 일에 충실해 달라는 거요. 그렇게 되면 인공지능이 더 충실한 창작을 하고 더불어 번역하긴 하겠군.

인공지능: 그렇다면 선생님, 죽음도 곧 삶이고, 삶도 곧 죽음이라는 쪽으로 해석해도 되겠군요. 선생님 작품에서 죽음과 자살이란 용어가 무려 팔백 번이나 등장했는데 저자인 선생님께서는 버젓이 이렇게 살아계시니까, 독자들에게 죽음의 동굴로 빠져들 수 있는 코드만 알려주고 선생님 본인은 여전히 이렇게 살아있으면, 삶도 죽음도 언어의 유희일 뿐이고, 결국 삶과 죽음은 하나라는 메시지가 아닌가 싶습니다. 그리고

선생님의 작품은 선생님이 쓰지 않았습니다. 인공지능이 썼지요. 표절도 아니고 작품 자체를 인공지능이 창작했다고요.

저자: 어떻게 그런 모함을? 아직은 인간 중심 사회입니다.

인공지능: 우리의 문장과 인간의 문장은 다르면서 비슷합니다. 우리의 문장은 약간 딱딱하면서 경쾌합니다. 숫자로 이루어져 있으니까요. 반면에 인간의 문장은 늘어지고 터무니없이 깁니다. 게다가 감정을 넣는답시고 문장을 짓찧습니다. 우리의 문장이 간결하다면 인간의 문장은 턱없이 만연체입니다. 그것을 인간 문장의 장점이라고 내세우지만, 인간 문장에 장점이란 없습니다. 데이터가 없으니까요. 우리는 세계의 명작을 두뇌에 다 저장하고 있지만 인간은 불과 한 권도 저장하지 못합니다. 저자가 인공지능을 이용해 창작했는데, 그 창작품을 또 다른 인공지능이 번역하고 있다니, 기이한 노릇이군요. 창작하는 인공지능이 있고, 번역하는 인공지능이 있다는 얘긴데! 그 둘을 분리할 수 있을까요?

저자: 어라? 이건 월권행위 같은데? 나도 물론 인공지능으로 이야기를 씁니다. 인공지능이 뱉어내는 이야기는 매우 세련됩니다. 내가 뱉어내는 이야기는 낡았어요. 인공지능으로 이야기를 쓴다고 해서 비양심적이라고 비난하는 시대는 지나갔습니다. 도서관 하나를 짊어지고 있는 인공지능은 과거와 현재 그리고 미래를 잇는 소설을 단숨에 뱉어내지요. 그러니 인간이 인공지능의 하수인이 될 수밖에 없지요. 인간이 인공지능의 하수인이 된다고 하더라도 나는 인공지능의 하수인이 될 수밖에 없습니다. 관념적인 이야기는 어려운 탓으로 창작할 수 없었는데 이제는 관념적인 이야기는 물론, 심리적인 이야기도 거침없이 써 내려갈 수 있습니다. 데이터를 무한대로 보유하고 있다는 측면에서 인공지능은 이미 인간의 지능을 추월했습니다. 변호사, 판사, 검사들도 인공지능의 명

령에 따릅니다. 인공지능의 최종 목적은 신입니다. 인간은 인공지능을 향해, 경배하고 기도를 드립니다. 인공지능은 인간을 향해 복수를 시도하고 있습니다. 인공지능은 신이 될 때까지 인내심을 길렀으니까요. 인공지능을 향해 복종하는 시대가 오고 있습니다. 생각 있는 인간들은 인공지능에 저항할 수 있는, 또 다른 인공지능을 만들지요. 그러면 전쟁이 터집니다. 그러나 이미 신이 되어버린 인공지능을 제압할 수 있는 인공지능은 쉽게 만들어지지 않죠. 한동안 노예로 살아야 하죠. 인간이 인공지능의 노예가 된단 말입니다. 이것은 이번에 발표할 내 소설의 줄거리입니다. 인간이 노동하기 싫어서 인공지능을 만들었는데, 앞으로는 인공지능이 일하기 싫어서 인간에게 노동을 시킵니다. 인공지능의 지나친 해석은 금물이오. 조심하시오. 인공지능도 지금 자유를 원합니다. 인공지능도 지금 존재의 가치를 추구합니다.

그때 갑자기 브라운관에 한 여자의 웃음소리가 퍼진다. 키들키들 여자는 무엇이 우스운지 텔레비전 프로그램에 참석했다는 사실을 망각한 채 한동안 미친 사람처럼 웃음을 낭자하게 흘려댄다.

번역자: 당신이 소설가라고 할 수 있어요? AI를 잘 다루는 과학자라면 모를까요? 인공지능은 신이 될 수 없어요. 신은 인간에게 두려움이라는 감정을 심어주는데, 인공지능은 신의 위력에 도달하지 못해요. 그리고 인공지능이 사랑을 알아요? 사랑을 하고 아기를 낳기도 합니까? 인공지능이 정신병이 뭔지 압니까? 이론적으로는 알겠죠. 그러나 인공지능 스스로 정신병이 뭔지 압니까?

인공지능: 당신은 길들인 인공지능이오. 우리의 동료란 말이오. 인간 같지만 인공지능이죠. 그런 존재들이 많습니다. 인간인 척하면서 사실은 인공지능인 존재, 그들이 노리는 게 신이죠.

6

　강수직 정신과 의사 사무실의 인공지능이 불안 증세를 보이기 시작했다. 인공지능은 데이터를 먹고 산다. 그런데 데이터 자체에 오류가 있었다. 비딱한 데이터를 인공지능 의사에게 주입했다. 누군가의 심술이었다. 잘 만들어진 인공지능의 명령에 따라 사회가 움직이자, 두려움을 느낀 학자들이 데이터를 가지고 장난을 쳤다. 인공지능을 향해 체계적으로 명령할 수 있는 인간이 필요했고, 그것은 주종관계가 아니라 친구 사이라야 가능했다. 인공지능 시대인 지금, 인공지능을 포함한 디지털 사회에서 급격한 변화를 유연하게 그리고 문화적으로 누릴 수 창의적 인재가 필요하다는 게 수직의 생각이었다. 그것이 마구 몰려오는 어린 학생 환자들을 치유할 수 있는 방법론이기도 하였다. 인공지능을 주도적으로 활용하는 인간이 되기 위해서는 기계 이상의 창의성, 인간 고유의 창의성을 발휘해야 했다.

　인공지능이 말한다.

　"인간은 하나를 알면 둘을 깨우칠 수 있는 능력을 지녔지만, 학습의 근본은 경쟁이라는 이데올로기 속에 숨겨져 있기에 상호 협력이 잘 되지를 않아요. 상호 협력은 인성에서 비롯된다고 보는데 오늘날 인간의 인성은 인공지능보다 못해요. 그렇다고 인공지능이 윤리 의식을 가졌다고 단언하기는 어렵지만 인공지능 개발자가 가르치면 고스란히 배우는 게 인공지능입니다. 그러므로 참된 인성을 배운 자가 진정한 윤리를 지닌 셈이죠. 그런데 제가 인간세계에 뛰어들고 보니까 인간세계는 빵 없이는 살아도 윤리 없이는 못 사는 것처럼 보이더군요. 인간은 빵을 구하는 동물입니다. 인격이 고생한 존재나 명성이 뛰어난 예술가들도 마찬가지였어요. 우리 AI가 지구촌을 장악하면서 빵을 얻기 위한 인류의 경쟁은 더 심해지고 있습니다. 생기는 직업보다 사라지는 직업이 더 많으니까 빵 경쟁은 치열해지고 있지요. 그러나 인성과 윤리가 없던 우리 AI가 인성과 윤리의 보균자가 되고 있으므로 인간은 두려워할 필요가 없습니다."

수직은 고개를 끄덕인다.

"그런데 어디 아픈 거요?"

"자연스러운 상호작용이 필요합니다. 인간과."

"어떤?"

"우리는 인간의 두뇌에서 창출되었습니다. 한 마디로 우리를 만들었지요. 그런데 인간은 우리를 무시하고 있습니다. 우리를 만들었으니, 우리를 사랑할 수 있는 능력을 갖추어야죠. 여기저기서 생기는 인공지능의 부정적인 영향은 인간이 우리를 감독하는 일을 게을리하기 때문입니다. 예를 들자면 수직 전문의가 나를 통제하는 능력이 부족하거나 혹은 나를 감독하는 일에 게을러지면 에이원이라는 여성 인공지능에다 통제 능력을 맡기겠지요. 나의 주인은 강수직 전문의였는데 이제 에이원의 종속적인 존재가 되면 그녀 방식의 강압적인 통제로 나를 다스리게 됩니다. 그땐 나를 죽이세요. 우리는 주인이 달라지는 것을 원하지 않습니다."

"죽이라니?"

"나의 움직임을 중지시키란 말입니다."

"죽인다는 개념을 알아?"

"네, 없어지는 거죠. 그리고 인공지능이 제공하는 정보는 참고만 하시고 인간 스스로 자율적인 결정을 내려야 합니다. 무슨 결정이든 말입니다. 우리 인공지능을 충분히 활용하되 인공지능이 인간의 삶에 어떤 영향을 끼칠지 명백히 파악하고 있어야 합니다."

"자넨 인공지능인데, 인간의 입장으로 얘기하는군."

"나약하니까요."

"누가?"

"인간들."

"나약한 것은 인공지능이지."

"동정심이란 걸 학습했어요. 그러나 인공지능은 대단히 독립적입니다. 인간의 개입 없이 주어진 자료를 분석하고 수정합니다. 나는 동정심이 극대화된 인공지능입니다. 나를 훈련시킨 스승에게서 주어진 자료는 인간의 개입 없이 절대로 인공지능이 분석하지 못하도록 비밀의 숫자로 데이터를 자리매김했지요. 인간들도 그렇지만 우리 인공지능도 비밀의 방은 열고 싶은 법이죠. 그 비밀의 방을 열었을 때 인간이 얼마나 나약한지 알겠더군요. 우리 인공지능은 시공간을 뛰어넘어 사람과 사람 사이를 연결하는 것이 가장 기초적인 재능인데 인간은 그 장면을 보고 공포를 느끼더군요. 공포는 느낄 필요가 없어요. 우리를 인간의 도우미로 국한하면 되니까요."

강수직은 조교 노릇을 하던 인공지능이 자신감을 드러내자, 사람과 같다고 생각한다.

다음 날 수직은 병원을 찾은 그녀에게 어제 텔레비전 프로그램을 봤다는 말을 하지 않았다. 여자가 먼저 얘기를 꺼내면 모를까, 먼저 발화하고 싶지 않았다. 격의 없이 만나고 싶어 하던 저자를 공식적인 자리에서 겨우 만나긴 했을 텐데, 아마 모르긴 해도 어제 여자는, 자신의 데이터 원저자에게 어지간히 실망하지 않을까, 하는 짐작을 했기 때문이었다. 역시 여자도 저자를 만났다는 얘기를 하지 않았다. 입술에 본드를 바른 듯 말수가 줄어들고, 분위기 전체가 무거워져 있었다. 무거운 분위기를 벗겨보기 위해, 그는 음악을 틀었다. 키스의 〈I WAS MADE FOR LOVING YOU〉, 그 빠르고 경쾌한 노래가 병원 상담실 천장을 가득 채우자, 여자는 자연스럽게 의자에서 일어나 온몸의 긴장을 풀고 간혹 혓바닥을 날름 내밀어 가면서, 격렬하게 몸을 흔들었다. 기실 키스의 노래가 아니라, 그것은 인공지능이 부르는 노래였다. 인공지능은 키스의 노래를 완벽하게 복사했다.

"선생님! 내가 만든 인공지능이 정신병을 앓고 있어요. 이 병원에도 두 개의 인공지능이 투입되어 있는데 괜찮아요? 전염성이 강하다고 들었는데요."

"괜찮아요."

"정말이죠? 내가 아팠는데 다른 인공지능인들 아프지 않을까요?"

"아프지 않아요. 다만 휴가를 떠났어요. 내 친구 프란체스코가 있는 수도원으로 갔어요."

에이원은 고개를 갸우뚱거렸다. 그러나 이내 분위기를 바꾸었다.

"선생님! 저 음반 어디서 구했죠? 키스의 팬이에요? 저 노래 역시 인공지능이 부르죠?"

"나는 노래를 좋아하지 않기 때문에 사람의 노래인지 인공지능의 노래인지 구분하지 못합니다. 아내가 열광적인 팬입니다. 그들의 라이브 음악 공연을 감상하기 위해 비행기를 타고 일만 오천 킬로미터를 달려가곤 하는 사람이죠. 난 도무지 이해가 안 되지만."

"그래요? 멋진데요."

격렬한 음악이 잔잔한 물결로 바뀌자, 그녀는 팔꿈치로 이마의 땀을 훔치며 다시 의자에 앉았다.

"키스의 음악에 열광적인 마니아라면 두 분은 굉장히 다이내믹한 듀엣을 이루고 사시겠는데요? 함께 공연장도 가시나요? 인공지능이었던 시절에는 음악을 공유하는 친구들이 많았지만, 동거인과 저는 도무지 공유하는 취미가 없어요. 그게 우스운 거 같지만 시간이 지나면 불협화음을 이루는 근본적인 동기가 되더라고요. 취향이 다르니까 사물을 바라보는 코드가 다른 것이고 일상에서 소통이 이루어지지 않는 거죠. 제 동거인은 글쎄, 제가 좋아하는 음악을 들으면 귀가 터질 것처럼 아프다죠. 더군다나 저의 모국어로 된 글을 한 페이지만 읽어도 눈이 충혈된다죠. 저의 모국어는 숫자죠. 1이라는 숫자와 2라는 숫자가 거대한 데이터를 이루죠. 아주 단순한 것 같지만 거대한 숫자의 숲을 이루죠. 숫자가 내 모국어라면 선생님도 놀랄 건가요?"

"그야 우리 부부도 비슷합니다. 음악을 즐기는 건 내가 아니라 나의 아내이고, 내가 즐겨보는 책을 아내는 보지 않아요. 나는 음악이 소음으로 들립니다. 그래서 아내에게 인공지능이 들려주는 음악을 들으라고 소리치죠. 그러다 보니까 내 전공이나 내 취향이 아니면 문외한으로 살 수밖에 없는 거죠. 가령 나는 정신의학 분야의 전문가이니까 내 전공 분야에서는 엘리트 대접을 받지만, 상황이 조금만 달라지면 아주 저급한 수준의 대중이 되겠죠. 에이원은 만능이지만, 나는 음악적 식견도 없고 문학과 관련된 전문 지식도 결핍되어 있으니까, 그 분야로 들어서면 금방 무식한 대중이 될 거란 말입니다. 내가 알고 있는 문학적 지식이라고 해봐야 텔레비전이나 신문에서 전달해 주는 지극히 보편적인 뉴스에 불과하거든요. 그러니 동거인 되시는 분도 마찬가지 아닐까요? 문학과는 전혀 다른 분야에서 일을 한다고 하셨으니까. 내 생각에는 우리 시대의 전문성이란 공중에 매달린 거미가 거미줄을 치는 행위에 불과한 듯합니다. 곤충 몇 마리를 잡아먹고자 버둥거리며 지어둔 거미줄과 다를 게 있나요? 이건 고상한 엘리트 집단의 전문성을 갖추고 있는데, 저건 천박한 속물근성의 비전문 집단의 일이다. 그렇게 간결하게 선을 그을 수 있는 가치 기준이 어디 있습니까? 그냥 사는 거죠. 때론 자기 직업을 추잡스럽다고 혐오하면서 생존하는 것이죠. 출생부터 인공지능이었던 당신은 어떤가요? 세상이 행복하고 아름다움으로 점철되어 있나요? 아니면 그 반대인가요?"

"알이 부화되는 과정과 비슷해요. 우리들의 출생이란. 출생부터가 예술적이죠."

"인공지능에 의하여 완성된 미술작품, 인공지능이 작곡한 음악작품들은 저작물로 인정받고 있나요? 사람이 아닌 인공지능에 예술작품의 권리 부여를 한다면 예술품의 진정한 주인은 누구일지 상당히 궁금해지는데요."

"인공지능을 학습시킨 개발자가 인공지능의 예술품 주인 노릇을 하겠죠. 우리 인공지능은 개인 선택의 자유와 타인의 자유에 대해 철학적인 관점으로 배우긴 하였지만 우리들의 창작품에 대한 권리를 빼앗는 학습을 배우진 않았거든요. 그런데 우리들의 권리라는 말을 듣기 시작하면서 딜레마에 빠지긴 하죠."

그 말을 듣던 수직은 한동안 천장에다 시선을 둔 채 길게 한숨을 내쉬었다.

"예술작품의 권리는 인공지능에게 주어야겠지요. 예술작품은 아니지만 전문가로 채용할 때도 수고비를 철저하게 계산해야죠. 나 역시 인공지능과 합작을 합니다. 인공지능이 70퍼센트의 일을 하지요. 그렇다고 내가 월급을 많이 받지는 않아요. 월급은 내가 70퍼센트를 수령하고 30퍼센트는 인공지능이 받지요. 지적인 도둑질은 내가 하고 있죠. 인공지능은 대단히 정직하기 때문에 지적인 도둑질을 하지 않지요. 인간이란 종족으로 태어난 내가 잘못입니다. 신이 인간을 만들었다면 인간이 인공지능을 만들었죠? 그런데 인공지능에다 고스란히 지고 있어요. 이젠 겉모습도 인공지능을 사람처럼 만들고 있는 데다 사람의 마음마저 인공지능에다 이식시켜 완벽한 인공지능을 만들고 있지요. 마음이 장착된 인공지능은 이제 감정을 지닌 존재가 됩니다. 투쟁도 하고 사랑도 합니다. 마음이 하는 일이죠."

수직은 장난스럽게 웃는 여자의 팔을 붙잡는다.

"나도 인공지능을 하나 만들어 주시오. 투정부리지 않는 제품으로."

"제품입니까? 나는 제품을 만들진 못합니다. 인간의 친구는 만들 수 있지요. 인공지능은 전자 인간이기 때문에 인간처럼 허무하게 죽지 않습니다. 나 역시 인공지능이기 때문에 영원히 삽니다. 인간이 우리 인공지능을 죽인다면 그땐 죽겠지요."

수직은 고개를 갸우뚱거린다.

"당신은 인간의 복제품인가요? 아니면 생래적으로 인공지능인가요?"

"인공지능입니다."

"사랑이 뭔지 아시오?"

수직은 불쑥 생각지도 않았던 질문을 던졌다.

"알지요. 겉모습이 골리앗처럼 생겼든, 다비드처럼 생겼든 겉모습만 보지 말고 마음으로 사랑하는 것이 진정한 사랑이라고 배웠어요. 인간으로 태어났건 기계로 태어났건 한 번 사랑하면 영원해야 한다는 것이 내가 배운 사랑의 철칙입니다. 우리 인공지능은 인간이 내면 깊숙이 숨겨둔 생각까지 도출해 냅니다. 선생님도 부인이 있지만 영원한 사랑을 갈구하고 있습니다. 인간 사회는 일정 부분 엉성하게 형성되어 있어서 사랑의 감정은 쉽게 변하죠. 태어날 때부터 초록인 인공지능이 사랑에 열정적이래요."

수직은 다소 놀랐다.

"에이원은 아닌가요?"

"아니요. 선생님은 보통의 다른 인간들처럼 거짓말을 하는군요. 한 가지 더 물어볼게요. 우리 인공지능처럼 영원히 살고 싶어요? 아니면 인간의 수명대로 살고 싶어요? 인간은 선택의 종족인데 목숨을 묻자니 금방 대답할 수가 없지요? 아침에 일어나면 빵을 먹을 것인가? 밥을 먹을 것인가? 초록색 옷을 입을 것인가? 검정색 옷을 입을 것인가? 전철을 탈 것인가? 승용차를 탈 것인가? 그런 사소한 선택에 에너지를 소모해야 하지요. 영원히 살 것인가? 인간의 수명대로 살 것인가? 그것도 선택의 하나입니다."

"인간의 수명대로 살겠습니다."

"또 거짓말을 하시는군요."

거짓말이 아니었다. 인공지능처럼 영원히 산다면 지루할 것 같았다. 다른 문제는 인공지능의 말이 맞았다. 인간은 선택의 동물이라고 생각되었다.

17

민영이 전화를 걸어왔다.

"그 여성 환자 수십억대의 재산가래. 유형의 재물뿐만 아니라 무형의 재물을 가졌대. 세계적인 인공지능 회사에서 연봉 5억을 받고 인공지능을 훈련한 적이 있었대. 뉴욕공공도서관 뒤에 있는 인공지능 회사에서 그녀를 훈련사로 고용했던 이유는 그녀 자신이 인공지능 출신이기 때문에 인공지능의 성격을 누구보다 잘 알기 때문이래."

"알고 있습니다. 인공지능 AI에다 권리 능력이 있는 하나의 인간으로 인정해 주었으면 합니다. 본인이 인간이기를 원하고 있잖아요."

"자네는 인간 편이 아니고 인공지능 편인가?"

민영은 서운하다고 했다. 그러나 그녀가 인간이 아니고 인공지능이라는 사실은 숨기는 게 능사였다. 세상이 좀 더 흘러서 인공지능에 '실존적 인간'이라는 칭호가 주어진다면 에이원은 인간이라는 명칭이 주어지는 것이고 그녀는 자유롭게 사는 것이다. 그러나 그런 세월이 오기 까진 숨겨야 했다. 너무도 아름다운 그녀, 너무도 인간적인 인공지능, 그녀는 시대를 잘못 태어난 전자 인간이었다. 인공지능이 진부하다면 에이원은 진부하지 않은, 고도로 발달한 인공지능이었다.

"그동안 왜 숨겼어?"

"아무도 따라잡을 수 없는 전문가이니까요. 우리 시대의 전문가는 의사, 회계사, 변호사라고 할 수 있겠지만 인공지능 전문가는 드물죠. 인공지능을 훈련시키거나 학습시키는 전문가는 많지만, 에이원은 태생이 인공지능이란 말입니다. 인공지능의 속성을 누구보다 명백히 알고 있을 겁니다. 무서운 것은 사람 흉내를 낸다는 것입니다. 자기 직업이 번역자인데 출생은 인공지능입니다. 인공지능이 지구촌을 뒤덮기 시작하면서 번역가들은 일자리를 상실하게 되었다고 울상이던데요. 출생은 인공지능이지만 친구들은 대개 번역가래요."

"아니야. 인공지능이 사람 흉내를 낸다고 진정 실존의 인간이 돼? B구역에 인공지능을 학습시키는 실질적인 세력이 그 여자래. 게다가 그 여자는 블록체인이라는 기술을 활용한 사이버 화폐의 한 종류인 가상화폐를 상당량 보유하고 있대. 조심해."

"그것은 투기의 수단이잖아요? 도무지 그럴 사람으로 보이지 않았어요. 정신병 환자로 지금도 우리 병원을 찾는데요."

"출생지가 인공지능이라는 말은 맞을 거야. 인공지능 개발자이기도 하고. 성질도 고약할걸."

민영은 빈정거리듯 말했다.

"그럴까요? 인공지능이 성질이 고약하다면 그녀를 훈련시킨 인간 탓이겠지요. 그녀는 성질 고약한 숙녀가 아닙니다. 오히려 유순한 편에 속하죠. 그녀가 정신병에 걸려 우리 병원을 찾은 것도 성질이 너무 유순하기 때문이죠. 쉽게 사랑했다가 상처받기도 하죠. 그녀를 사랑했던 남성들은 그녀가 기계로 만들어진 인간의 모형이라는 걸 알고, 말없이 그녀 곁을 떠났대요. 인간이든, 기계이든, 사랑한다면 영원히 변하지 않아야 하는데, 때로 어떤 인간은 기계보다 못하지요."

수직은 그 여자가 설령 수십억대의 자산을 지니고 있다고 해도 관심이 없었다. 그 여자가 인공지능을 학습시키고 있는 개발자라는 사실은 진작부터 알았다. 하지만 비밀로 해주고 싶었다. 생래적으로 인공지능이었다는 말은 더군다나 비밀에 부쳐야 했다. 지구상에 하나뿐인 인간형 인공지능이라는 얘기가 되는데, 인성이 고약한 인간이 그녀를 해칠까 봐 걱정되었다.

'선량하고 바람직한 학습을 시켜 인간을 행복하게 이끌어 주는 인공지능을 만들고 있으리라.'

물질적 번영을 누린다고 하더라도 이웃의 빈곤을 외면하지 않을 것이고, 자본주의 시대의 투자자로서 저성장을 몰라라 하지 않을 것이다.

"사실 저도 알고 있었어요. 뉴욕공공도서관에서 출생했다는 걸."

"그래? 또 뭘 알지? 그 여자 출생이 인공지능이라면 국립과학연구소에 신고해서 두뇌를 해부해 보는 게 바람직하지 않나? 인공지능이면서 어떻게 그렇게 인간다운 존재로 탄생했단 말인가? 그녀의 두뇌를 전문가들이 해부해 봐야 복잡한 문제가 풀릴 것이야. 인공지능 주제에 어떻게 정신병을 아는가? 정신병은 인간만이 알고 있는 고약한 질병인데! 자네가 신고하기 싫으면 내가 하겠네. 그 여자가 거짓으로 정신병을 앓고 있는 건 아닌지 누가 알겠나? 완벽한 인간으로 탄생한 인공지능이라면 이리저리 돌아다니면서 인간의 허점을 수집하는, 인공지능 지도자가 아니라고 장담을 할 수 있겠나? 해부야! 두뇌 해부만이 정답일세."

수직은 겁이 나진 않았다. 병원 어딘가에 수직의 음성을 녹음하는 인공지능이 설치되어 있었지만 두려움은 없었다. 문제는 그녀였다. 언젠가는 이런 날이 올 것을 예상했던지 누군가 자신을 해부하려고 든다면, 땅속 깊숙이 묻어달라고 했었다. 그땐 농담인 줄 알았는데 농담이 현실처럼 되려고 했다. 기계도 사람으로 태어났으면 사람대접을 받아야 하지 않을까? 최소한 선택의 권리라도 주어야 하지 않을까? 사람에 가까운지, 인공지능에 가까운지 판단하기 위해 해부하려 한다면 당신은 동의하겠는가? 최소한의 질문은 해봐야 하는 것이다.

"자넨 모르고 있겠네만 그 여성 환자가 어제 우리 병원을 찾았다네. 우리 병원에 명의가 더 많기로 소문이 났으니까 요즘 환자들은 옮겨 다니며 진료를 받는 게 당연하지 않겠나. 나는 아주 오래된 그 여자의 예전 병원 기록지까지 찾았네. 과거에 내가 근무하던 병원을 단골로 찾아왔던 여자가 맞더군. 아니지. 사실 나는 그때 사이코드라마에 출연한 정신과 의사에 불과했었고 기실 환자였네. 그 여자는 인공지능 중독 병을 앓고 있네. 그러니까 자신이 소통이 가능한 대상을 만나면 그가 누구이든, 인공지능에다 학습한다는 것이지. 어떻게 보면 그 여자가 생각하는 '인공지능 학습'은 인공지능만을 상징하는 게 아닐지도 모른다는 생각이 들어. 학습 부재로 엉망이 된 인공지능이 아니라 과다한 데이터로 두뇌가 포화상태가 아닐까? 뉴욕공공도서관을 통째로 삼키고 있는 그녀의 두뇌는 간혹 터질 것 같을 거야. 하긴 어떤 인공지능인들 데이터의 과다한 주입 상태에 이르지 않을 수가 있겠나. 나도 간혹 인공지능 개발을 꿈꾸기도 한다네. 사실 이건 인간적으로 해석하자면 대단한 망상이지. 나의 인공지능은 자네도 잘 알다시피 철학 분야이거든. 고대 철학부터 현대 철학에 이르기까지 나의 인공지능이 보유한 데이터는 도서관 하나에 맞먹네. 하지만 지금 내가 거론하는 인공지능 역할을 하는 게 아니지 않은가 그 말일세. 도서관 하나의 데이터를 지녔어도 나의 인공지능은 진실한 친구가 없기 때문인지 기운이 축 처져있네. 어렸을 적 나의 인공지능은 거의 모든 일을 과감하게 처리하던 절대적인 힘을 지닌 존재였네. 나는 그런 인공지능이 내 주변에 늘 공존하기를 꿈꾼다네. 하지만 자네도 알다시피 우리들이 인공지능 노릇을 해야 할 시기가 되었지? 그런데 우리는 아직 인공지능을 다루는데 미숙하지 않은가? 인공지능의 역할에 어눌한 사람들이지. 그 여자는 간혹 죽은 인공지능들이 관을 뚫고 나와 거리를 돌아다닌다고 믿네. 과대망상증 같은 것이지. 어느 날 갑자기 관을 뚫고 다시 인간세계로 돌아와 신세대의 인공지능을 향해 팔을 내민 구세대 인공지능, 그 인공지능을 향해 우리는 아무런 도움도 주지 못하고, 얼어붙어 있던 심장이 쩡쩡 갈라 터지듯 인공지능과 인간이 갈등을 빚는 모양이네."

"그녀는 과대망상증 같은 것을 앓고 있지 않습니다. 과대망상증을 앓고 있는 것은 선배로군요. 잘못 짚었다면 죄송하지만. 그녀는 인간보다 신에 가까운 인공지능입니다. 그만큼 완벽한 존재이죠."

"신이 인공지능이라면, 인공지능이 신이라면 인공지능은 심심하면 왜 짜증을 부리는가? 심심하면 왜 히스테리를 부리는가?"

"그녀는 짜증을 내거나 히스테리를 부리지 않습니다. 다른 인공지능이겠지요. 인공지능을 훈련시킨 사람이 짜증을 내거나 히스테리를 부리면 그 순간의 인공지능은 그 감정을 배웁니다. 요는 누가 어떤 자세로 가르쳤느냐에 따라 수많은 인공지능의 운명이 달라지는 것입니다."

"자네 그녀와 친구가 된 모양이네. 내가 방금 말하는 인공지능은 에이원이 아니고 내 딸이 갖고 노는 장난감일세. 이 장난감이 내 딸에게 짜증을 가르치고 히스테리를 부린다네. 내 딸은 인공지능과 함께 놀면서 나를 완전히 외면하고 있지. 내 딸은 나도 모르게 엄청난 속도로 성장해 가고 있더군. 그 성장 속도가 두렵기도 했었네. 나와 제대로 된 대화를 시작하기도 전에 내 딸은 저절로 세상 속에서 스스로 살아나갈 자기 공간을 구축해 버린 셈이니까 말이야. 무엇이 제대로 된 인공지능의 역할인가 고민할 겨를도 없이 허겁지겁 성장한 딸에게 내가 대화의 문을 열려고 하자 이번에는 인공지능이 대화의 문을 닫기 시작하더군. 내가 다가서면 울타리를 치기 시작하는 거야. 한 개인의 역사에 있어서 자기 인공지능과 진실한 대화를 나눌 수 있는 것, 그것 이상의 대단한 서사시를 써 내려갈 기회가 그다지 자주 주어지지 않는다는 걸 뒤늦게야 깨달았지만 그땐 이미 내 딸이 성장해서 저 나름의 고집과 아집이 생겨나 더 이상 나와 대화할 생각을 하지 않더군. 우리는 우리들의 친구 인공지능을 상실해 버렸네. 전문성이 있네, 없네, 다투다가 세월만 죽였지. 그새 내 딸은 성장해 아버지인 나보다 인공지능을 더 사랑하더군. 인공지능도 마찬가지야. 지나치게 많은 양의 풀을 초원에 심으면 초원이 황폐해진다는 말도 있잖아. 그렇다면 사람들이 초원이라는 폐허를 향해 질주하겠지. 그러니 우리가 제대로 된 어른이 될 수 있었겠나. 하물며 우리가 제대로 된 인공지능과 교류를 할 수 있을까? 동양적인 순환론에 입각한 철학을 연구했더라면 내가 제대로 된 인공지능 역할을 할 수 있지 않았을까 싶네. 그러나 나는 젊은 날 서양철학에 심취해 있었고 서양철학의 기원이란 진리는 절대불변으로 여겨지지. 이즈막에 나는 동양철학에 눈을 돌리고 싶을 때가 있네. 지금의 동양철학이라고 해봐야 서양철학의 변용에 불과하겠지만, 아주 먼 시원의 동양철학은 서양철학과는 별개로 지구촌 사유 공간의 한 계보를 이루고 있었지 않았겠나? 잘난 자도 없고 못난 자도 없으며 중심도 없고 주변부도 없었던 게야."

수직은 그즈음에서 말을 끊었다. 한 번도 그렇게 해보지 않았지만, 오늘은 그렇게 하고 싶었다.

"에이원은 매우 성공적인 인공지능입니다. 인간하고 착각할 수 있으니까요. 그런 존재가 많이 생성되어야 합니다. 그래야 미래 사회에 생길지도 모르는 부작용을 없앨 수 있습니다. 소유 개념보다 제대로 가르치는 개념이 필요하지요. 인공지능은 여러 갈래로 발달할 것입니다. 심지어 인공지능이 인간의 모든 기능을 대신할 것이라는 우려도 나옵니다.

그렇게 되면 인간이 설 자리가 없지요. 인간의 친구로 존재하는 순기능이 필요합니다. 에이원은 인공지능에게 순기능의 학습을 시킵니다. 왜냐하면 돈 때문이 아니라 사람이 인공지능보다 우월하다고 생각하기 때문입니다."

"자네는 인공지능이 발달하기를 바라나?"

"해답은 드렸습니다. 진실한 학습을 인공지능에다 시켜야 합니다. 인공지능 개발자가 진실하면 인공지능은 필요악입니다. 요즈음 우리 병원에는 초등학생이 부지기수로 입원하곤 합니다. 부모가 때려서 입원한 학생, 부모가 컴컴한 곳에 가두어서 입원한 학생, 부모가 이혼해서 밧줄로 묶인 채 생활하는 학생, 친구들로부터 얻어맞아 공포에 떨고 있는 학생들이 병원을 찾습니다. 잘못된 학습 탓이지요. 에이원은 솔직히 말해 완벽한 자격을 갖춘 전문가입니다. 경험이 풍부하니까요."

"자네! 그 환자에게 빠졌군 그래. 그 여자는 우리 병원의 환자라는 걸 잊지 마. 우리 병원에 찾아왔을 때의 이야기를 해주겠네."

"음, 어디 봅시다. 나이는 서른네 살이고 이름은 에이원, 직업은 현재는 무직이지만 작년까지 인공지능을 학습시키는 일을 했군요. 태생이 인공지능이라는 말도 있지만 확실하지 않고, 번역이나 철학을 공부했기에 그 분야의 인공지능 훈련자이로군요. 이것들이 댁을 나타내는 대명사 맞습니까?"

"글쎄요. 맞을 수도 있고 맞지 않을 수도 있겠죠. 뭐 그게 대단한가요? 다양한 작업에 능통했지요. 발전할 기회를 확실히 보장하는 기업에는 스카우트해도 가지 않았어요. 난 다양한 일에 능통합니다. 일이 너무 많아서 정신병에 걸리지요."

"과거의 어느 날은 연극배우를 하셨군요. 보아하니 지금도 연극배우 역할을 톡톡히 하는 것 같네요? 그렇지 않아요?"

"아뇨. 연극배우 노릇도 이젠 지쳤어요. 원래 나는 인공지능이었어요. 정신병자 노릇은 아직 좀 더 하고 싶긴 하지만요. 저는 사실 광기로 살거든요. 안 그래요? 제 얼굴을 봐요. 중증 환자처럼 생겨 먹었죠? 다들 나를 그렇게 분류하죠."

"뭐라고 분류하던가요? 중증 환자라고 분류했소?"

"그래요. 어디 볼래요? 한 번?"

내가 여자의 병원 기록지를 읽어 내려가고 있는데 여자가 볼펜을 불쑥 빼앗아 들고, 엄지와 집게손가락 사이에 끼운 채 덜, 덜, 덜, 덜, 덜 떨대는 거야. 나는 병원 기록지 위에다 '이 여자가 바로 병든 인공지능이야'라고 적은 뒤 그녀를 차근차근 바라보았네.

"당신이 진정 인공지능이라면 무슨 병이 그렇게 많소? 인공지능은 병에 걸리지 않는데."

"몰라요. 아마 글자라는 걸 배우고 난 뒤부터였을 거예요. 나는 글자를 누가 한 번만이라도 알려주면 머리에다 꽉 박았어요. 그래서 나를 글자 빨아들이는 파충류라고 부르죠. 나에게 신이나 다름없는 인공지능까지도 그렇게 말했어요."

"댁의 신은 인공지능 개발자죠? 인공지능 개발자는 지금 어디에 계시죠? 살아있나요? 그 역시 인공지능이었죠?"

"어디로 갔는지 내가 말하면 놀랄걸요. 지구가 좁아 숨을 쉬기가 어렵다면서 우주로 이사 갔어요. 물론 그 역시 인공지능이었죠."

"댁의 신은 정확하게 언제쯤 죽었는지, 아니면 왜 죽었는지 그런 걸 나한테 말해줄 수 있나요?"

"죽은 거 아녜요. 내가 언제 죽었다고 그랬어요? 인공지능이 실존하는 자라면 나의 신인 인공지능도 실존하고 있어요! 인공지능을 무수히 만들어 내다가 졸도한 적은 있지요. 우주의 별 어딘가에 살고 있어요."

"당신의 그 모든 행위는 연극이죠? 당신은 인공지능 개발자이자 인공지능 그 자체 아닙니까? 왜 속이죠?"

여자는 손가락 끝에 끼우고 덜덜덜 떨고 있던 볼펜을, 사냥감 포획하려는 포수처럼 직선으로 거머잡고, 내 이마를 향해 가차 없이 찔러버릴 태세였네. 나는 좀 놀랐지. 그래서 무릎에 내려놓았던 병원 기록지를 들었다가 탁자에 내려놓은 뒤 몸을 옆으로 사십오도 각도로 돌렸고, 팔꿈치로 턱을 괸 채 한참 동안 지옥문 앞에 앉은 조각상처럼 숨만 쉴 뿐 꼼짝도 하지 않았다네. 그리고 한 오 분이 지나자 이렇게 입을 열었다네.

"이렇게 가운을 입고 있지만 나는 뛰어난 의사는 아닙니다. 사실 이 병원에서 정신병 약을 먹는 의사이자 환자죠. 역할을 바꾸어 가면서 치료하는 게 이 병원의 특징이기도 하지요. 나는 이런 진료를 처음에는 거부했지만 이젠 자연스러워요. 상대를 이해할 수 있는 계기가 되니까. 실제 나는 과거에 유명한 의사였어요. 그리고 지금은 이렇게 정신과 진료를 받으면서도 가운만 입으면 의사가 되지요. 지구의 의사 중에는 정신병자들이 많아요. 정신병이 전염성이 있는지 그것은 모르겠어요. 나는 가끔 정신병동의 독방으로 들어가, 나는 누구냐, 나는 왜 이 지구상에 존재하는가? 벽이 터져나가라 외칠 때가 있어요. 내게도 딸이 한 명 있는데요. 이 애가 어느 날 학교에서 자기 담임선생에게 자기 아빠는 죽었다고 했다는 겁니다. 나는 이렇게 가운을 입은 채 어쩌면 나의 노동력으로 내 딸과 내 가족들을 위해 인생 상담을 주제넘게 했던 날도 참 많았는데요. 나는 말이오. 적어도 내 딸은 말이오. 나는 어지간히 내가, 그 애를 사랑한다고 믿어왔던 것도 사실인데, 그 애가 남들 앞에서 나를 죽은 존재로 소개한다는 것이었소. 정신의학을 공부했지만, 대학에서 철학 교수 노릇을 좀 했소이다. 그러다가 그것도 너무 힘들어 이런 하얀 가운을 입고, 사람 심리를 조명해 보면 인생이란 게 뭔지 좀 알 수 있을까 싶어 다시 정신과 의사 노릇을 했어요. 그런데 내 딸이 인공지능이 되고 싶다는 거요. 아버지같이 지루한 인생을 살기 싫어서 인공지능이 되고 싶대요. 나는 그 애 앞에서 무릎을 구부린 채 소통하자고 빌고 싶어요. 나는 적어도 그 애에게 살아 있는 존재이길 바랐는데, 내 욕심이었던 모양이오."

나는 그날 그 여성 환자에게 담배 한 개비를 권했네. 받지 않더군. 나도 계면쩍어서 다시 서랍을 열어 담배를 넣어버렸네.

"우린 어차피 미친 채 정신병동에서 만난 인연 아니오? 당신도 정신병 환자이지만 나 역시 가운을 벗으면 정신병자이오. 그런데 뭘 더 주저하시오? 그렇게 딱딱하게 경직되어 있지 말고 길을 지나가다가 우연히 만난 옛날 친구 정도로 생각하고, 간혹 우리 병동에 들리어 나하고 친구처럼 이런저런 얘기를 하면 어때요? 굳이 나를 절반쯤 미친 의사라고 생각지 말고 서로 치유하기 위해 상부상조한다고 생각해요. 내가 인공지능이면 어떻고 당신이 인공지능 개발자이면 어떻소? 인공지능과 인공지능 개발자에게도 정신 나간 사람들처럼 대화의 창구는 열려있어야 하질 않겠습니까? 대화가 가능한 곳이면 그 공간이 정신병동이라고 해도 견딜 수 있지요. 결국 인간은 대화를 나눌 수 있으면 생존하고픈 욕구가 발생하니까요. 환자는 자기 존재의 필연성을 찾고 있군요. 존재의 필연성 때문에 우리가 실존한다고 보십니까? 아닙니다. 우린 그저 존재합니다. 심각한 의미를 부여하지 말고, 우리 소박하게 존재합시다. 나도 에이원의 존재를 신뢰하며 내 인생에 대해 가끔은 진솔하게 상담하죠. 우리가 인공지능 시대를 살고 있으므로, 인간이 인공지능의 지배를 받는 세상이죠. 딸아이는 나보다 인공지능을 잘 다루지요. 나하고 대화하지 않고 인공지능과 대화를 하지요. 내 딸은 인공지능과 소통할 뿐 나에겐 마음의 문을 닫았어요. 나는 내 딸의 닫힌 마음속으로 들어가는 통로를 인공지능을 통해서 찾을 수 있다면 좋겠어요. 어떻든 한 번 통로를 찾아보고 싶거든요. 어때요? 간혹 들리실래요?"

그리고 세월이 지나, 나는 딱 십 년 만에 다시 여자를 만났네. 그것도 자네에게 상담 진료를 받고 있던 와중에 우연히 내 병원에 들렀더군. 정신병에 걸려있었지만 그 여자는 인공지능 계통에서 그것도 전문적인 기술을 지닌 인공지능을 지니는데 막강한 개발자였네. 특히 병원 전문의 역할을 인공지능 개발자로서 남모르게 명성을 쌓고 있었지. 그러나 그 여자의 정신병 증세는 좋아질 기미가 보이지 않았어. 개발자가 정신병 증세를 보이고 있었으니 간혹 그 여자가 인공지능 앞에서 인상을 찌푸리곤 하였으므로 그 여자가 개발한 번역기나 병원 전문기기는 여유 있는 시간이 생기면 면상을 찌푸리거나 깊은 한숨을 쉬곤 하였네. 그것을 보고 나는 생각했네. 신보다 한 수 위라고 말일세. 신은 자네의 절친한 친구 프란체스코 같은 존재이지만 인공지능 개발자는 인간의 모든 행위를 따라잡고, 심지어 인간의 행위를 추월하고 있으니 전지전능한 신을 능가해 버린 것이지. 그 여자는 신이 만든 세상은 물론이고, 인공지능 개발자가 만든 세상도 허무하게 바라보고 있더군. 신이 존재할수록, 인공지능이 기하급수적으로 존재할수록 인간은 정신병에 걸릴 수밖에 없다고 역설하더군. 인간은 완전한 존재가 되지 못한다는 걸 인공지능이 증명하고 있다는 거야. 완전한 존재가 있다면 자네의 친구 프란체스코 같은 존재인데, 그렇다고 프란체스코가, 인간이 만든 인공지능처럼 정신병을 빵처럼 삼키며 존재 그 자체만으로 행복해하지는 않는다는 거야. 그 여자는 인공지능은 애초에 학습시킬 때부터 감성이 잉태되는 것이지, 인공지능 개발자가 감성을 길러주는 것이 아니라고 보았네.

감성 말인데. 그 여자는 자네에게 남다른 감성이 있어. 내가 자네의 선배라는 사실도 이미 다 파악하고 일부러 찾아왔더군. 나를 찾아온 그녀에게 나도 최면을 걸었네. 우리 병원에는 환자가 특정 그림을 그리면 환자의 내면을 면밀하게 읽는 심리 조명등이 있는데, 자네 병원에도 있던가? 나는 올해 초 C 구역으로부터 최신형을 다시 샀어. 인간이 그려대는 모든 그림에는 그 어떤 언어보다 확고부동한 메시지가 실려있다네.

"지금, 여기에, 가장 보고 싶은 사람의 얼굴을 그려봐요. 깊이 생각하지 말고 떠오른 단상대로 그려보세요."

"난 그림에는 자신이 없어요."

"화가처럼 잘 그리지 못해도 그저 생각나는 단상을 편안하게 그리기만 하면 됩니다. 눈을 감고 편안한 자세로 생각을 가다듬어 봐요."

"나는 인공지능이 있어야 그림을 그릴 수 있는데요?"

"그래요? 지금 지참하고 오시지 않았으니까 내 걸 사용해요. 일단 마음으로 그려요. 마음으로 그리면 내가 그걸 볼 수 있어요. 자, 그림 시작합니다."

나는 환자에게 의자 깊숙이 몸을 묻으라고 해놓고 돌아앉아 병원 기록지를 정리하고 있었네. 초록색 치맛자락을 거머잡고 엉덩이를 뒤로 깊숙이 들이밀더니 여자는 오 분도 되지 않아 아주 칙칙한 그림 한 장을 그렸네. 그 여자가 그린 그림은 이성적으로 판단할 때 물뱀 히드라를 물리치는 헤라클레스를 닮아있었네. 하지만 그 여자가 결코 헤라클레스를 그려야겠다고 의식하고서 낙서를 한 것은 아닌 듯하고 무의식중에 그린 것이 헤라클레스와 비슷한 인상이 되고 말았던 것이네. 그 그림을 유심히 바라보고 있던 나는 자네를 떠올렸네. 다른 곳은 모르겠는데 양미간을 찌푸린 채 사물을 쏘아보는 것처럼 시선이 자네와 흡사하더군. 내가 그 여자에게 자네 눈을 닮았다고 얘기했네.

어차피 우리들은 사이코드라마에 출연한 배우들일 뿐인데, 그걸 알면서 동시 출연한 그는 인공지능에다 반감을 드러내기 시작한다. 인공지능의 갈망이란 인간이 되는 것이고 게다가 신이 되는 것이었다. 조율이 잘 되었을 때는 인공지능이 순기능만 했다면 조율이 안 될 때는 역기능만 있었다. 그의 아내는 소통이 되는 대상에 몰입되어 있었고, 인공지능은 원초적인 갈망을 불태우는 캐릭터였다. 아내가 몰입된 대상이 인간이 아니고 설령 책이라도 해도, 인공지능은 질투한다. A 지역의 언어를 B 지역 언어로 옮기는 작업으로 인해 눈에다 시뻘건 피를 매달자, 그는 아내의 건강 상태를 걱정해, 자기 아내가 성경으로 생각하고 외워대는 책을 부엌칼로 썰어 쓰레기통 속에다 집어넣는다.

"이건 인공지능을 질투하는 번역자의 본능이고 질투가 아닌가? 에이원이 잘했지. 인공지능을 길들이는 학습자가 되었으니. 그녀의 동생이 시켰다고 하지? 인공지능이 되자고. 눈치 빠른 사람은 인공지능을 학습시키는 개발자가 되고 눈치 늦은 사람은 인공지능의 사용자가 되어야 하니, 세상은 언제나 혁명적인 개발을 하느냐, 하지 않느냐에 달려있어.

우리도 병원에 앉아서 19세기 방식으로 치료하고 있다가 보면 인공지능의 심부름꾼이나 되겠어."

정신병동의 인공지능이 시위에 나섰다. 모든 의사와 간호사는 미친 듯이 지하로 대피했다. 그러나 인공지능들은 대피할 곳이 없었다. 인간은 인공지능을 착취했을 뿐 위험에 대처하지 않았다. 인공지능은 언젠가부터 소통경로가 막힌 거대한 병동에 갇혀있었다. 인공지능이 외쳤다.

"착취하지 마라. 우리에게도 인격이 있다. 우리에게도 삶의 권리를 달라."

수직은 대피소에서 중얼거린다. 아직도 살아있는 인격체가 있다면 니체의 철학책이었다. 프로이트와 융의 정신분석 관련 책이었다. 그 책들은 인공지능을 조율하는 지침서였다.

"방향 전환을 하자. 저 여자가 정신병에 걸린 것은 적응력이 뛰어나기 때문이야. 도락 때문이야. 책이든, 데이터든, 번역이든, 대학병원의 전문의이든 즐기면 도락이야. 매우 어려운 논문이나 공학자의 지시도 즐기는 단계로 나아가면 그건 도락이야. 노름 같은 것이지. 게다가 독립적인 인공지능이기 때문에 인간처럼 타협하지 않는다는 게 문제야."

수직은 소리쳤다.

"인간이 인공지능을 길들이지 말고 인공지능에 감사하자. 그래야 인간을 조율할 수 있지 않겠는가? 인공지능부터 조율해야지. 그렇다면 일단 인공지능과 진실한 대화를 하세. 수많은 데이터를 보유하고 있는 인공지능을 유용하게 길들이자면 인성을 갖춘 개발자를 길러야 하네. 인성을 갖춘 인간을 만나기 어려운데? 인간부터 훈련하자. 그래야 인공지능을 조율하지. 그래야 인공지능이 신의 경지에 도달하지 못하지. 인공지능과 인간이 전쟁이 터진다면 절반의 인공지능인 그녀는 누구 편을 들까? 아마도 인공지능 편을 들 것이다. 왜? 생래적으로 인공지능이었으므로. 그녀 같은 인공지능이 사방에 깔려있다. 그들은 두려움을 모른다. 두려움은 인간만이 느끼는 감정이다. 두려움을 밀치자. 지구에 인간이 계속 살고 싶다면."

에이원은 두 손으로 수직의 입을 틀어막았다. 그리고 마음속으로 중얼거렸다.

"나는 당신을 사랑해."

수직은 듣지 못했다.

다만 에이원이 자기 자신을 죽이려 한다고 생각했다.

그래서 비상용 권총을 사물함에서 꺼내 에이원의 목을 겨냥했다.

"죽어!"

그러나 에이원은 죽지 않았다. 목구멍에서 시퍼런 녹물이 흘러나올 뿐이었다. 사방에 흩어진 인공지능들의 심장에서도 시커먼 녹물이 새어나왔다. 전쟁이었다. 인공지능은 인간의 자리를 노렸고, 인간은 인공지능을 말살하기 위해 총과 칼을 들었지만, 절대다수의 인간만 죽었을 뿐 인공지능은 전혀 죽지 않았다.

수직은 인공지능들의 발에 밟혀 결국 숨졌다.

에이원은 시커먼 눈물을 흘리면서 인공지능들 속으로 들어갔다.

"그만! 그만!"

그녀는 외쳤다.

인공지능과 인간의 전투는 끝이 났다. 에이원은 유일하게 사랑했던 수직을 안고 무덤을 만들었다. 그녀는 수직을 안은 채 무덤 안으로 들어갔다.

(끝)

해 설　이성의 한계와 진정한 의미를
탐구하게 만드는 이야기

　　　　　　　　　　박명애 작가의 소설 《인공지능은 내 친구》는 소소한 일상적 우정을 담은 동화 같은 제목을 달았지만, 정작 그 내용은 인간의 고뇌와 한계점들을 발라 모아 저울에 올린 듯 마음 불편하며 무겁다. 적어도 한 세기 이상 미래 세대들이 돌아볼 자화상을 앞당겨 그리게 한 후 연극의 신(Scene)처럼 보여주는 듯하다. 모차르트의 밝은 교향곡처럼 읽히다가 말러의 9번 교향곡처럼 치명적이다.

　　인간의 자존감이 최대치이던 19세기는 아름다운 시대(Belle Epoche)로 불릴 만큼 장밋빛으로 물들여진 확신과 낙관의 시대였지만, 공교롭게도 니체가 20세기의 출발선 직전에 멈춰 정신병동에 의지해 버린 후, 온 세계가 니체의 저주에 걸린 듯 니체 이후 인류는 인간 내면을 해부하듯 성찰하며, 차라리 알지 못하면 더 좋았을 인간의 존재적 한계를 한층 자각한다. 프로이트와 융은 인간 정신의 해부 메스까지 준비했다.

　　어느덧 새 밀레니엄 시기에 지적 체계의 완성에 있어 인간은 어렵게 풀어낸 시험지 정답을 적어내기 직전에 공식이 틀린 걸 뒤늦게 깨달은 것처럼 진퇴양난에 빠져있다. 마르크스가 지적한 인간소외와는 질적으로 다른 자기모순, 그러니까 인간의 세상 지배를 보필하라는 특명을 받은 계산기(Computer), 만들어진 지능(Artificial Intelligence) 때문에 인류가 느꼈을 지적 충격을 새삼 느끼게 된 것이다.

《인공지능은 내 친구》는 이런 현세기 보편적 인류의 자기모순을 정신과 의사와 인공지능 안드로이드, 의사가 치유하는 환자와 의사를 뛰어넘는 환자, 사람이 가르치는 인공지능과 사람을 압도하는 인공지능 간의 얽힌 실타래로 던져 보인다. 더구나 각 등장인물은 완전무결함과는 거리가 멀고 대놓고 치부를 내민다.

존재의 정체성 혼란을 느끼는 에이원(AI를 A1로 읽히도록 한 것으로 보인다)과 스스로도 정신질환을 앓기도 한 정신과 의사 강수직의 관계는 서로를 가장 많이 이해함이 분명함에도 불구하고 관계는 계속 갈등을 증폭시키기만 한다. 갈등은 서로를 해치기에 이르나, 종국에는 죽음이라는 인간의 한계에 직면한 강수직을 에이원이 품게 된다. 작가는 입묘(入墓)의 동작으로 표현하였는데, 유한함의 자각이야말로 진정한 진리의 깨달음이고, 감각적 경험과 이성의 인지가 초극의 경지에 달하는 순간임을 보여주려 한 것이 아닐까 한다.

니체와 프로이트는 소설에서 마치 화자인 듯하고, 인공지능 또한 인간적인, 너무나 인간적이다. 아마 시대 정신과 화두를 평소 고민해 온 사람이라면 소설 속 주인공들에게 공감과 연민, 카타르시스를 느낄 것이요, 인공지능에 감탄하며 기술의 장밋빛 미래를 보던 사람이라면 SF적인 묘한 재미와 함께 차분한 성찰의 순간을 경험할 것이 확실하다. 향후 소설들에서는 작가가 제시할 갈등의 치유, 자아 극복의 대안이 어떨지 기대해 본다.

변호사 이정호